新潮文庫

安南から刺客

新・古着屋総兵衛 第八巻

佐伯泰英著

目次

安南から刺客

新・古着屋総兵衛　第八巻

第一章　春日和《はるびより》の江戸

一

　享和《きょうわ》四年（一八〇四）二月十一日、甲子《かっし》革令《かくれい》により改元され文化と改まった。改元は京より江戸幕府に伝えられ、同月十九日に公布された。

　京から江戸へ戻る道中、総兵衛《そうべえ》一行は、改元の事実を知ることなくゆったりとした足の運びで江戸へ向かっていた。

　京から大津、草津を経た一行は、東海道と別れて中山道《なかせんどう》を帰路に選んだ。

　総兵衛にとって、こたびの京行きは和国をわが眼で見、足で体験する修学道中の一つであった。

　ために往路で経験した東海道を辿《たど》らず、中山道を選んだのだ。

江戸から同行した坊城桜子《ぼうじょうさくらこ》が大事な連れだった。この半年に及ぶ旅で二人の互いの信頼と敬愛は深まっていた。この一事だけでも総兵衛にとっても桜子にとっても生涯忘れ得ぬ京行きとなった。

総兵衛の帰路に同道する者は、桜子と同じく江戸から同行した大黒屋《だいこくや》の手代田之助、薩摩《さつま》藩密偵から鳶沢《とびさわ》一族に転じ、途中立ち寄った鳶沢村から旅に加わった北郷陰吉《きたごうかげよし》、鳶沢一族の娘しげ、さらに京都での薩摩一統との戦いに伊賀《いが》から助勢に駆け付けてくれた柘植《つげ》衆の新羅《しらぎ》次郎とだいなごん少年の六人であった。

一方、京での戦いに加わっていた柘植衆の頭分柘植満宗《みつむね》、新羅三郎、信楽《しがらき》助太郎の三人は、伊賀加太《かぶと》峠の隠れ郷《ざと》にいったん戻った。

柘植一族が鳶沢傘下《さんか》に加わるために鳶沢村へと引っ越しをする大作業が待ち受けていたからだ。そこで柘植満宗ら三人は、総兵衛一行とはいったん京で別れることになったのだ。

中山道は険しい峠や山道の街道であった。

ために女衆《おなごし》の桜子としげが混じった一行は、一日五里（約二〇キロ）を目処《めど》にして、街道沿いに異国交易のための物産がないか、あれこれと聞き歩き、時には湯治宿に何日か滞在しつつ、近江路《おうみ》、美濃路《みの》、木曾路《きそ》を旅してきた。

自らの眼で和国を見聞し、物産を買い付けることは総兵衛にとっても桜子にとっても楽しくもある修業の旅だった。

京をたっておよそ一月後、諏訪湖《すわこ》の見える峠に辿り着いたとき、急に冬から春に景色が一転したような穏やかな気候が一行を迎えてくれた。

「なんじゃ、これは海か。総兵衛様よ」

背中に竹籠《たけかご》を負っただいなごんが奇声を発した。

「だいなごん、私も初めて通る土地ゆえ確《しか》とは言えぬが、信州の諏訪湖と呼ばれる湖ではなかろうか。遠州灘《なだ》に流れ込む天竜川の水源と聞いたことがある」

「総兵衛様は物知りじゃな。いかにもさよう、眼下未《いま》だうっすらと氷が張った湖が諏訪湖にございますよ」

薩摩の密偵であったために江戸から京、あるいは国表の薩摩の間を長年往来してきた陰吉が即座に応じた。するとだいなごんがさらに問い質《ただ》した。

「陰吉の父《とっ》つぁん、湖とは海ではないのか」

伊賀加太峠の柘植の郷で暮らしてきただいなごんだ。海を見たことがなかったのだ。

「小僧、近江の琵琶湖《びわこ》を見たであろうが、もう忘れたか。あの琵琶湖と同じように な、四周を陸地で囲まれた大沼のことを湖と呼ぶのだ」

「思い出したぞ、近江の琵琶湖をな。なんだかずっと昔のことのようじゃ。父つぁん、湖より海は大きいか」

「琵琶湖も諏訪湖も大きいがな、海には敵《かな》わぬ。向こう岸が見えぬのじゃぞ」

「父つぁん、おれが海を知らぬと思うて法螺《ほら》を吹いてござるな」

しげが二人の噛《か》み合わぬ会話に吹き出し、

「だいなごんさん、海はどのような疾風船《はやてぶね》でも何十日かかっても向こう岸には辿りつけぬくらい広いの。陰吉さんが言われるとおりよ」

「しげさん、海を知っておるか」

だいなごんの質問の矛先がしげに変わった。

「鳶沢村は駿河《するが》の海のそばですもの。子どもの頃から浜で魚や貝をとって遊んだから承知よ。浜から見る海は緩やかに弧を描いているわ」

「なに、弧を描くとはどういうことか」

「私たちが住むこの大地は円い毬《まり》のような形をして空に浮かんでいるんですって。だから、海は左右が少し下がり気味に円弧を描いているのよ」

「空に大きな毬が浮かんでいるじゃと、それでは理屈に合わぬな。海の水が空に零《こぼ》れようが。あっ、そうか、零れる水が雨か」

「そんなこと、私知らないわ」

旅の道中、際限なく繰り返されるだいなごんとしげの無邪気な会話だった。

「ともかく海はまっすぐではないの」

と決め付けたしげは、京滞在中に桜子といっしょに薩摩側に与《くみ》した黒田一族に拐《かどわか》されるという苦難を経験した。その難儀がいささか頼りなかった鳶沢一族の娘を、しっかりとした考えの一族の一人として成長させていた。それはまた総兵衛にも桜子にも他の同行者にも貴重な体験となっていた。

とくに薩摩の密偵から転んだ北郷陰吉は、京でかつての味方と戦うことで、鳶沢一族に、とりわけ総兵衛に帰依《きえ》する気持を確乎《かっこ》たるものとした。その一端が薩摩言葉を総兵衛らの前で使わぬ決心をしたことだった。

そんな風にゆるゆると江戸を目指す一行の道中の間に享和から文化へと改元

されたのだ。

だが、中山道に住む山人の暮らしにとっては、享和が文化と名を変えたとしても、なんの関心も痛痒《つうよう》も感じない他人事《ひとごと》、だれもそのようなことは口にしなかった。

ゆえに総兵衛らも知らずに旅してきた。

一行が中山道の一番目の宿場板橋を対岸に望む戸田の渡しに到着したのは、二月末になっていた。ただ今の季節でいえば四月の六、七日くらいか。

すでに大半の桜は満開を過ぎて、荒川の流れに散った花びらが浮かんでいた。

だが、遅咲きの八重桜やしだれ桜が一行を迎えてくれた。

「総兵衛様、楽しい道中が終わります」

名残り惜しそうな言葉が桜子の口から洩《も》れた。

「桜子様、京への道中は終わりました。されど、我らの旅は生涯続きます」

総兵衛の言葉は桜子の耳に心地よく響いた。

異郷育ちの総兵衛は和人の男子とは異なり、胸中の気持を素直に言葉にしてくれた。それが桜子には頼もしくも嬉《うれ》しいことだった。

渡し船には大勢の客が乗っていた。五人連れの胡乱《うろん》な浪人が真っ先に板橋宿側の岸へと飛び、土手を上がっていった。

「総兵衛様、板橋宿はすでに江戸にございます。日本橋まで残りは、二里十八丁（約一〇キロ）にございます。ゆるゆる行っても一刻《いっとき》（二時間）あれば富沢《とみざわ》町《ちょう》に戻り着きます」

田之助が主《あるじ》に告げた。

「田之助、供ご苦労でしたな」

手代を労《ねぎら》った総兵衛が桜子の手をとり、渡し船から陸地に上がると陽射《ひざ》しの傾き具合を確かめた。

昼九つ（正午頃）時分だろう。

「総兵衛様、私が一足先に富沢町へ総兵衛様方が江戸に入られたことを知らせに走りましょうか」

と尋ねた。

「こたびの旅は気まま道中で、大番頭さんを始め、奉公人に一々日程を詳しく知らせておりません。最後に飛脚便を立てたのは、高崎宿でしたかな。店では私どもの帰着をおよそ察しておるでしょう。わざわざそなたが早走りの技を披露するまでもありますまい。それより無事に江戸入りした祝いに板橋宿で最後の昼餉《ひるげ》をみなで食して参りましょう」

板橋宿は中山道第一の宿場として、多くの参勤交代の大名行列を受け入れてきた。ために平尾宿（下宿《しもじゅく》）、中宿《なかじゅく》、上宿《かみじゅく》の三つの旅籠《はたご》街を合わせて、

「板橋宿」

と総称した。

その名の起こりは、中宿と上宿の間に石神井川《しゃくじいがわ》が流れ、板造りの橋が架かっていたことに由来したという。

総兵衛ら一行が辿り着こうとする板橋宿は本陣一軒、脇《わき》本陣三軒、旅籠五十余軒、食べ物屋や飲み屋が無数、と堂々たる賑《にぎ》わいを見せていた。

「田之助さん、この宿の名物はなんだい」

とだいなごんが尋ねた。

京よりの道中、新羅次郎がたびたび、

「だいなごん、私どもは総兵衛様の家来にして大黒屋の奉公人です、それも新

参者のな。そなたは一行の一番下の走り使い、総兵衛様、桜子様はむろんのこと、しげさんにもちゃんとした言葉遣いで応対なされ」

　と注意したが、

「次郎さんよ、柘植衆はそうかもしれねえ。だけどよ、おりゃ、柘植衆ではないもんな。江戸に着いてよ、得心したら総兵衛様によ、願うぞ」

　と意に介した風はない。

　総兵衛もまたおこものちゅう吉との付き合いの当初を思い出しながら、

「次郎、だいなごん様が得心されたときに名を決め、処遇を考えようではないか。それまで勝手にさせておきなされ」

　と許してきたのだ。

「だいなごんさん、板橋宿はただ今渡った荒川やら石神井川の水辺に立地していますゆえ、川魚料理が名物です」

「岩魚《いわな》とか山女《やまめ》を焼いて食わせるのか」

「いえ、近ごろでは鰻《うなぎ》のかば焼きなるものが流行《はや》りと聞いたことがあります」

「田之助さんも好きか、鰻のかば焼き」

「手代の身分で鰻のかば焼きなど食せるものですか」

だいなごんが田之助に尋ねたもので、未だ河原に残っているのは総兵衛一行だけだった。

「ふうーん、鰻のかば焼きか。総兵衛様よ、旅の終わりの祝い膳《ぜん》にかば焼きを食べてみてえ」

「こら、だいなごん、総兵衛様が優しいことをいいことに言葉が過ぎる。近ごろいささか調子に乗り過ぎておるぞ」

新羅次郎がだいなごんの髷《まげ》を摑《つか》んだ。

「あ、い、いたた」

とだいなごんが暴れるところに人影が立った。

次郎がだいなごんの髷を離して振り向くと、河原の葦原《あしはら》に潜んでいた浪人者五人のうちの一人だった。

総兵衛らを乗せてきた渡し船はすでに戸田側へと戻っていこうとしていた。

昼の刻限とあって河原には総兵衛一行と待ち伏せした浪人者五人しか姿がなかった。

「なんぞ御用でございますか」

新羅次郎らも柘植衆のなりを旅の間、古着問屋大黒屋の奉公人の体に変えていた。だから、言葉遣いも町人のそれだった。

「渡し船での話しぶりから江戸の大店《おおだな》の主一行と見た。われら、武者修行の途次、江戸を訪ねることに致した」

「道場を教えろと申されますか」

次郎はすでに相手の魂胆を察していたが、知らぬ振りをして聞き返した。

「そうではない」

「ならば御用はなんでございましょう」

「路銀の借用を願いたい」

「江戸近くにも山賊まがいの輩《やから》が出ますので、総兵衛様」

新羅次郎が聞いた。

次郎の腰には道中差がある。

だが、町人の旅人がにわかに道中差を腰に差したところで却《かえ》って厄介だった。

慣れぬ刃《やいば》を振り回して山賊らに立ち向かい、大怪我《おおけが》をしたり、斬《き》り殺される羽目に陥りかねぬ。そこで道中差の鞘《さや》の中に路銀を仕込んで、隠し財布にしていることが多かった。

「次郎、無心のようですね。伊賀の加太峠で山賊の稼ぎをかすりとっていたそなたらです。だいなごんと二人して応対なされ。うまくいったなれば、だいなごん、鰻のかば焼きを馳走《ちそう》しましょうか」

　総兵衛の言葉に、

「えっ、五人を次郎さんと二人だけで始末するのか。鰻のかば焼きも食べてみたいし」

　と言いながらも背に負うていた竹籠《たけかご》をおろし、腰に下げた熊《くま》皮の袋からどんぐりの実より大きな紙玉を取り出した。

「浪人さんよ、これでどう」

「小僧、餓鬼のままごとではないぞ。金子《きんす》を用立てよというておるのだ」

　と懐手《ふところで》の浪人が仲間四人に、

「主と女房の懐を探れ」

　と命じた。

そのとき、だいなごんは掌《てのひら》の紙玉を動き出そうとした仲間たちの足元に叩《たた》きつけた。すると、

ばば、ば、ばーん

と音が響いて、浪人たちがその場で飛び上がった。

紙玉の中の、黒色火薬が弾《はじ》けて爆発したのだ。

紙玉の中には、衝撃により爆発する雷汞《らいこう》なる起爆剤が詰められていて他の爆薬に感応して次々に爆発させたのだ。

花火程度の爆発力だが、相手を驚かすには十分だった。

新羅次郎は道中差を抜くと、峰に返して、立ち竦《すく》んでいた五人組の頭分の額をしたたか殴り付けた。ぐらりと倒れかかった頭分が、

「退散じゃ」

と仲間たちに叫んだ。だが、そのときにはすでに仲間の四人は雲を霞《かすみ》と逃げ去っていた。

「おーい、待て、待ってくれ」

と叫びながら頭分が葦原に逃げ込んだ仲間を追っていった。

「だいなごん様は奥の手を隠してござったわ」

と北郷陰吉が笑った。

「これで鰻のかば焼きを食べてもよいね、総兵衛様よ」

「約定《やくじょう》です。田之助、板橋宿の鰻屋に私どもを連れていって下さい」

総兵衛が応じて、火薬の臭《にお》いが漂う河原から板橋宿へと早々に上がっていった。

「だいなごん、京ではその道具を見せませんでしたね」

と総兵衛が尋ねた。

「侍が仕官をするときにはよ、出来るだけ値よく買《こ》うてもらうための得意芸を最後の最後までとっておいたというぞ。まあ、江戸に初見参のあいさつ代わりだよ」

だいなごんが胸を張って平然と答えたものだ。

総兵衛が歩き出しながら新羅次郎を振り見た。

「だいなごんが柘植一族に拾われた折、こやつは生まれたばかりの赤子でございました。首から御守札のような小さな袋を掛けられておったそうです、両親は大方、野盗に襲われたと思われ、この者だけが捨てられておったのです。宗《そう》部《ぶ》様が調べられたところ、こやつの親父《おやじ》は火薬師とか。袋の中にはへその緒とだいなごんという書付けのほかに火薬の調合の秘伝でも記してあったのでしょうが、柘植衆の物知りがあれこれ試みてみましたが、だれもが役立たずでございました。だいなごんが七つになった折、宗部様がその袋をだいなごんに返して、『おまえに火薬師の血が流れておるならば、親父の遺《のこ》した秘伝を解いて見よ』と命じたのでございます。どうやら、だいなごんめ、われら柘植衆にも内緒で親父様の遺した秘伝書きを解いていたようです」

次郎が総兵衛の無言の問いに答えた。

「だいなごん、父御が残した秘伝書き、いつ解かれましたな」

興味をおぼえた総兵衛が尋ねた。

「京にいるときよ、あれこれと都中を巡って薬を買い求めて、調合したんだよ。桜子様としげさんを助け出すために役に立つと思うてよ。だけど、間に合わなかったんだ。それにまだ、花火に毛の生えた程度の爆発では威力が弱いしな」

「いや、あれで十分です」

「だって、あいつらが飛び上がって逃げ出しただけだよ。小さな火傷《やけど》くらいしか傷を与えてないよ」

「それでよいのです」

「なぜだ、総兵衛様」

「江戸に戻った折、機会をみてそなたに異国の火力の凄《すご》さを教えます」

と総兵衛がだいなごんの使い道を考えながら言った。

「なに、異国の火薬はそれほど凄いか」

「異国の大砲は三貫目（約一一キロ）余の砲弾を半里一里先に飛ばす力を秘めております」

「えっ、三貫目の重さのものを半里先にまで飛ばすのか」

「そうです。和国と異国では火薬の力とて何百倍もの差があります。そなたは紙玉に詰めた親父様譲りの火薬玉で相手の出鼻を挫《くじ》けば、十分にものの役に立ちましょう。大怪我をさせたり死なせたりする力は要りません」

ふうーん、と鼻で返事をしただいなごんに、

「ただ今の火薬紙玉を鳶沢一族に役立てることを考えなされ」

「よし、そうする、総兵衛様よ」

四半刻《しはんとき》(三十分)後、一行は中宿と上宿の間に架かる板橋際《ぎわ》にある川魚料理、鰻のかば焼きが名物のしゃくじ屋の二階座敷に鰻が出来るのを待っていた。

北郷陰吉だけが、

「ちょいと」

と総兵衛に断り、宿場に出ていった。その陰吉が二階座敷に戻ってきて、

「総兵衛様よ、改元されたと知っておられたか」

と尋ねた。

「改元とな」

「享和は二月十一日に文化と変わったのだそうです」

総兵衛は桜子を見た。

「天皇様(光格帝《こうかく》)がたれぞにお代わりになったということでしょうか。まさか亡《な》くなられたのではございますまいな」

「それはなんとも」

と桜子が返事をした。

総兵衛と桜子は京滞在中に御所に招かれ、御簾越《みすご》しに今上《きんじょう》天皇に拝謁《はいえつ》していた。総兵衛が中納言《ちゅうなごん》坊城公望《きんもち》の仲介で三百両を朝廷に贈った見返りとして、あのような面会の場が設けられたのだ。

明和八年（一七七一）、東山《ひがしやま》天皇の皇孫である閑院宮典仁親王《かんいんのみやすけひと》の第六王子として生まれた兼仁《ともひと》親王は、安永八年（一七七九）に後桃園天皇の崩御に伴い、急遽《きゅうきょ》天皇位に就かれていた。総兵衛と桜子が御簾越しに会った今上天皇は三十四歳であった。

もしあの天皇様が亡くなられたのであれば、影様九条文女《あやめ》の手助けで成った朝幕安泰のための薩摩との和睦《わぼく》の約定が消え、ふたたび鳶沢一族と薩摩が干戈《かんか》を交えることが起きるのか、と総兵衛は案じた。そして、こたびの京行きの成果が大きく減ずることになると憂《うれ》えた。

「うちの知る改元の謂《いわ》れでおますが、なにも天皇様が亡くならはったときだけに改元するのではおへん。それが証《あかし》には今の天皇様かて安永に即位なされ、天明、寛政、享和と三つの元号を経て参られたのでございます。おそらく陰陽道《おんみょうどう》でいう甲子《かっし》（きのえね）の年には変乱が多いとされるので、それを避けるため、新たな元号の文化に変えられたのと違いますやろか。総兵衛様、母のもとには京の大爺様《おおじいさま》から便りが届いておるはず、そのあたりの事情も判るかもしれまへん」

桜子が総兵衛の気持を読んで告げていた。

「そうでした。桜子様を長いこと私のためにお使い立てしたお詫《わ》びかたがた、根岸の里に立ち寄りとうございます」

総兵衛の言葉に桜子が頷《うなず》いたとき、

ぷーん

と鰻《うなぎ》の芳《こう》ばしい香りが二階座敷に漂ってきて、だいなごんが、

「おれ、この匂《にお》いだけで飯が食えるぞ」

と叫んだ。

二

総兵衛一行が懐《なつ》かしい富沢町に足を踏み入れたのは暮れ六つ（六時頃）前のことだった。

板橋の川魚料理のしゃくじ屋で昼餉《ひるげ》を食したあと、手代の田之助がやはり独りだけ先行して富沢町に戻り、総兵衛の帰宅を告げることになった。

一方、総兵衛は残りの五人といっしょに根岸の里に住む南蛮骨董《こっとう》商の坊城麻《あさ》子《こ》の屋敷に四半刻ほど立ち寄り、まずは麻子に京案内人を務めてくれた桜子を長旅に同行させてくれたことの礼を述べ、京行きの首尾をかいつまんで報告した。

あわただしくもそこで桜子と別れた総兵衛一行は、寺町を抜けて、新寺町通を横切り、稲荷町《いなりちょう》横丁から下谷七軒町、三味線堀、向柳原を経て神田川を新シ橋で渡った。

もはや富沢町は指呼《しこ》の間《かん》だ。

「この界隈《かいわい》を柳原土手と呼び、富沢町と並び、江戸の古着屋が集まって商いをしておるところです」

と総兵衛が次郎やしげらに説明していると、

「おや、大黒屋の旦那《だんな》様ではございませんか。京に商いで行かれていると大番頭さんに聞かされておりましたが、いつお戻りでございますな」

柳原土手の世話方の一人、浩蔵《こうぞう》が声をかけてきた。

「おや、世話方、長いこと江戸を留守しまして申し訳ございませんでしたね。師走《しわす》の柳原土手では大盛況裡《り》に古着市が終ったと大番頭から京へ知らせが入りました。真《まこと》に有り難いことでございます」

「というと、ただ今京からお戻りでございますか」

「はい、中山道を通ってただ今江戸に戻りついたところです」

総兵衛が答えるところに同じ世話方の砂次郎や伊助らが集まり、

「おりゃ、てっきり大黒屋の旦那は異国へ商いに行っていると思っていたが、光蔵《みつぞう》さんのいうとおり、京への商い旅でしたか」

とか、

「総兵衛様よ、師走の古着市の賑《にぎ》わいを見せたかったね。一度目の富沢町より二度目の師走のほうが人出も多くてよ、一番儲《もう》けなさったのは大黒屋だ。あの古狸《ふるだぬき》は抜け目がないね。なんたって、南町北町のお奉行を手玉にとってさ、荒儲けだ」

とか、口々に言いたてた。

「それはいけませんね。古着市は柳原土手と富沢町が手を携えて等しく商いをする催しです。うちが一番儲けたとは聞き捨てになりません。お店に戻りましたら光蔵を問い質《ただ》します」

「ちょ、ちょっと待ってくんな。伊助さんよ、おまえさんはいつも泣言ばかりだ。大黒屋さんのお蔭《かげ》でよ、柳原土手が富沢町と肩を並べて商いが出来たんだぜ。おまえさん、この前だってよ、それなりに儲けたって言っていたじゃねえか」

「そりゃ、商いだもの儲けたさ。おれが言いたいのはあの大番頭がやり手でよ、抜け目がないということだよ。おりゃ、褒めてんだよ」

「おめえがいうと貶《けな》しているように聞こえるよ。大黒屋の旦那に礼も申し上げない先から、そんなことを言っちゃ、富沢町がもう柳原土手なんぞと組まないと剣突くを食らわされるぜ」

「そりゃ、困るよ。ようやく柳原土手も日の目を見たところだからよ」

「そうだろ、ひょろびり売りの柳原土手が一人前の古着屋としてよ、大黒屋の旦那に口を利《き》いてもらうだけで、有難く思わなきゃな、なあ、砂次郎さんよ」

そうだそうだ、と柳原土手の床店《とこみせ》商いの古着屋連が言い合い、伊助がぺこりと頭を下げて、総兵衛に詫びた。

しげも次郎もだいなごんも、江戸の古着屋商売が夜になると店仕舞する床店商いかと、驚きを禁じ得ず、愕然《がくぜん》としていた。

北郷陰吉は江戸をとくと知っていたし、大黒屋の店構えも承知だった。

だが、三人は大黒屋もこのような構えかと考えたのだ。ともかく江戸っ子の伝法な口調に気圧《けお》されて茫然《ぼうぜん》と聞いていた。

「総兵衛さんよ、連れのお供はおれっちの馴染《なじ》みじゃねえね。こんなぼうっとしている面《つら》で京の商売がうまくいったのかえ」

「皆さんご存じの手代の田之助が同道しておりましたゆえ、おかげ様でうまく捗《はかど》りました。本日はこれで失礼致しますよ」

総兵衛は柳原土手の面々を軽くいなして別れを告げ、町屋を抜けて富沢町の見える堀幅八間（一四メートル余）の入堀に出た。すると堀伝いに対岸《かし》の店の軒下にまるで祭礼のように提灯《ちょうちん》が吊《つ》るされて灯りが入り、入堀と河岸道が浮かんで見えた。どうやら先に戻った田之助の、

「総兵衛様戻る」

の報《しら》せに大番頭が奉公人に命じて富沢町の古着屋仲間の軒先に祭礼の提灯を提げさせたのであろう。

「しげ、次郎、だいなごん、この灯りの先に人だかりがしているのが見えますか。あそこが富沢町のほぼ真ん中の栄橋です。江戸で古着屋が何百軒も集まるところです」

「露店の古着屋とだいぶ違うな。総兵衛様、大黒屋はどこだ」

だいなごんが正直な感想を述べ、聞いた。

「栄橋の前の黒漆喰の二階建てがお店ですよ」

「さすがに大黒屋大黒屋と京でも持てはやされるだけに堂々とした構えだね」

だいなごんがほっとした声を洩《も》らした。

「だいなごん、確かに富沢町界隈はうちを始め、古着問屋の老舗《しにせ》大店《おおだな》が多いです。しかし一方、柳原土手の床店商いには、また別のお得意様がおられて、江戸の古着商は富沢町と柳原土手両方で成り立っているのです」

ふーん、とだいなごんが鼻で返事をして視線を巡らし、

「あっ」

と叫んだ。

春の日暮れ、西の空が夕焼けに染まり、入堀越しに千代田の御城の甍《いらか》が大名屋敷や松の緑の向うに浮かんでいた。

しげも新羅次郎も夕暮れに浮かぶ江戸城に見入った。

「やっぱりここは江戸だ」

だいなごんが呟《つぶや》いた。するとそのとき、

「総兵衛様！」

と手代見習いの天松《てんまつ》の大声が入堀に響き渡り、
わんわんわん
と吠《ほ》え声が加わって、引き綱を付けられた甲斐犬《かいけん》の甲斐、信玄、さくらの三頭が総兵衛めがけて尾っぽを振り立てながら駆け寄ってきた。

三頭の飼犬の引き綱をとるのは猫の九輔《きゅうすけ》と天松の二人だが、この半年の留守の間にまた一段と成長した三頭に二人が引きずられていた。

「わああっ、犬がおるぞ！」

と悲鳴を上げただいなごんが新羅次郎の後ろに急いで隠れた。総兵衛は、だいなごんは犬が苦手かと思いながらも、

「九輔、天松、おまえたち、戻りましたよ」

との声に三頭の甲斐犬が旅仕度の主《あるじ》に飛びついてきて、喜びを全身で表現した。

「これこれ、甲斐、信玄、さくら、落ち着きなされ。長いこと富沢町を留守にして、おまえらも寂しかったですか」

総兵衛が三頭の体を抱きしめて頭を撫《な》でたり、顔を舐《な》めさせたりするうちに三頭もようやく落ち付きを取り戻してきた。

「おまえは泣き虫のしげじゃな」

甲斐とさくらの二頭の綱を引く天松がしげの驚きの顔に幼い頃の記憶を辿《たど》り、声をかけた。

「天松さんか」

「鳶沢村の神童、ただ今は手代見習いの天松じゃ」

「九つになっても寝小便垂れていたと、婆様《ばばさま》に聞いたぞ」

しげの思いがけない反撃に、

「これ、総兵衛様の前でさような虚言《そらごと》を披露するではない。皆が勘違いするであろうが」

と慌《あわ》てたが、

「天松、おまえの寝小便たれは鳶沢村の名物でした。なにが神童ですか」

と九輔にも言われて天松が悄然《しょうぜん》とした。

ふわっはは
と北郷陰吉が笑い出し、

「手代さん、わしも十一まで寝小便たれであったぞ、気にするな」

と慰めた。

「仲間がいたところで、私の声名が汚《けが》され、地に落ちたことに代わりはない。しげ、恨みますぞ」

と応じた天松が、

「おまえ様はだれです」

と見知らぬ年長の北郷陰吉に尋ねた。

「薩摩からの転《ころ》び者《もん》の陰吉じゃ、宜《よろ》しくな」

との言葉に天松がなんとか頷き返し、新羅次郎とだいなごんを見た。

「柘植衆ですか」

「お初にお目に掛かります。新羅次郎にこの小僧はだいなごんにございます」

「だいなごんですって。総兵衛様、水戸黄門様よりこの小僧の位は上ですか」

「そのようなことは後で説明します。九輔、天松、留守の間、ご苦労でした。さあ、お店に戻りますぞ」

総兵衛が命じ、三頭の甲斐犬を従えた一行は、河岸道沿いに対岸の提灯の灯りが浮かぶ古着屋が軒を連ねる光景を眺めながら、京からの最後の行程の栄橋の北詰めに辿《たど》り着いた。

その界隈では大黒屋の奉公人ばかりか富沢町の古着屋の主や奉公人が大勢集まり、

「富沢町惣代《そうだい》」

の帰店を迎えた。

「どなた様も恐縮にございます」

栄橋の上で足を止めた総兵衛は、大黒屋の奉公人の出迎えの前に富沢町の住人らに挨拶《あいさつ》をする仕儀に相成った。

総兵衛は一頻《ひとしき》りその場が鎮《しず》まるのを待った。

「富沢町のご一統様、大黒屋総兵衛、京への商い修業の旅を無事終えて、ただ今懐《なつ》かしの富沢町に戻って参りました。富沢町には新参者の私ですが、やはりわが町はよいものですね。留守の間にご一統様のお力添えで、富沢町と柳原土手との合同の師走古着大市が成功裡《り》に終ったと、柳原土手の衆に教えられました」

「大黒屋の旦那、柳原土手に立ち寄ってきたのか」

と担《かつ》ぎ商いの一人が思わず口にした。

「達三さん、私ども帰路は中山道を下って参りました。ゆえに柳原土手を通ることになったのです」

「ああ、そうかい。大黒屋の旦那、挨拶の腰を折って悪かったな」

「春には三度目の古着大市がもうすぐ控えてございます。京からも新中古の品を船便で送らせております。どうか今後とも宜しくお助けのほどお願い申します」

と挨拶を締めると拍手が起こった。そして、大黒屋の奉公人らをその場に残し、自分たちの店仕舞いに戻っていった。

大番頭の光蔵、奥向きを仕切る女衆《おなごし》のおりん、二番番頭の参次郎を始め、大勢の奉公人が揃《そろ》いの大黒屋の法被《はっぴ》姿で待ち受け、

「総兵衛様、京への道中恙《つつが》なくも江戸への無事のご帰着、祝着《しゅうちゃく》至極にございます」

と大番頭が一同を代表して、いささか商人らしくない武張った言葉で迎えた。

富沢町の角地の一角に二十五間（約四五メートル）四方、黒漆喰造り総二階の大黒屋の建物が聳《そび》えており、初めてのしげやだいなごんを圧倒した。

その時、入堀の対岸の暗がりから人影が総兵衛の富沢町帰宅の様子をじいっと凝視していた。

総兵衛はそこだけ異様な緊張が漂う「監視の眼」を感じとったが、気付かぬ振りをした。

「ご一統、総兵衛、ただ今富沢町に帰着致しました。留守の間ご苦労にございい

ました」

と短く挨拶した総兵衛は、北郷陰吉、新羅次郎、しげ、だいなごんの四人を従えて、大黒屋の敷居を跨《また》いだ。そこにも鳶沢一族の女衆が居並んで、大黒屋十代目の総兵衛と久しぶりの対面を為《な》した。

「長いこと留守を致しましたな」

と総兵衛が労《ねぎら》い、

「ささっ、表戸を閉じて下さいよ。本日は総兵衛様の帰着祝い、一献、祝いの酒が用意してございますでな。ささっ、戸締りをしたら、店座敷に一同集まりなされ」

との光蔵の声に一同が整然と動き出した。

新羅次郎とだいなごんは、富沢町の大黒屋の奉公人としてすでに働き始めていた柘植衆の七郎平ら仲間と再会し、

「新羅次郎、だいなごん、よう総兵衛様の供を務めましたか」

「伊賀加太峠とは江戸は違いますよ」

と商人言葉で迎えられた。

「七郎平、明日から大黒屋の商いに溶け込むように精を出すで、なんでも教えてくれ」

「私どももまだ商いはひよっこです。ともかく覚えることは無数にある」

「分かった」

と短く会話を交わした。しげはしげで、鳶沢村出の一族の女衆が声をかけてくれたので、ほっと安堵《あんど》の想《おも》いがした。

「総兵衛様、まず旅の埃《ほこり》を風呂《ふろ》で洗い流されませぬか。膳《ぜん》の仕度にはいささか時を要します」

おりんが総兵衛に願った。

「おりん、その前に仏間に入り、ご先祖様に旅が無事に終ったことを報告し、お礼を申し上げたいと思います」

と応じた総兵衛が、

「陰吉、私に従いなされ」

と大黒屋でだれ一人として迎える者のいない北郷陰吉を指名した。

「えっ、わしがどこへ」

「まず草鞋《わらじ》を脱ぎましょう」

三和土《たたき》廊下から奥に通ったところにある内玄関に陰吉を案内した総兵衛は、式台に腰を下ろして陰吉といっしょに草鞋の紐《ひも》を解いた。裾《すそ》の埃を払い、陰吉を伴うと、広々とした台所を横目に中庭を見通せる廊下に出た。

「これは」

と北郷陰吉が絶句した。

総兵衛とその一族には二つの顔があることは承知していた。だが、三百余坪の中庭は武家の館《やかた》を思わせる造りで、庭石、樹木、泉水が侵入者を惑わせるために配置されていることが分かった。その上、最前出会った甲斐犬が庭の中に放たれていた。富沢町の角地に口の字型に総二階が建て巡らされていることといい、

「大黒屋がただの商人でないことは一目瞭然《りょうぜん》」

であった。

陰吉が連れていかれたのは中庭の一角にある離れ屋であった。その仏間にはすでにおりんによって灯明が灯《とも》され、総兵衛が先祖の位牌《いはい》が置かれた仏壇の前

に座した。おりんは仏間に二人を残すと、どこかへ消えた。

総兵衛は線香を供え鈴《りん》を鳴らすと合掌し、瞑目した。

北郷陰吉も総兵衛を見倣《みなら》いながら、己れ独りだけを大黒屋の奥の院に連れてきた総兵衛の気持を推量していた。

(このことは陰吉が薩摩から鳶沢一族に寝返ったことへの感謝の表明であり、かつ今後鳶沢一族に忠誠を尽くすよう求めているのだ)

と悟っていた。

(よか、ここが北郷陰吉の生きる場じゃっで)

仏前に江戸帰着を報告した総兵衛が、

「陰吉、湯に付き合いなされ」

とさらに命じた。

「わしだけが総兵衛様と湯に入れるのですか。わしは薩摩では上士といっしょに息も出来ん外城者《とじょうもん》ですぞ」

「鳶沢一族とて序列はあります。されど薩摩とはいささか違います。私も今坂《いまさか》一族から鳶沢一族に転じた者です、転じざるを得なかった人間の寂しさ、不安はよう分かります」

と言った総兵衛がふたたび渡り廊下でロの字型の母屋《おもや》に戻ると、湯殿に陰吉を連れていった。そこには最前の女衆が待ち受けていて、総兵衛の着替えばかりか陰吉のそれも用意していてくれた。

かかり湯を使った総兵衛と陰吉は、檜《ひのき》風呂にいっしょに浸《つ》かった。

「総兵衛様、わしは明日からなにをすればよろしいので。この年で古着屋の商いを覚えられましょうか」

陰吉の語調には緊張があった。

「そなた、旅の間、私と桜子様の会話を漏れ聞いて察したことはありませんか」

ふうっ、と陰吉が息を吐いた。この若い主《あるじ》を騙《だま》し果《おお》せることはできないと思った吐息だった。

「どうやら京で鳶沢一族と薩摩の和睦《わぼく》が成ったと思いましたが違いましたか」

「その通りです。朝廷と幕府の融和のためにわれら鳶沢一族と薩摩は、百年の確執を忘れて和睦しました」

「となれば、わしの使い道はなにもなくなりましたな」

「いや、薩摩との和睦は成りましたが、その和睦がいつ元へと戻るか分かりません。最前も私どもの帰りを見張る眼を感じておりました」

「やはり総兵衛様も感じておられたか」

頷《うなず》いた総兵衛はさらに言い足した。

「幕府の中にも鳶沢一族を潰《つぶ》しにかかろうとする輩《やから》はいくらもおります。陰吉、そなたは鳶沢一族の眼になって江戸の内外の動きに注視をしなされ。富沢町にある大黒屋の長屋に住まいなされ、大番頭さんがすべて手配をしてくれましょう。そのような生き方は嫌ですか」

「いえ、それ以上のことはございませんよ。まずは大黒屋を見張る眼の正体を暴《あば》く仕事を致しましょうかな」

北郷陰吉は江戸へ着いて、新たに湧《わ》き上がってきた不安が総兵衛の言葉により消えていくのを感じていた。

「そなたとの縁《えにし》はわずか一年にも満たないものです。ですがな、私どもの付き合いは十年二十年分を短い間に経験して、互いの良きところも悪《あ》しきところも承知しております。ゆえに互いが信頼して助け合《お》うていくしかないのです」

「総兵衛様」

と応じた陰吉が潤《うる》んだ瞼《まぶた》の涙を隠すように両手で掬《すく》った湯で拭《ぬぐ》った。

「わしは幸せ者じゃ」

と陰吉が呟《つぶや》いたとき、おりんの声が告げた。

「総兵衛様、皆の衆が揃いました」

「今参ります」

店座敷を三つ、仕切りを取り払って大黒屋の奉公人男衆《おとこし》女衆八十人近くが膳の前に座って総兵衛を待ち受けていた。

これでイマサカ号、大黒丸の交易船団に乗り組んだ一番番頭の信一郎らが戻ってくれば、大黒屋富沢町店は百人を超える奉公人の数となる。

総兵衛が上座に就き、陰吉は旅を供にしてきた新羅次郎やしげ、だいなごんたちの並ぶ下座に緊張の面持ちで座った。

「長い暇《いとま》でありました。皆には不自由を掛けましたが、京に伺ってよかったと思うております。なにより京の商人衆には教えられることばかりでありました。

この総兵衛、旅に出る前より少しばかり知恵と経験をつけて戻って参りました。そのことを明日からの商いに役立てたいと思います」

と挨拶《あいさつ》し、大番頭の光蔵が、

「総兵衛様、恙なくお戻りになったお姿に接し、私どもにとってなんとも嬉《うれ》しいかぎりにございます。皆の衆、今宵《こよい》は祝いの席ゆえ無礼講です。好きなだけ飲み食いしなされ」

と許しを与えて酒が互いに注がれた。

「大番頭さん」

と遠慮げに声を発したのは手代見習いの天松だ。

「どうした、天松」

「はい、私め、総兵衛様の不在の折に小僧から手代見習いに大番頭さんの口を通し命じられました。ですが、改めて総兵衛様のお口からそのことを告げて頂くわけには参りませぬか。いえ、富沢町では、未《いま》だ私を小僧、小僧と呼ぶ輩がございますので」

天松の願いに二番番頭の参次郎が、

「これ、天松、今宵は総兵衛様が江戸に帰着されての祝いの場です。考え違いをするではありません」

と叱《しか》り付けた。

「は、はい」

と首を竦《すく》める天松を見た総兵衛が、

「参次郎、いつまでも周りが天松を小僧扱いでは困ります。よろしい、この場にて、私の口から天松を手代に命じます。明日からは手代に見合う仕事に励みなされ」

と命じた。天松はしばらく、ぽかんとしていたが、

「総兵衛様、見習いの三文字も取れたのでございますか。よおし、明日から働きます、甲斐や信玄やさくらに馬鹿《ばか》にされないよう必死で働きます」

と雄叫《おたけ》びのような声を上げて宴が始まった。

三

離れ屋の総兵衛の居間に光蔵、おりん、そして二番番頭の参次郎が呼ばれた。

店座敷での宴を総兵衛が苫より少し早目に引き上げたあとのことだ。

一番番頭の信一郎が異国交易で富沢町を留守にする今、参次郎が大黒屋の幹部として遇されて呼ばれたのだ。総兵衛直々の指名は初めてなだけに参次郎の顔に緊張と興奮があった。

「京行きのことを報告しておきます」

と総兵衛は三人に告げた。

「総兵衛様、お疲れでしょうに急ぎの報告がございますか。根岸に立ち寄られたそうですが、なんぞ関わりがございますか」

光蔵が先回りして聞いた。

「大番頭さん、桜子様は無事に麻子様の手もとにお返し致しました。ゆえに桜子様のことではございません。板橋宿にて、私どもの道中の間に享和が文化に改元されたと聞きました」

と総兵衛が話題を転じた。

「それがなにか」

「いえ、もし天皇様が崩御なされての改元であれば、いささかこたびの京行きの意義が減ずることになるかと案じたのです」

「それはまたどういうことにございましょう」

と光蔵が訝《いぶか》しげな表情で応じた。

「京滞在の最後に御所に招かれました。朝廷のお内所が苦しいと中納言《ちゅうなごん》坊城公望様からお聞きして、三百両を献上するために公望様の案内で桜子様と二人、御所に上がったのです」

と前置した総兵衛はその経緯を述べた。

「ほうほう、蹴鞠《けまり》を見物して総兵衛様も興じられましたか」

「交趾《こうち》にも足で鞠を蹴り合う遊びがありますゆえに、蹴鞠は初めてでしたが、他の方々の邪魔にならぬ程度にはできたと思います」

「見とうございました」

とおりんが思わず言った。

「その蹴鞠を終えたあと、公望様に禁裏の奥に案内されて、さるお方と御簾越《みすご》しに話をする機会を得ました」

「まさか、そのお方が今上天皇であらせられたとか」

「おりん、お名乗りにはならなかったが、間違いなく今上天皇であらせられました」

「なんとまあ、京で天皇様とお話をなされるなど、大黒屋代々の総兵衛様が為《な》し得なかったことにございますな。なにしろ鳶沢一族の初代鳶沢成元《なるもと》様は、言うも憚《はばか》られることながら夜盗の頭にございましたからな」

光蔵が自嘲《じちょう》気味に笑った。

「大番頭さん、鰯《いわし》も代を重ねると鯛《たい》に変身することもございます」

「鰯が鯛にな、おりん、言い得て妙です」

おりんの言葉に光蔵が応じていた。

「天皇様は私の出自も桜子様との関わりもよう存じておられました」

「ほうほう、それはそれは」

光蔵が感嘆の相槌《あいづち》を打った。

「その場でのことです。桜子様が江戸への勅使は確かな人物をお願い申し上げますと御簾の向うにおられるお方に申されました」

「なんと、桜子様は大胆にございますな。薩摩の色に染まった勅使は要らぬと天皇様に申し上げるなど、並みの女子《おなご》には出来ることではありませんぞ。して、天皇様のお答えはいかがでしたか」

「天皇様は笑いながら『そなた、京に注文をつけおるか』と仰《おお》せられた。すると桜子様は『私は京と江戸との橋渡しになりとうございます』と付け加えられたのです」

「なんとまあ大胆な。で、天皇様は」

「鳶沢総兵衛勝臣《かつおみ》の嫁女になるか、桜子、と続けられました」

「して、桜子様のお答えは」

「はい、の一言を答えられました」

「なんとなんと」

光蔵が満足の声を洩《も》らしながら満面の笑みを浮かべた。

「桜子様は鳶沢一族の、いえ、江戸の代弁をなさっておられます」

おりんが思わず洩らした。

その呟きに総兵衛が笑みで応《こた》え、

「天皇様は去り際《ぎわ》に、『(祝言《しゅうげん》の) その折には京にも知らせをたもれ』と仰せられて私どもの前から姿を消されました」

しばし沈黙がその場を支配した。

光蔵もおりんも参次郎も、総兵衛が天皇と話し合ったことが鳶沢一族にどのような影響を今後与えるか、胸の中でそれぞれ考えていたからだ。

「総兵衛様、こたびの改元は、天皇様の崩御ゆえのことではございませんでした」

光蔵が沈黙を破って口を開いた。

「大番頭さん、そのことを坊城麻子様に確かめるために根岸村に立ち寄ったのです」

「それで合点がいきました」

「いいえ、そなたらは未だ私が板橋宿で改元の事実を知ったときの戸惑いを承知しておりませぬ」

「とはどういうことにございますか」

「禁裏から退出の折、公望様、桜子様が先に立ち、蹴鞠が行われた場へと戻ろうとしていた途中、私は一室で文を認《したた》めておられる女人を目にしました。そのとき、私は迷いなくもその座敷に邪魔をしておりました」

「お知り合いにございましたか」

「川越仙波《せんば》東照宮で一度お目にかかった人物です」

座をふたたび沈黙が支配した。息詰まるような沈黙だった。

「影様の九条文女様でございますな」

ようやく口を開いた光蔵の返答に衝撃が隠されていた。

坊城麻子を通して影様が五摂家九条家の娘文女と推測されていたが、そのことを京の総兵衛に文で知らせてきたのは光蔵だった。それでも驚きだった。

「いかにも九条文女様が影様にございました」

「影様の京滞在は、総兵衛様方の京行きとなんらか関わりがございましたので」

「影様は薩摩と鳶沢一族の百年にわたる暗闘が、朝廷と幕府双方の関係に暗い影を落とすことを危惧《きぐ》されておられました」

「なんと」

と光蔵が絶句した。

「そこで影様に、鳶沢一族から薩摩に戦いを仕掛けることはないと、私一存で約定致しました」

「して、そのお答えは」

「その後、茶屋家の茶会に招かれた折、御連客として招かれておられた影様と二人だけで話し合いました」

「余人を交えず二人だけでございますか。して、話の内容は」

「影様はこう申されました、朝幕親密のために薩摩との和睦《わぼく》が成ったと」

「なんということが」

　おりんが想像もしえない展開に驚きの言葉を発していた。それは鳶沢一族にとって願ってもない知らせだった。

「影様のご尽力にお応えするべく、私どもはその翌日には京を立《た》ち退《の》いたのです」

　みたび沈黙があった。

　だが、最前までの沈黙とは異なり、光蔵ら三人の胸に光を灯《とも》す沈黙であった。

「板橋宿での総兵衛様の戸惑いがようやく私にも分りましてございます。朝幕親密のための和睦には鳶沢一族と薩摩との暗闘は差し障《さわ》りが生じます。とはいえ、薩摩がこのまま、すんなりと、我らに向けてきた敵意を消すとも思えません」

「大番頭さん、大黒屋を見張る監視の眼は何者ですか」

「気付かれましたか。それがこの一月ほど前より大黒屋を見張るものがおることに気付きました。時に武家姿、時に商人、時に船頭となりを変えて、見張っておりますが、私どもの密偵を出すと、いつの間にかすいっと姿を消してしまうのです。なんとも巧妙にして姿があるようでなし、ないようであのようにこちらの勘に障ることを繰り返しておるのです」

「正体が知れませぬか。京と江戸の間には百二十六里余（約五〇〇キロ）の道のりがあります。京での和睦がまだ江戸の薩摩屋敷に伝わっておらぬとは考えられませんか」

光蔵が参次郎を見た。

「申し上げます。これまで私どもが接してきた薩摩とはいささか肌合が違うように思えるのでございます。どこがと大番頭さんに問い質《ただ》されましたが、感じが違うとしかいいようがございません」

「ほう、鳶沢一族を惑わす見張りですか。そのことでちと相談があります」

と総兵衛は言うと、湯殿で北郷陰吉と交わした会話を三人の幹部に告げた。

「薩摩からの転び者と知らされておりましたで、いささか信頼を持てない気持でございましたが、田之助の話を聞き、またあの人物を直《じか》に見て、総兵衛様があの者を許されて味方に引き入れた理由を悟りました」

「大番頭さん、北郷陰吉に長屋の一室を与え、鳶沢一族の密偵としての処遇を整えて下され」

「私は過日、治助爺《じい》が差配を務めるうちの長屋に、南町奉行所元同心の池辺《いけのべ》三五郎と薩摩藩江戸藩邸の留守居役東郷清唯《きよただ》の支配下石橋茂太夫《しげだゆう》の二人を、地中に掘られた抜け道伝いに鳶沢一族の本丸に忍び込ませてしまうという失態を犯しました。このことは明日にも総兵衛様に申し上げて、お裁きを受けるつもりにございました」

と光蔵が言い出した。

「大番頭さんの書状にもありましたが、池辺三五郎と薩摩の者がな。そなたら、どのように始末されたか」

「長屋の住人の筆結《ふでゆい》の音爺が床屋で洩らした言葉の端から秘密を池辺が察したことが分りましたゆえ、わざと二人を本丸奥まで誘い込み、始末して江戸湾の海底に沈めてございます」

「ならば失態もなにもありますまい。その隠し通路の出入り口のある部屋に北郷陰吉を住まわせると大番頭さんは考えられたか」

「それではなりませぬか」

「筆結の爺様はどうされた」

「うちとは関わりのない長屋にその費えを支払って引っ越させてございます」

「ならば陰吉にはその部屋に住まわせなされ」

　と総兵衛が決断した。

「柘植衆の伊賀加太《かぶと》峠から鳶沢村への引っ越しはどうなっておりますか」

「当初男衆だけと聞いておりましたが、柘植衆のすべてを鳶沢村に引っ越させるとの総兵衛様の京よりの書状に、鳶沢村の安左衛門《やすざえもん》さんとも話し合い、伊勢の津に深浦《ふかうら》より二艘《そう》の船を派遣して、年寄女子供などを乗せて江尻《えじり》の船隠しに運ぶ手はずを終えたところです。すでに柘植衆の若い衆を乗せた船は津に到着しておるころにございましょう。春先の海ゆえ、荒れもしますまい。あと十日もすれば海路と陸路に分かれた引っ越しが済んだという報《しら》せが参りましょう」

「おお、海路での引っ越しは迂闊《うかつ》にも考えもしませんでした。鳶沢村では二百人近い柘植衆が増えることになります、なんとか鳶沢一族に溶け込んでくれればよいのですが」

「総兵衛様、その懸《け》念《ねん》は要りませぬ。すでに私どもは今坂一族を受け入れた経験がございます。また鳶沢村に船隠しが出来たことで、あちらの船隠しにも深浦にも人を配する場所はいくらもあります」

「大番頭さん、今坂一族の女子供は深浦で過ごしておりますように、当初は柘植衆も鳶沢村でともに過ごし、鳶沢一族の暮らしに慣れたところで、江戸店や深浦の船隠しに分散させていくのがよかろうと思う。このことはいかがですかな」

「安左衛門さんのお考えも同じにございます。柘植衆は山に長年暮らしてきた民、海辺の暮らしには驚かれましょう。ですが、今坂一族が深浦でしっくりと馴《な》染《じ》んでおられるように、いえ、柘植衆は私どもと同じく和語を話す人間です、今坂一族の者が和語を学ぶ苦労に比べれば、大した難儀もございますまい」

と光蔵が言い切った。

「あとはイマサカ号、大黒丸の交易船団の安否ですか」

「琉球《りゅうきゅう》の仲蔵さんと一番番頭の信一郎が指揮をとり、唐人卜師《ぼくし》の林梅香《はやしばいこう》師らが乗り込んでおるのです。必ずや船倉にいっぱいの荷を積んでこの秋には戻ってきます」

と総兵衛が応じて、

「京の茶屋清方様もこたびの交易の品を楽しみにしておられます。その上で次の交易には茶屋家の荷も積んでほしいと申されておりました」

「いやはや、こたびの京行き、聞けば聞くほど実りの多い旅にございましたな」

と光蔵がしみじみと言った。

「七か月におよぶ道中でございます。大番頭さん、積もる話は明日にしてそろそろ総兵衛様に床に就いて頂きませぬか」

とおりんが促した。

「あちらの宴も終ったようですな」

と店座敷の気配を障子ごしに窺《うかが》っていた光蔵が、

「最後に一つ、伺っておくことがございました」

「なんですね」

「ちゅう吉を彷彿《ほうふつ》とさせるだいなごんは、一体全体何者ですか。どうも柘植衆とは違うようです」

光蔵の問いに、ふっふっふふ、と笑った総兵衛が、

「いかにも深浦に奉公にだしたちゅう吉に境遇がよう似ておりますな。あの者、柘植衆に赤子の折に拾われた子でな、父親は火薬師であったそうな。首に掛けられていたお守り袋に火薬の秘伝書が遺《のこ》されておったそうな。なかなかの芸を持っておりますよ」

「それは楽しみな」

と光蔵が応じ、おりんが、

「当分はこちらで小僧らといっしょに働かせてようございますか」

「おりん、なんぞお仕着せを見繕ってくれぬか」

と総兵衛が願い、七か月に及ぶ総兵衛の京行きの旅が終った。

翌朝、離れ屋の地下に総兵衛が下りていくと、二番番頭の参次郎以下鳶沢一族の面々がすでに思い思いに体を動かして、昨夜の酒の気配を消そうとしていた。

その中に柘植衆の新羅次郎が眼を輝かして加わった。先に鳶沢一族に参入していた七郎平らに鳶沢一族の戦力の規模や秘密のあれこれを聞き知らされていたが、地下の大広間に入ったとき、粛然とした気持ちに打たれた。

次郎は思わず初代の鳶沢成元、六代目の勝頼《かつより》の木像の前に座して、

「私め、新羅次郎にございます。十代目の総兵衛勝臣様のお許しにより鳶沢一族の末席に加わることになりました。宜《よろ》しくお願い奉《たてまつ》ります」

と挨拶《あいさつ》をしていた。

総兵衛は神棚に一礼すると、

「稽古《けいこ》を続けよ、この留守の間の研鑽《けんさん》のほどを見てみたい」

と一同に言い、

「おお、そうじゃ、新羅次郎、たれぞと立ち合《お》うてみよ」

と道場内を見回した。

すると昨夜、手代見習いから手代へと昇格が認められた天松の顔が、

「私めを、ぜひ対戦者に選んで下さい」

と鼻をうごめかして無言で総兵衛に訴えていた。

「よかろう、天松、そなたが新羅次郎の相手をしてみよ」

新羅次郎には柘植一族の面目がかかっており、なにより京で坊城桜子としげが拐《かどわか》しに遭った騒ぎを始め、薩摩の京屋敷との実戦を経験して、一段と腕を上げていた。

一方天松にはこたびの道中に指名されなかったゆえに、なんとしても総兵衛に改めて認められたいという熱望があった。またこのところさらに背丈が伸び、骨格も大人の体に近付いてきて、腕力も足腰の力も増していた。

審判を参次郎が務めることになった。

「両者、一本勝負、始め」

の声に立ち合いが始まった。

竹刀《しない》を手にして対峙《たいじ》した二人の立ち合いは白熱したものになった。激しい打合いが四半刻《しはんとき》（三十分）休みなく続き、竹刀もささくれ立ってきた。そこで新たな竹刀に替えさせ、打合いが再開された。

わずかな中断の時に新羅次郎は気持を切り替えた。相手を倒すのではなく、力の限りを尽くそうと思った。

天松はなんとしても新羅次郎から一本奪おうと力んだ。

二つばかり年上の新羅次郎の技と経験と冷静さが次第に天松の闘志を凌駕《りょうが》してきて、天松が面をとりに踏み込むところに、新羅次郎に胴を抜かれて、

「新羅次郎、胴一本」

と参次郎が勝敗を宣告した。

「天松、よう稽古を積んだな」

と総兵衛がまず敗者の天松を褒めた。

「総兵衛様、負けました」

「勝ち負けは大したことではない。七か月の間、稽古を弛《たゆ》むことなく続けてきたことが、総兵衛には見えた。それが大事なことじゃ」

と天松に諭した総兵衛は、

「次郎、もはやそなたは鳶沢一族の立派な戦士じゃぞ。そのことを向後忘れるでない」

とこちらにも声を掛けた。

「参次郎、相手をしてくれ」

と木刀を握った総兵衛が二番番頭に命じた。

「はっ」

と歓喜の表情を一瞬見せた参次郎が木刀を手に、総兵衛と対峙した。

相正眼に構え合った瞬間、参次郎は、

(総兵衛様、一段と大きゅうなられた)

と感じ入った。

総兵衛は参次郎の構えに、主《あるじ》も一番番頭も不在で江戸の鳶沢一族の実戦部隊の事実上の頭分として緊張して過ごしてきたことが、彼に一族の幹部としての意識を確立させたことを感じ取った。

参次郎はなんの衒《てら》いもなく真正面から総兵衛に攻めかけ、総兵衛は参次郎の攻めを弾《はじ》き返し、次の手を待った。

参次郎が攻め、総兵衛が防ぐ激しい木刀での打合いが続いた。

他の一族の者たちも稽古をしていたが、久しぶりに見る総兵衛と参次郎の打合いに思わず見とれていた。

半刻（一時間）も参次郎の攻めが続き、ついには参次郎の腰が浮きあがってきた。

総兵衛が参次郎の面打ちに木刀を絡《から》ませると、押し戻して間合いを造り、

「これまで」

と稽古の中止を宣告した。

「ご指導有り難うございました」

と弾む息で参次郎が礼を述べた。

「私が京にいる間に粘り強い攻めになったな、参次郎」

「いえ、総兵衛様の前では赤子同然、なんの技も決まりませぬ」

「いやいや、その粘り、実戦の折に必ずや役立つ。何事も諦《あきら》めてはならぬ。考え抜けば活路は見えてくるでな」

「はい」

一族の皆に聞かせた総兵衛の言葉に参次郎が代表して返事をした。

四

朝餉《あさげ》を終えた総兵衛のもとへ柘植七郎平と次郎の二人がだいなごんを連れて姿を見せた。三人を案内してきたのはおりんだ。

「だいなごん様が、総兵衛様に話があるそうにございます」

おりんが笑みを浮かべた顔で総兵衛に言った。

「なんだな、だいなごん様」

総兵衛もおりんに倣《なら》い、敬称をつけて呼んだ。

「総兵衛様、おれだけなぜのけ者じゃ」

「なんのことですか、だいなごん様」

「朝起きてみたらおれの傍《そば》にはだれもおらん。おれだけが寝ていた」

「旅の疲れで寝坊をされましたかな」

「大黒屋の奉公人はむろんのこと柘植の衆もだれもおらぬ、北郷の父《とっ》つぁんもおらぬ。わしだけのけ者じゃ」

「北郷陰吉の父っぁんはお店《たな》近くの長屋に移りました。そなたも長屋に移り住みたいのですか」

「そうではないぞ。なぜおれだけのけ者にすると尋ねておるのだ」

だいなごんは同じ言葉を繰り返した。

「どうせよと申されるな、だいなごん様」

「様付けで呼ばれると小ばかにされておるようだ」

ぶすくれて言い募るだいなごんに七郎平も次郎も扱いに困惑していた。

「ふふーん、そなた、板橋宿での言葉を忘れておるようだ。昨日のことでしたな」

「おれがなんと言うた」

「新羅次郎が言葉遣いを丁寧にせよと注意したら、柘植衆はこの総兵衛に主従の誓いを果たした。されどだいなごん、そなたは家来になったわけではないと、啖呵《たんか》を切りませんでしたか」

「そんなことを言うたか」

総兵衛の反問に困った顔のだいなごんが新羅次郎を見た。すると次郎が大きく頷《うなず》いた。

「だいなごん、この大黒屋には決まりごとがあります。そなたも薄々察しているとおり、昼は大黒屋という古着問屋の商人でもいったん火急の事が生じたら鳶沢一族として主の私の命に従うのです。そなたは、京で桜子様としげが薩摩の手によって拐しに遭《お》うたとき、阿弥陀《あみだ》ヶ峰《みね》の廃城に拘禁された二人を助けるために私どもといっしょに命を賭《か》けて戦いましたな」

「おう、そのことよ。そのおれをなぜのけ者にするかと最前から問うているのだ」

「だいなごん、そなたの立場を考えなされ。われら一族と主従の契《ちぎ》りを果たさぬ以上、大黒屋では客扱いです。いえ、ただ飯食いの押しかけ居候《いそうろう》のようなものです。鳶沢一族の者とは扱いが違って当然です。今後鳶沢一族としての顔をそなたに見せるわけにはいきません」

総兵衛の険しい言葉にだいなごんの怒りの顔付きが見る見る萎《しな》びていった。

そして、上目遣いに総兵衛を見て、

「だからよ、おれも鳶沢一族になる、なりたいよ」

と洩《も》らすだいなごんの膝《ひざ》をびしりと次郎が叩《たた》いた。

「なにをする、次郎さんよ」

次郎が総兵衛に一礼して許しを請《こ》うと、

「親しい仲にも礼儀ありと言います。そなた、総兵衛様にさような態度と言葉遣いで生涯の大事を願うておるつもりか」

と低声《こごえ》ながら険しい口調で注意した。

七郎平も同じく厳しい視線でだいなごんを睨《にら》み据えた。するとだいなごんの顔に叱《しか》られた仔犬《こいぬ》のように怯《おび》えた表情が浮かび、しばし息を整えていたがその場で、
がばっ
と総兵衛に向って平伏し、床に顔をつけて、

「総兵衛様、おれも鳶沢一族に加えて下され。独りのけ者になっては江戸で生きていけないよ」

と泣き声で願った。

総兵衛はしばらく返答をせず、沈黙したままだいなごんの震える背中を見ていた。間をおいてだいなごんの耳に総兵衛の言葉が聞こえてきた。

「鳶沢一族の主従の誓いは、主のため一族のためにわが命を投げ出す無償の覚悟が要るのです。だいなごん、そなたはそれが出来るか」

「出来ます。この命、総兵衛様と一族に差し出します。言葉遣いもだんだん覚えます、気を付けます」

また間があった。

「顔を上げなされ」

総兵衛の声音に優しさが戻っていた。だが、だいなごんは顔を床から離そうとはしなかった。

「よいでしょう。明朝の日課から七郎平、次郎らに従って働くことを許します。ただしまず店の見習い小僧の扱いです。番頭手代の命ずることを聞いて掃き掃除から甲斐、信玄、さくらの世話までなんでも奉公なされ」

「あわあわあわ、犬の世話もするか」

顔をちらりと上げただいなごんが狼狽《ろうばい》した。

「そなた、どうやら犬が怖いようですね」

「世の中でなにが怖いというて、犬と女子《おなご》が怖いぞ」

だいなごんの正直な吐露におりんが笑い出した。

「そなた、桜子様もおりんも怖いか」

「桜子様は怖くはなかったよ。おりんさんはちょっぴり怖いぞ」

「犬と女子な。それで鳶沢一族が務まろうか、おりん」

「女子のことは、だいなごんさんが大きくなれば気持ちも変わりましょう。されどなぜ女子と犬が怖いのですか、だいなごんさん」

とおりんが尋ねた。

「おりゃ、母親も父親も顔も知らん。女衆《おなごし》がどんなものかよう知らんぞ。犬はな、五つ六つのころ、伊賀柘植の郷《さと》で猪狩《ししが》りの犬に尻《しり》っぺたに噛《か》み付かれたせいで、尻に傷が残っておるぞ。おりんさん、見せようか」

「だいなごんさん、それは結構です」

裾《すそ》に手をやっただいなごんにおりんが断り、総兵衛が思案の体で、

「一人前の鳶沢一族になるには犬も女子も克服せねばなるまいて。さしあたり

手代の九輔と天松に願い、甲斐、信玄、さくらのうち、牝《めす》のさくらの面倒を見るようにせよ。さくらに慣れたなれば、そなたも晴れて半人前の一族の仲間と認めようか」

平伏したまま、頭をこくりこくりと上げ下げしただいなごんが、恐る恐る姿勢を正した。その顔は涙に濡《ぬ》れていた。

「総兵衛様、だいなごんなる呼び名、このままで宜《よろ》しゅうございますか」

とおりんが尋ねた。

「大黒屋の小僧がだいなごんでは客方も恐縮しような。どうしたものか」

と総兵衛が腕組みして、しばし沈思したあと、

「そなた、父が遺《のこ》してくれたお守り袋を持参しておるというたな。総兵衛に見せる気はないか」

「柘植の頭の宗部様が何年も預っていてな、おれが七つの折に下げ渡された。その他の誰にも見せたことはないぞ」

「そなたはお守り袋の中の父御が書き残した文字を読んだか」

「おれは読み書きがようできん」

「読み書きができずして、ようも紙製の爆裂玉が造れたな」

「父親《てておや》は絵でおれに火薬の造り方を書き残した。こたび総兵衛様と旅して京に行き、薬種問屋らの番頭に父親の手を真似《まね》ておれがなぞった文字を見せ、どこで売っておるか尋ね歩いた。苦労はしたが材料は手に入ったでな、坊城様の屋敷の床下に入り込み、黒色火薬を造ることができた」

「床下で火薬を造ったというか、なんとも危ないことを」

「総兵衛様、おれには火薬師の親父《おやじ》の血が流れておる。世話になった公卿様《くげさま》の屋敷を爆発させるようなへまはするものか」

「見せてみよ」

総兵衛の命にだいなごんが黙って首に掛けたお守り袋のような革袋を差し出した。

紐《ひも》も革製でその紐を解くと、細字がびっちりと記され、絵が所々に描かれた楮《こうぞ》で漉《す》いた方形の薄紙が出てきた。その二枚目の最後に、

「元幕府火術方佐々木五雄、一子正介《しょうすけ》に書き記す」

とあった。

総兵衛はその名を頭に刻み、薄紙一枚を元通りに折りたたむと革製の袋に戻して、だいなごんに告げた。

「そなたの父御は江戸の人のようだ。宗部はそのことを告げなかったか」

だいなごんが小首を横に振り、

「おれは江戸の人間か、江戸生まれか」

「なぜそなたの父御の佐々木五雄どのが伊賀加太峠でそなたを捨てざるをえなかったかは判然とせぬ。じゃが、そなたの名は佐々木正介という、れっきとした士分らしい。そなたが柘植の郷に来た折のことを知る宗部と話し合えば今少しはっきりするやも知れぬ」

「佐々木正介か、なんだか変じゃ」

「だいなごんのほうがよほどおかしかろうが」

七郎平がだいなごんこと佐々木正介に言った。

「伊賀柘植の郷では、なぜだいなごんと呼ばれるようになったのであったかな、聞かされたような気もするが覚えておらぬ」

「総兵衛様、たしか首にかけてあったお守りの中に、だいなごんと書かれた書付けがあったと爺様《じじさま》から聞いたことがございます」

次郎が総兵衛の呟《つぶや》きに応《こた》えた。

「だいなごんで通すか佐々木正介に変えるか、どうするな」

「急におれの名が佐々木正介だなんて妙じゃ」

だいなごんも首を傾《かし》げた。

「総兵衛様、富沢町では今少しだいなごんのままで通すのも面白いかもしれません」

おりんは、だいなごんの才能次第では仮名のほうがよいかも知れぬと婉曲《えんきょく》に言っていた。鳶沢一族でちゅう吉が果たした役割をおりんは考えていた。

「よかろう、当分、だいなごんのままとしよう。だいなごん、さくらに心を許してもらうように致せ。それがそなたが富沢町で一人前の奉公人になる試金石となる」

「さくらか。鶏の扱いは得意だが、犬はなあ」

と言いつつも、だいなごんが総兵衛に平伏して一族になることを誓った。

柘植七郎平、次郎に伴われてだいなごんが離れ屋を下がった。それに入れ代わるように大番頭の光蔵が姿を見せた。

「だいなごんの処遇が決まりましたか」

「あやつ、独りでのけ者にされたと拗《す》ねておりました」

「ふっふっふふ、子どもにございますな」

総兵衛がだいなごんとの面会の経緯を話した。

「ほう、幕府火術方が父親の身分にございましたか。母親は記されてございませんでしたか」

「ない。その辺りに赤子を抱えて江戸を離れざるを得なかった謂《いわ》れが隠されておるのかもしれぬ」

「総兵衛様、うろ覚えにございますがな、火術方は元文《げんぶん》三年（一七三八）と申しますから、今から六十六年前、火術に詳しい犬牽頭《いぬひきがしら》佐々木孟成《たけなり》が補任されたのが始まりでございましてな、焼火間《たきびのま》詰、御目見《おめみえ》以上、布衣《ほい》以下の身分でございます。そのあと、火術は大砲《おおづつ》、火矢、狼煙方《のろしかた》と分かれましたが、火術を職掌する留守居支配をただ今では大砲役と呼んでおります」

「なに、火術方に補任された者が犬牽頭の佐々木氏《うじ》か、するとだいなごんは佐々木氏の一族の子ということになるのであろうか」

「佐々木氏は今も大砲下役組頭に多いと聞いたことがございます。だいなごんの出自、調べますか」

「いや、当人がその気になったときでよかろう。親父どのの佐々木五雄がどのような理由によって江戸を離れたか、だいなごんに厄介なことが降りかからぬとも限らぬ。それをさけるためにだいなごんでしばらく押し通すというおりんの案で参ろうか」

「古着問屋の小僧がだいなごんとはこれいかにと客に弄《なぶ》られそうですな」

と苦笑いした光蔵は、北郷陰吉が三光新道裏の、一族の老爺《ろうや》治助が差配を務める長屋に引越しを済ませたことを告げた。

「北郷陰吉に隠し通路のことは告げましたか」

朝の稽古《けいこ》に陰吉は出ていなかった。

ゆえに離れ屋の下に鳶沢一族の本丸や船隠しがあることは知らなかった。そして、その地下の本丸には三光新道裏の外にも何本かの隠し通路が掘り抜かれて、大黒屋の表戸、裏戸を使わずとも富沢町へと出入りすることが出来たが、そのことを承知していない筈《はず》だった。

「いえ、隠し扉には出入りしたなれば、すぐに判明するように何本か髪の毛で封印してございます」

「陰吉なれば遠からず長屋の秘密に気付くはずです」

と総兵衛が言い切り、

「ところで春の古着大市の仕度はどうなっておりますか」

と話題を転じた。

「着々と進んでおります。師走《しわす》の柳原土手がなかなかの盛況で御座いましてな、春が楽しみでございます」

「なんぞ足りないものはありますか」

「古着大市の評判が高まるのはよいのですが、詰めかける人出の警備と品不足がいささか案じられます」

「品については、じゅらく屋さんや茶屋様が、京、大坂から新中古の絹物、木綿物などを中心に品集めをして下さるそうな。一月もすれば船で荷が届きましょう」

「それは心強いことです。じゅらく屋さんの時節落ちの新物は上客方に評判でございますでな、ひと息つきました」

「大番頭さん」

おりんが光蔵に促すように言った。

「おお、忘れておりました」

「入堀向こうの久松町にございますが、栄橋東詰の炭問屋の栄屋仁平次さん方をご存じですな」

「栄橋を挟んで斜め向こうゆえ店構えは承知です。されどこの界隈《かいわい》で取り残されたように沈んでおられる」

「いかにもさようです」

「それがなにか」

「栄屋が売りに出されておりましてな、三代続いた炭問屋でしたが、ただ今の三代目が放蕩者《ほうとうもの》で『売り家と唐《から》ようで書く三代目』の川柳をまるでそのまま模したようなお方で、あちらこちらに借財が嵩《かさ》み、当人は女と行方をくらましたとか。もはや立て直しは難しいそうな。過日、親族一同が集っての談義の末に、うちに買っては貰《もら》えぬかとの相談がございました。つい半月前のことでございます。そこで総兵衛様のお帰りになるまで返答を待たせてございます」

「栄屋さんの三代目は全く顔を存じませぬ。内儀《おかみ》はいつもこめかみに梅干を張っておられる顔色の悪いお方ですね」

「あれが女房のおかねさんです。給金もだいぶ滞っておるようで、奉公人の半数が辞めて、もはや商いも立ち行きません」

「敷地はどれほどです」

「それでございますよ。店は表から見るとおり手入れがなされておりませんので、かなりの手入れが要りましょう。庭には炭蔵が二棟ございまして、敷地は先代の景気がよかった折に買い増し致しましたので、四百五十余坪ございます。炭蔵も家族が住む奥も荒れ放題で、雨が降ると座敷に雨漏りがするそうです。手入れには金がだいぶ掛かりましょうな」

「売値はいくらです」

「借財が七、八百両ほどあるそうで、家族がこれより暮らす金子《きんす》を加えて千五百両と実に大雑把な値にございます」

光蔵が懐《ふところ》から絵図面を出して総兵衛の前に広げた。敷地の真ん中に紅葉の木が堂々とあった。

「庭はどうです」

「この十数年手入れもされておりませんので荒れ放題です」

総兵衛は、絵図面で角地の店が六十七坪ほど、炭蔵が二棟でほぼ五十坪余であることを確かめた。

「店と炭蔵と紅葉を残して平地に出来ますか」

「正直、紅葉の他は植え替えてもほしい庭木もございませんし、奥の住いは直ぐに壊せましょう」

「春の古着大市まで平地にできますか」

「うちの人間を手伝わせれば十数日もあればできましょう」

「大番頭さん、うちが買《こ》うたということは内緒にしておきたい。あくまで栄屋仁平次さんから借り受けておるというかたちにしたほうがよかろうと思います。出る杭《くい》は打たれますでな」

「承知しました」

と光蔵がにんまりと笑った。

「買値はどう致しましょう。言い値ゆえ一割五分引きなれば落とせましょう」

「言い値で買いなされ。その代わり最前のことは固く守らせなされ。鳶沢一族と大黒屋の活用次第では、あの土地が千五百両という買い物は安いものになります」

「相分かりました」

と光蔵が答え、

「早速栄屋の隠居と会《お》うて参ります」

と立ち上がった。

総兵衛はしばし光蔵が残していった絵図面に見入っていた。

大黒屋の真後ろにも大銀杏《おおいちょう》が聳《そび》える三百余坪の空き地があった、古着屋の伊勢屋半右衛門方の店仕舞いの機に、その土地を大黒屋が買い取ったのだ。

前年の春の古着大市には柳原土手の露店商いに提供されて大いに活躍した。

だが、三度目を数える古着大市はさらに人出が増えると予測された。

炭問屋の栄屋仁平次方の敷地の使い道はいくらでも考えられた。

「おりん、わが一族を始め、柘植衆も加わり鳶沢一族の人数が増えました。江戸店の大黒屋だけでは手狭です。栄屋さんの店と敷地が手に入れば、使い道はいくらもありましょう」

「いかにもさようです」

「なんぞ使い道に考えがございますか」

「栄屋さんのお店と蔵を残されたには総兵衛様に考えがあってのことではございませんか」

「おりん、そなたらのほうが考える間があったでしょう」

「こたびの古着大市は南北両奉行所の後ろ盾がございますゆえ何も遠慮することはございませんが、奉行所が表立って奉行所の蔵の中に眠る押収品《おうしゅうひん》を売り立てるのは、いささか差し障《さわ》りがございましょう。富沢町が肩代わりして、坊城麻子様の品物やら、総兵衛様が深浦に未《いま》だお持ちの品を混ぜて売り立てる場に栄屋を使う、という考えは当たり前すぎますか」

「いや、それでよかろうと思う」

「平地にした庭は柳原土手の方々に使って頂けばようございましょう」

「表の店はそれなりの値の物を売り、裏では一枚何十文の古着を捌《さば》きますか」

「はい」

「おりん、となれば栄屋の店を模様替えしなければなりませんぞ」

「うちの出入りの隆五郎棟梁《りゅうごろうとうりょう》に話せば済むことです」

「大番頭さん、二番番頭と話し合い、事を進めなされ」

「総兵衛様、それもこれも栄屋さんの返事次第でようございますね」

おりんの問いに総兵衛が返事をしたとき、庭から甲斐犬のさくらの、兄弟犬より甲高い吠《ほ》え声がして、その吠え声に、

「わああっ、おれに飛びかかった」

というだいなごんの悲鳴が混じり、

「しっかりせぬか、だいなごん。さくらは牝犬《めすいぬ》ですよ、甲斐や信玄よりもはるかに優しい犬です。そなたが信頼の情を示せば、さくらとてそなたのことを好きになってくれます。そうそう、そのおまえの態度がいけません。最初から逃げ腰では、さくらに舐《な》めてかかられます」

という手代の天松の声がして、総兵衛とおりんが顔を見合わせ、

「こちらは前途多難か」

と目顔で言い合った。

第二章　久松町の炭屋

一

この日、総兵衛は天松を伴い、帰府の挨拶《あいさつ》に大目付本庄《ほんじょう》豊後守《ぶんごのかみ》義親《よしちか》の屋敷を訪ねた。

昼下がりのことであった、本庄の下城の刻限を承知での訪《おとな》いであった。

幕府の要職を務めてきた本庄家と大黒屋は百年以上の付き合いがあり、当代の義親は、大名家を監察する大目付首席の地位にあり、同時に道中奉行・宗門御改《あらため》を兼帯していた。

総兵衛は早速本庄家の奥、書院に通された。

本庄義親は、笑みの顔で総兵衛を迎え、

「総兵衛、なにやら健やかな顔付きじゃな」

「義親様、京はいろいろと興味深い都にございました」

「そなたが密《ひそ》かに異郷に出向いていると城中で噂《うわさ》する者もいたが、やはり京に参っておったか」

「大黒屋の本業は古着商いにございます。京にてどのような染や織や柄が流行《はや》っているか、京友禅や西陣織の作業場を見物して学んだのは、和国をよう知らぬ私には大変修業になることにございました」

本庄義親は大黒屋の十代目は、六代目総兵衛が異郷に残した血筋であることを承知していた。また当然のことながら大黒屋に裏の貌《かお》があり、幕府のために陰の務めを果たしていることも把握していた。

「京行きには女案内人がいたそうじゃな」

五街道を監督する大目付の耳目は諸国に向けられていた。

「坊城桜子《ぼうじょうさくらこ》様が京の案内方にございました」

「根岸の南蛮骨董《こっとう》商坊城家の娘御であったか。中納言《ちゅうなごん》坊城家の出ゆえ娘御も京には詳しかろう」

「義親様、ようご存じでございますな」

「南蛮船に乗って江戸湾を抜け出た者が京にて薩摩《さつま》と角突合せたそうな。大黒屋ならではの神出鬼没よのう。そなた、薩摩を騙《だま》すために女連れでどのような奇策を講じたのじゃ」

「義親様にも秘密にございます」

と冗談で応じた総兵衛は、

「私が十代目の大黒屋の主《あるじ》に就いて初めての交易船団を、薩摩の新・十文字船団が薩摩領海にて待ち受けているのは当然考えられたことにございます。私めが交易船団に乗り込み、陣頭指揮をするかに薩摩に想《おも》わせるのも策略の一つにございました」

「その実、交易船団から船抜けして京に女連れで道中をなしたか」

「はい」

「千代田城中で薩摩の船団が大被害を負うたと密偵から漠たる報《しら》せが入ったが、なにしろ薩摩は遠国、さらには国境を超えるのは容易ではないでな、その真偽は確かめられなかった」

「わが持ち船、イマサカ号と大黒丸が、分断した新・十文字船団を木端微塵《こっぱみじん》に屠《ほふ》り去りましてございます」

「恐ろしき人物よのう、大黒屋総兵衛は」

「いえ、一介の商人に過ぎませぬ」

「総兵衛、努々《ゆめゆめ》油断をするなかれ。城中には大黒屋の動きに関心を持っておられるお方がかなりの数おられるでな」

「古着屋風情《ふぜい》に城中が関心を抱くとはどういうことでございましょうか」

「それは総兵衛、そなたがいちばん承知のことではないか」

「いかにもさようでした」

素直に返答をした総兵衛は、京にてさるお方の仲介で薩摩と和睦《わぼく》が成った事実を告げた。本日の訪問でいちばん大きな報告といえる情報であった。

大目付本庄義親の顔色が変わった。

「なに、薩摩と大黒屋、いや、言い間違えたか、鳶沢《とびさわ》一族と和睦が成ったとな。それは初耳であるぞ、幕府にとっても朗報であるな。これ以上の安堵《あんど》はあるまいぞ。その若さでし遂げたとはそなたの手腕が恐ろしいわ。本庄義親、正直感服致した。下世話な問いになるが大金を使ったか」

「いえ、三百両を朝廷に献上したに過ぎませぬ」

総兵衛はその経緯を筆頭大目付の義親に語った。話を聞いた義親が、
ふうっ
と吐息を洩《も》らし、

「坊城家の娘御の存在の大きさを江戸ではだれも気付いておらぬ。そなたはその娘御を嫁御にしようとしておる」

「総兵衛、利で嫁を選んだわけではございません。桜子様が愛《いと》おしいのです」

「その素直さに女子《おなご》が惹《ひ》かれ、男は騙されおるか」

と笑った義親が、

「幕閣ですら天皇様に拝謁《はいえつ》できたのはほんの数人であろう。そなたは一度の京行きでしてのけたとはな、大変なことぞ」

「私め、ご存じのように異郷生まれゆえ、和国のことをよう知りませぬ。ゆえにかえって叶《かの》うたことかもしれませぬ、義親様」

「それにしても、薩摩と鳶沢一族の百年の確執を解いたとは凄腕《すごうで》の仲介人がい

たものよのう。まさか坊城家ではないな」

「ございません。そのお方は朝廷とも幕府とも関わりがある女性《にょしょう》にて、朝幕親密のためには、幕府のために影御用を勤めてきた鳶沢一族と、朝廷を通して幕府に深く食い込んでおられる西国の雄藩薩摩が百年の長きに渡り、相争うのは和国のために宜《よろ》しからずと、口利《くちき》きを為《な》されたのでございます」

「いや、江戸にとっても幸運の報せであった。このためだけであっても京行きは十分な成果であったな」

「はい」

「時折大番頭の光蔵《みつぞう》が参り、そなたらの動静を伝えていったでな、およそのことは承知しておるつもりであったが、光蔵め、大事なことはなにも伝えてくれなんだではないか」

「いえ、事が複雑微妙ゆえ書状にてはほとんど大事は店に知らせておりませぬ。ゆえに大番頭も私が戻っての報告で知ったことでございます」

「うむ、さようであったか。……ところで」

と義親が首を捻《ひね》った。

「根岸の南蛮女商人が大黒屋と親しく互いが持ちつ持たれつの関係は承知じゃ。だが、南蛮女商人の娘御、桜子どのと申されたか、その父御はどなたか」

「本庄義親様ゆえ真《まこと》のところを申し上げておきまする。坊城桜子様の父上は大給《おぎゅう》松平宗家の西尾藩主であられた松平乗完《のりさだ》様でございます」

「噂には老中松平乗完様が側室を外に抱えておられるとは聞いたことがあったが真実であったか」

　総兵衛は道中で桜子から父親について聞かされるや、従者たちと別れ、桜子と二人だけでその亡父松平乗完の墓参りを足助《あすけ》街道の奥殿陣屋《おくとのじんや》になしたことを告げ、

「乗完様が京都所司代を務められた天明七年（一七八七）から寛政元年（一七八九）に老中として江戸へ呼び戻される短い間、麻子《あさこ》様は桜子様と三人ごいっしょに京で仲睦《むつ》まじく暮らされたのでございます」

　と言い足した。

「総兵衛、桜子どのとの旅で大きな贈り物を得たようじゃな、なんとも得難き京行きであったのう」

本庄義親は素直に総兵衛の旅の報告を喜んでくれた。

頃合いを見て、義親の奥方が加わり、膳《ぜん》が出て、酒になった。

「奥、大黒屋総兵衛の嫁女が決まったそうな」

「おや、どなた様にございますか」

「そなたも噂に承知であろう。京の中納言家の出にして南蛮女商人の娘御じゃ」

「坊城麻子様に娘御がおられましたか」

「桜子どのというてな、総兵衛と二人して仲良く亡父大給松平乗完様の墓参りをなされたそうじゃ」

「おや、その娘御のお父上は大名方にございましたか」

「西尾藩主にして老中を務められたお方であるわ」

「大黒屋総兵衛どのには打って付けのお相手かとお察し申します」

「いかにもさよう」

「ならば、総兵衛どのに私から祝いの酌をさせて下さいませ」

と銚子《ちょうし》を取り上げた奥方が、

「おお、なんと迂闊《うかつ》にも忘れておりました。総兵衛どのより京土産を頂戴《ちょうだい》致しました、その御礼も申しておりませんでした」

「女連れで帰路を中山道《なかせんどう》にとりましたゆえ、些細《ささい》なものしか持ち帰ることが出来ませんでした。こたびの京行きで、茶屋清方様と昵懇《じっこん》なお付き合いが出来ましたゆえ、これまで付き合いのあったじゅらく屋さんに加え、茶屋家との取り引きが始まります。京で仕入れた荷は船にて送らせておりますゆえ、船が着き次第、本庄様のお土産は改めて持参致します」

「なに、茶屋家と知り合うたか」

「はい。義親様は清方様とお知り合いにございますか」

「いや、江戸にて御用を勤めるわしとは縁がない。じゃが、そなたと茶屋清方となれば話が合おう」

本庄義親は茶屋家がその昔、異国に出て交易を為した京の大商人にして徳川に与《くみ》した細作《さいさく》であることも承知していた。

「清方様は私よりだいぶ年上ゆえ京の諸々《もろもろ》を教えられることばかりにございました」

総兵衛は茶屋家に招かれて茶会などの持て成しを受けたことを義親と奥方に伝えた。

「京はまた江戸と肌合が違う都と聞いたことがございます。生涯に一度くらい京を訪ねてみたいものです」

「奥、幕府に奉公しているかぎりまず京行きなどあるまい」

「義親様、松平乗完様のように京都所司代を務められればよきこと」

「京都所司代は三万石以上の大名が務める決まりであることくらいそなたも承知していよう。大目付では叶わぬ夢よ、総兵衛」

「義親様、幕府開闢《かいびゃく》以来二百年余の歳月が過ぎました。京での西国大名の動きを見ておりますとき、大きな変動が間近に迫っていると、この総兵衛はひしひしと感じました。薩摩はそれを逸早《いちはや》く察知したゆえに京屋敷を設け、朝廷と密なる関わりを持っているのでございましょう。旗本ゆえその職は務められぬ、大名がなすべき職務というような旧弊な決まり事など一陣の風に吹き飛びまする、そのような予感を持ちました」

「ほう、そなたならではの感じ方じゃな」

「総兵衛どの、徳川幕府に異変が起こりますか」

と奥方が尋ねた。

「奥方様、古今東西の王政や幕府を見ても永久に体制が続く保証はどこにもございません。南の国々にはイギリス、フランス、オランダを始めとして多くの国が大きな帆船を擁して遠征し、独自な交易路を伸ばし続け、居留地と称する足場を築いております。すでに清国《しんこく》には、その兆《きざ》しがみられますし、和国とて北からオロシャが蝦夷地《えぞち》に触手を伸ばしておりましょう」

「総兵衛、それをいうなれば、総兵衛自らが異国を逃れ、この和国に参ったこと自体がその流れの一環とはいえぬか」

「私自らの行動は異国の大国の動きとは違うと思うてきましたが、義親様が仰《おっ》しゃるように同じ流れかもしれませぬ」

「オロシャは外側から和国を揺さぶり、そなたは徳川が支配する国の内に入り込んでこの国の眠りを覚まそうとしておるわ」

「いかにもさようでした」

「総兵衛、城中にはいろいろな考えを持つ幕僚がおられる。そなたが慎重な考え方の人物とこの義親は承知しておる。だが、そうとばかりは考えぬ輩《やから》もあるでな、くれぐれも注意を致せ。おや、奥、大黒屋の十代目に説教をするなど、本庄義親、老いたか酔うたか」

と義親が酔った振りして、城中の動きを総兵衛に警告してくれた。

「殿様、そのお言葉、総兵衛胆《きも》に銘じます」

「そなたなればどのような危難も乗り越えようが、注意するに越したことはないでな。酔った上の座興として聞き流せ」

「殿、総兵衛どのが江戸にお戻りになり、嬉《うれ》しいかぎりにございますな」

「富沢町の主《あるじ》がおらぬと江戸が寂しいわ」

いかにもさようです、と応じた奥方が、

「総兵衛どの、今年の春もまた古着大市を催されましょうな」

「南北両お奉行所の後ろ盾もございます。これまで以上の賑《にぎ》やかな大市を大番頭の光蔵を始め、留守番方の奉公人が企てております」

「それは楽しみなことです」

総兵衛が本庄邸を出たのは五つ半（午後九時頃）過ぎのことであった。長時間にわたったのは久しぶりの対面でお互いに積もる話があったからだ。

「総兵衛様、私も夕餉《ゆうげ》を馳走《ちそう》になりました」

歩きながら天松が言った。

「奥方様はよう気が回るお人ゆえな、そなたにも気遣いをしてくれたのであろう」

「やはり商人の台所と武家方では食べ物が違いますね」

「ほう、どのように違いましたか」

「遠慮なく申し上げますと、実に慎ましやかながらも心の籠《こも》った膳でございます。総兵衛様、奉公人のだれもが温かいものは温かいうちに食べられる料理に満足されておられます。盆暮れと儀礼の品を届けてこられる大名方もあるそうですが、義親様はすべてさような品は門前でお断りされて受け取られぬそうです」

「大目付職は大名家を監督糾弾するのが職務です。賂《まいない》がいの品を受け取ると、なにか事が起ったときに手心を加えたと疑われましょう、ゆえに受け取られないのです」

「本庄家の奉公人はそのことを承知ゆえ、屋敷の一角で菜園を造り、季節の野菜を膳に載せたりして、三度三度を工夫されておるそうです」

「商人の家は日銭が入りますゆえ、つい口が奢《おご》ってしまいます。本庄家の台所を見倣《みなら》わねばなりません」

と総兵衛が答えたとき、二人は神田川沿い柳原土手の柳森稲荷《いなり》前に差し掛かっていた。

総兵衛の足が止まり、天松の提げる提灯《ちょうちん》の灯りが揺れた。

なんとなく前後を囲まれている感じがした。

総兵衛は素手であった。

天松だけが懐《ふところ》に得意の綾縄《あやなわ》を忍ばせていた。

間合いが詰まった。こちらが気付いたことを感じたからであろう。

「総兵衛様、京から薩摩を連れて来られましたか」

と天松が低い声で聞いた。

天松は京にて鳶沢一族と薩摩が和睦《わぼく》したことを知らなかった。

「いや、そうとは思いませぬ。もし薩摩ならば中山道で襲いきた筈《はず》、こちらは女連れの旅でしたからね」

「となると、近ごろ富沢町で店の出入りを見張る輩でしょうか」

「なんとも言えませぬ」

天松は右手を懐に突っ込み、綾縄を片手で解いた。

提灯の灯かりに人影が立った。独りだ。

小柄な影は隠居然としたなりだった。頭には頭巾《ずきん》を被《かぶ》り、袖《そで》なしの綿入を重ねて、軽衫《カルサン》を穿《は》いた腰に小さ刀を差し、白足袋に草履であった。そして片手に身の丈を越えた長さの竹杖《たけづえ》を携えていた。

総兵衛らが間を詰め、相手の五間（約九メートル）ほど前で歩みを止めた。

「ご機嫌いかがにございますか」

と総兵衛が声を掛けた。

「大黒屋総兵衛じゃな」

「いかにもさようでございます」

しわくちゃの顔は古希を過ぎた老人を思わせたが、天松の提灯の灯かりに眼

光鋭い面貌《めんぼう》が浮かんで、

「ただ者ではない」

ことを思わせた。

「そなた、異郷生まれか」

「そなた様はどちらにお生まれですかな。夜分初めて出会《でお》うた人間同士が交わすにはいささか礼儀を欠いた問いかと存じます」

声もなく笑った老人が、

「江戸で古着大市なるものを企て、濡《ぬ》れ手で粟《あわ》の大金を稼ぐ商人の面構《つらがま》えを見たくてな、待ち受けておった」

「この地は昼間、床店《とこみせ》商いの古着屋方が商いをする場にございます。その商いの護《まも》り神、柳森稲荷様に誓って申し上げますが、大黒屋一軒が儲《もう》けるのではございません。富沢町と柳原土手がいっしょに手を携えて商いに勤《いそ》しみ、江戸の景気にいささかでも貢献しておると自負しております。どこぞにご不満がございますかな、至らぬ点は次なる機会に改めることが出来ますゆえ、お教え願いましょうかな、ご老人」

「商人か隠れ武士か知らぬが、よう口が回るものよ」

「お訪ねした先で酒を頂戴《ささちょうだい》致しました。久しぶりに会うお方ゆえ気持ちよう酔いましてございます。口が滑らかなのはそのせいでございましょうか」

「大目付本庄義親が訪ねた先じゃな」

「ようご存じでございますな。そろそろ、そなた様も正体を明かされませぬか」

「そなたが言うたようにただの年寄に過ぎぬわ。もはや名があって無きが存在、世に疎《うと》まれておる者が名など名乗ったところで致し方なかろう」

総兵衛はどこかで会った顔であることを感じていた。だが、思い出せなかった。

老人は手に携えていた竹杖を総兵衛に向っていきなり投げた。

わずか五間先に立つ総兵衛に向い、竹杖は捻《ねじ》くれた幹が頭を先にして、驚くべき速度で夜風を切り裂き飛んできた。

古希を過ぎた老人にしては、驚くべき腕力であり、手首の捻《ひね》りだった。

あっ

と思わず天松が叫んだほどの敏捷《びんしょう》の技だったが、総兵衛はただ、

ふわり

と体を流して竹杖を避けつつ、ぱっ、と軽く摑《つか》んでいた。

空手になった老人の手が上がり、前後から殺気が押し寄せてきた。

天松が手にしていた提灯を投げ棄てると、懐に入っていたもう一方の手を出して、綾縄の先端に付いた鉤《かぎ》の手を廻し始めた。

「主従してあれこれと芸があることよ」

老人が言い放ち、反動をつけることもなく横手に飛ぶと虚空《こくう》で宙返りを重ね、柳森稲荷の小さな社殿の屋根に飛び移って、

こんこんこん

と鳴いて見せた。

殺気が総兵衛と天松に襲いかかってきた。

天松が最前まで提げていた提灯の灯かりで攻めてくる人影は分かった。薄い衣を身にまとった一団は、敏捷にして巧妙だった。

だが、総兵衛の手には老人が投げた竹杖があり、殺到する影を迎え撃って、

突き、払い、殴りつけて倒した。総兵衛が手加減したせいで倒された者もまた立ち上がり戦列に戻った。

天松の鉤の手がヒュンヒュンと音を立てて回転して、飛び込んでくる影の顔を打ち、腕に絡《から》めて、襲撃者が手にした奇妙に湾曲した短剣をふっ飛ばしていた。

一陣目の攻撃を防いだ総兵衛は、

「天松、私と背中を合わせて前方の敵に対処しなされ」

と命じて、二人は背中合わせに立ち、前方の襲撃者の二陣目に備えた。

提灯の灯かりが今や燃え尽きようとした。

「火の用心、さっしゃりましょう！」

突然柳原土手に火の番方の声が響くと、
カチカチ
と拍子木が鳴らされた。

「退《ひ》け！」

と柳森稲荷上の老人が命を発し、薄い衣を翻《ひるがえ》した一団がその場から姿を消した。

総兵衛は襲撃者が退散したのを確かめると、天松が鉤の手を相手の手首に絡めて落とした短剣を拾い、

「ほう、クックリ刀か」

と驚きの声で呟《つぶや》き、提灯が燃えつきて消えた。

二

その夜、総兵衛が天松を伴い富沢町に戻ると、光蔵とおりんが離れ屋に主の帰りを待ち受けていた。無事の姿を認めた光蔵が、

「話が弾まれたようですね」

「久しぶりの対面でした。ために互いに積もる話に花が咲きました。義親様は私どもの京行きの成果を大層喜んでくれましてな」

「ほうほう」

と光蔵が身を乗り出した。

「なかんずく鳶沢一族と薩摩が和睦した一件に幕府、朝廷のためによろしきこ

とであると大いに得心なされました」

総兵衛の言葉におりんが、

「総兵衛様、和睦のため努められたお方がだれか、本庄様に申し上げたのでございますか」

「おりん、案ずるな。仲介人がだれとは本庄義親様にとて申し上げるわけにはいきますまい。義親様は、中納言《ちゅうなごん》坊城家の仲介かと推測なされたようですが、これは穏やかに否定しておきました」

との総兵衛の答えにおりんが安堵《あんど》の表情を見せた。

「こちらにも報告がございます」

と光蔵が言った。

「それで起きて待っていましたか」

「うちの長屋に引き移った北郷陰吉《きたごうかげよし》にございますが、昼下がりより姿が消えております」

「陰吉とて久しぶりの江戸、馴染《なじ》みの女子《おなご》でもいるのではありませんか」

「総兵衛様、本気でそう考えられますか」

「陰吉に見張りがついていますか」

と光蔵の問いに総兵衛が反問した。

「いえ、そういうわけではございません。ですが、長屋はうちの家作、住人には一族の者が混じっておりますゆえに、案じてその動静が伝えられました。あくまで陰吉の身を懸念《けねん》してのことでございます」

と光蔵は否定した。大黒屋を預かる大番頭としてはなかなか薩摩から鳶沢一族に転じた北郷陰吉を信頼できないのであろう。

「陰吉のことは勝手にさせておきなされ」

「こたび、なんぞ格別な御用を命じられましたか」

とさらに問うた。

「いえ、格別に命じたことはありません。されど」

「されど」

と光蔵が総兵衛の言葉を繰り返した。

「本庄様のお屋敷で奥方様を交えての歓待を受けた後の帰り道、柳原土手にて待ち伏せがありました」

「ま、待ち伏せですと」

「薩摩にございますか」

光蔵とおりんが次々に問うた。

「いや、薩摩ではあるまいと思う。大黒屋総兵衛じゃなと尋ねた様子といい、古希を過ぎたと思《おぼ》しき齢《よわい》といい、身の軽さといい、なんとのう薩摩ではあるまいと思いました」

総兵衛の口調はあくまで穏やかで懐《ふところ》からククリ刀を出して見せた。

「異国の短剣にございますな」

柄《つか》を加えて一尺（約三〇センチ）足らず、湾曲した刃は鋭いものであった。

「天竺《てんじく》の北にグルカなる山の民が棲《す》んでおるそうな、その者たちが携帯する刃物をツロンの港で天竺船の水夫《かこ》に見せられたことがある。老人の配下の者たちは、薄物ながら色鮮やかな衣装を身に纏《まと》っていた。あの衣装もまた異国、それも南国の者が着る衣装であろう」

「驚きましたな」

「大番頭さん、北郷陰吉が長屋におらぬわけとこのことは絡んでおりませぬか」

「北郷陰吉は一味にございますか」

「大番頭さん、違いますよ。陰吉さんは密《ひそ》かに総兵衛様と天松さんの本庄家訪問に陰で従っておったのではないかと、総兵衛様は考えておられるのでございましょう」

「おお、そうか」

「総兵衛様と陰吉さんの付き合いは鳶沢村に始まり、京滞在、江戸への帰路と七か月ほどにございます。その短い間に北郷陰吉さんは薩摩の密偵から鳶沢一族に転ずるという難儀を乗り越えられたのです。その背景には総兵衛様への心服があったはずです。私どもも北郷陰吉さんを鳶沢一族の者として考えねば、判断に狂いが生じましょう」

「おりん、いかにもさようでした」

総兵衛の前で二人の鳶沢一族の重鎮が話し合い、頷《うなず》き合った。

「陰吉は大黒屋を見張る眼となる役目を承知していました。おそらくあやつらを監視していて、私のあとを尾行し始めたのに気付き、さらに本庄邸までついてきたということではありませんか。そのクックリ刀の主《ぬし》どもは、私が本庄邸における間にあの年寄を呼び寄せたのでしょうな」

「見張りの連中の行動が神出鬼没なのは異人だからですか」

「異人とはまだ特定できまい。私の出自を知る者なれば、グェン・ヴァン・キかと念押ししたはずです、ですが、大黒屋総兵衛かと尋ねた」

とそのとき、総兵衛は脳裏に古めかしい和語を思い出していた。

あのような会話は総兵衛の幼きころの記憶の奥にあった。

（そうか、そうであったか）

「あの者たち、異国の影響を受けた一派と考えたほうがよかろうと思う」

「総兵衛様、繰り返して恐縮にございますが、薩摩の廻し者ではございませんな」

「今の段階で薩摩ではない、あるいは逆に薩摩と関わりがある連中だと決めつけるのはどちらも早計であろう」

「分かりましてございます。ならば、陰吉さんの帰りを待ちましょうかな」

「それがよかろう」

と総兵衛が言い、

「義親様が酒の酔いに任せてと断わって、冗談で口にされたことがあります。幕僚にはいろいろな考えを持つ者があるで、総兵衛、くれぐれも気を付けよとわざわざ注意なされた。このこともあるゆえ、薩摩うんぬんと特定して推量致さば間違いを起こそう。ゆるゆるとな、城中の動きを含めて見守って参ろうか」

「それが宜《よろ》しゅうございます」

とおりんが賛同した。

「大番頭さん、向こう岸の炭問屋の話は終わりましたかな」

「それでございます。栄屋の主《あるじ》仁平次さんがどこぞの女と行方を断って一年余、主不在ゆえ、隠居の与五郎さん、親族の主だった者たちが会しての話し合いの結果、もはや仁平次を探し出してその承諾を取るのは難しい上に、借財のかたにお店、屋敷、蔵を差し出せという金貸しが脅しまがいに迫っておりますそうな。五人組、町役人にもうちの名前は出さずして、売り払って名義を変えますと相談したところ、止《や》むなしとの答えを本日受け取ったそうです。総兵衛様のお帰りを待って、最後のお気持ちを聞き、明日にも沽券《こけん》状の名義の書き換えをなし、千五百両を支払うつもりでございます」

沽券状あるいは沽券とは、土地家屋などの売り渡し証文のことだ。

総兵衛はしばし沈思し、

「明朝いちばんにて南町奉行根岸鎮衛《やすもり》様の内与力田之内泰蔵《たいぞう》様にお目にかかり、仔細《しさい》を申し上げて内諾を得ます。買取りはそれからでよいでしょう」

古着商は八品商売人と特定され、江戸町奉行の監督下にあった。ために総兵衛は念押しのために田之内に内諾をとることにしたのだ。

「それはよいお考えと存じます」

とおりんが応じ、光蔵が、

「古着大市は南北両奉行所の蔵さらえを代わりになす場でもございます。田之内様は必ずご承知なさいますよ」

と請け合った。そのうえで、

「栄屋さん家族と奉公人は、金銭を受け取り次第、三日以内に立ち退《の》くと申されております。借金は親族の方が相手先に届け、借用書を受け取ったとの確認を得た上で、江戸外れの知り合いの家に移り住むそうです」

と言い足し、さらに、

「そんなわけで鳶《とび》の頭と大工の棟梁《とうりょう》をうちに呼び、栄屋の店と蔵と紅葉の木を残して平地になすこと、さらには店の模様替えをするのにかかる日数と費用の見積もりをすでに出させてございます。むろん二人には絵図面を見せただけで、栄屋とは言うてございませんがな、二人ともどこが売り家か分かられたようですが、さすがに口にはなさりませんでした。家を打ち壊して平地にするのにおよそ十五日ほど、店の手入れは打ち壊しと並行して行うそうです。余裕を見て一月というておりました」

「こたびの古着大市にはぎりぎりの日数ですね」

「そこです」

「明日の田之内様との会見が大きな要素になりましょう。おりん、なんぞ根岸奉行様と田之内様に京土産となるようなものはありませんか。なにしろ私たちは徒歩《かち》で戻りましたゆえ、京土産などさほど運んでくることが出来ませんでした」

「総兵衛様、根岸様は文芸の才が豊かなお方、自ら筆をとり、世間の出来事を事細かに書き遺《のこ》しておられますそうな。過日、さるところから唐渡《からわた》りの古硯《こすずり》を買い求めておきました。京にて見付けたものと申されれば、それはそれで気持ちが伝わりましょう」

「唐渡りの古硯ですか。結構です」

「内与力様には天眼鏡などいかがでございますな。私と同じくだいぶ老眼が進んでおられるように見受けました」

「よろしいでしょう」

と話が決まった。


その夜、北郷陰吉は治助爺《じい》が差配する大黒屋の長屋に戻ってこなかった。

そのことを朝稽古《げいこ》の最中に報告を受けたが、総兵衛は、ただ首肯しただけで、なんの指示も出さなかった。

その代わり、天松が指導する小僧組の稽古の見物に近寄った。そこにだいなごんの姿を見たからだ。

「だいなごん、少しは富沢町の暮らしに慣れたか」

天松の声で稽古が中断されたのを見て、総兵衛が声をかけた。

「は、はい」

だいなごんの返事にいつもの元気がなかった。

「どうした、腹痛《はらいた》でも患《わずら》っておるか」

「腹痛などねえ」

天松が竹刀《しない》の先でだいなごんの頭をこつんと叩《たた》いた。

「主様への言葉遣いもできぬか」

「は、はい。腹痛ではねえだよ」

「天松、ちゅう吉のことを思い出しなされ。言葉遣いはなかなか難しいものじゃ。しばらく大目に見よ」

「畏《かしこ》まりました」

と応じた天松が、

「ただし、さくらに触るくらい今日じゅうに出来ぬと、総兵衛様に願い、富沢町から叩き出すぞ」

「は、はい、天松さん」

だいなごんが泣きそうな顔で応じた。

「だいなごん、なにを戸惑うておる。そなたとて京にてこの総兵衛に、二つの貌《かお》があることに気付いていたであろう。そなたはそれを承知で自らこの総兵衛に一族への加入を願うたのだ。目の前に立ち塞《ふさ》がる難儀を一つひとつ乗り越えよ。そなたが商いとわれらが使命に慣れぬかぎり、一人前の鳶沢一族の男にはなれぬでな」

「はい」

だいなごんに頷き返した総兵衛が、

「天松、そなたが通ってきた道だ。総兵衛の代わりに小僧たちに言葉遣いからとくと教え込んでくれ」

と願った総兵衛はこの朝、早めに稽古を切り上げた。

南町奉行所に内与力の田之内泰蔵を尋ねるためだ。

珍しくもおりんを従えた総兵衛が富沢町に戻ってきたのは光蔵が想像したよりも早く昼九つ（正午）を過ぎた刻限であった。

「おや、内与力様にお会い出来ませんでしたか」

「いえ」と答えた総兵衛とおりんが早々に店から奥へと消えた。なにかあると見た光蔵が帳場を二番番頭の参次郎に預け、奥へと通った。すると総兵衛は仏間にいて、先祖の位牌《いはい》にチーンと鈴《りん》を鳴らして合掌していたが、居間に姿を見せた。

「大番頭さん、今朝南町に伺ったのは正に時宜に合《お》うておりました。あの栄屋の土地、名前は上げられませんでしたが、とある古着屋から、買い取って古着屋の店にしてよいかとの打診がありましたそうな」

「えっ、栄屋は二股《ふたまた》をかけておりましたか」

「いや、どうやら行方を断っている栄屋仁平次が沽券も見せずに売りに出した様子なのです。南町ではまず手続きを踏むようにと、その古着屋に命じたそうです」

「仁平次が願った古着屋の買値はいくらにございましょうかな」

「田之内様はこの総兵衛には申されませんでした。ですが、去り際《ぎわ》に沽券がないからというて三百ではな、と呟《つぶや》かれました」

「三百両ですと、驚きましたな。この界隈《かいわい》の敷地の値などなきに等しい破格の安値です」

「それだけ栄屋仁平次が金に困っているということでしょうよ」

「で、田之内様はうちが引き取ることには賛意を示されましたか」

「沽券があり、隠居家族親族総意の上に町役人も認めていること。また借財を支《し》払《はろ》うてなんとか暮らしを立て直そうとしている意思は捨て置かれぬ。まして、古着大市の場に使うと大黒屋が申すなれば、早急に手を打てと申されました」

「旦那《だんな》様、この足で栄屋に参り、早々に手続きに入ります」

「大番頭さん、栄屋の親族が栄屋に金を貸した者に会うとき、二番番頭の参次郎と坊主《ぼうず》の権造《ごんぞう》を立ち合わせなされ」

「それはよい考えにございます」

と光蔵が離れ屋の居間を辞去した。


その日の内に売り渡しの仮契約が、久松町の町役人の立ち合いで行われ、千五百両の内、半金が支払われた。

相手の取り立ての言い分は八百両だが、理不尽な利息が積み重なったことだと推測をして七百五十両内で話をつける心積もりだった。

そこで栄屋の親族の者に大黒屋の二番番頭の参次郎と荷運び頭の坊主の権造が同行して支払い場に出向かせた。

夕暮れ、参次郎が総兵衛の前に戻ってきて、

「ただ今戻りました」

と挨拶《あいさつ》した。

その場には大番頭の光蔵とおりんが同席し、総兵衛が、

「栄屋仁平次が金を借りた相手は名うての金貸しとか。七百五十両を素直に受け取りましたかな」

「金貸しは、浅草三間町裏のしもた屋で商いをなす浅田屋徳右衛門という金貸しにございましたが、元金、利息合わせて八百両を払えと用心棒の剣術家どもを同席させて凄《すご》みますゆえ、栄屋の親族の方はがたがたと震えておいででした。ですが、坊主の権造の頭が、『てめえら、証文を見ると、最初の貸し金が二百五十両とあるじゃねえか。利息分が積み重なって八百両だと。そんな法外な利息があるものか。この証文を恐れながらと町奉行所に訴えようか。それとも黙

って証文を渡すか』と反対に居直りました」

「ほうほう、坊主の頭がな、あの者、大力の上に棒術の達人です。一人やふたりの用心棒など、屁《へ》とも思いますまい」

「はい。私が出る幕もなく坊主の頭がひと暴れして、用心棒どもがほうほうの体《てい》で逃げ出し、浅田屋徳右衛門が、相手を見誤ったかと、平伏して七百両の金《きん》子《す》で証文を渡してくれました。頭が言うには用意した残りの五十両は、おれの汗掻《あせか》き料だと支払わずに持ち帰り、栄屋の家族の再興の費えに組み入れることに致しました」

「それは上出来でした」

「帰り道、親族の方に話を伺いますに親族にもあれこれと借金があったそうで、残った奉公人の給金を支払うと、隠居夫婦、嫁一家に残る金子は二百両にも満たないとか。ですから五十両を支払わずに済んだのは大助かりだそうです。坊主の頭が、先にそのことを聞いていれば、もうひと暴れして四、五百両で話が付けられたのにと悔しがっておりました」

と参次郎が言い、

「ならば私がこれから栄屋に伺って参ります」

と光蔵が総兵衛に許しを得た。ことのついでと栄橋を越えた栄屋に坊主の権造を伴い、残金の七百五十両を支払に行った。

「大黒屋の大番頭さん、うちの馬鹿《ばか》息子のお陰で三代続いた炭問屋を潰《つぶ》すことになりました。こたびは大黒屋さんに世話になりっぱなしで、お礼も出来ない。倅《せがれ》の馬鹿が恨めしいし、情けなくなります」

栄屋の隠居が苦々しい顔で吐き捨てた。

「ご隠居、富沢町と久松町は栄橋を挟んで、指呼《しこ》の間《かん》でございますよ。なぜ仁平次さんが道を踏み外したとき、相談にお見えになりませんでした。その時点なれば、栄屋さんを潰すこともございませんでしたよ」

「大番頭さん、私ども、詰まらない意地や見栄《みえ》に邪魔されて、あの橋を渡ることが出来ませんでした。今申されれば、仰《おっしゃ》るとおり、富沢町の惣代《そうだい》に頭を下げて、打ち明けるべきでした。その罪咎《つみとが》の報いを嫁や孫に負わせて仕舞いました」

孫は三人いたが幼い子は二つになったばかりという。

家財道具も売り払ったか座敷の中はがらんとしていた。

暗い顔付きの家族や親族が見守る中、町役人が立ち合い、残金の七百五十両が支払われ、沽券《こけん》に新たな地主の大黒屋総兵衛の名が記されて大黒屋の持ち物になった。そこで光蔵は、総兵衛が南町奉行所から仕入れてきた話をした。

「栄屋のご隠居、この土地を仁平次さんは三百両で売り飛ばそうとしておられるそうな」

「えっ、私どもはなにも知りませんぞ」

「はい、仁平次さんが金に困っての苦し紛れのことでしょうよ。持ちかけられた古着屋が町奉行所に久松町で新たな古着屋の鑑札が受けられるかと、問い合わせたゆえに私どもがその事実を承知しております」

「馬鹿につける薬はないと言いますがなんとも言いようがございません。重ね重ね恥ずかしい話です」

「ご隠居、私がその話を持ち出したのは、なにも恥を搔かせようとか、そういう話ではございませんでな。金子に窮しておる仁平次さんが、この土地が売られたと知ったらどう出ましょうな。そちら方の引っ越し先へと押し掛けて行きましょうよ。ご隠居、仁平次さんは、皆さんの引っ越し先を知らないのでございましょうな」

「あいつは知りません。親族にも引っ越し先は当分内緒にしてございます。ただ、嫁は人が良すぎますゆえ、あいつが泣きついてきたら僅《わず》かに残った金子を渡しそうです。ですから、こたび大黒屋さんのご尽力でなんとか残った虎《と》の子《こ》の金子は、孫のために私が握って離しません」

と言い切った。

頷《うなず》く大番頭に坊主の権造が、

「大番頭さん、こういう話はぱあっと広がるもんだ。明日にも仁平次さんが金を渡せとここに姿を見せませんか」

ともらした言葉に悲鳴と泣き声が上がった。

「どうですね、栄屋さんのご隠居、引っ越し先は決まっているんだ。今日じゅうにこちらを立《た》ち退《の》かれませんかえ」

「いくらすってんてんになった一家でも今晩じゅうなんて出来ませんよ。夜中にわずかな荷を持って新しい引っ越し先まで年寄り女子供を連れて夜逃げなんてとうてい無理ですよ」

　隠居が嘆いて、親族一同も頷いた。

「大番頭さん、事のついでだ。今晩、うちの船で一家を運ぶってのはどうですかえ」

「坊主の頭、それはいい考えです。虎の子の金子を守るためにもそれがいちばんの策ですよ。どうですね、ご隠居」

　坊主の権造の言葉を拒んでいた隠居がしばし思案して、町役人や親族を見た。するとと全員ががくがくと頷き、深夜の引っ越しが決まった。

三

　入堀の久松町の炭問屋栄屋一家が忽然《こつぜん》と姿を消し、その翌々日から角地の店を残して、奥に繋《つな》がっていた住いが壊され、荒れ果てた庭の整地が始まった。

　富沢町や久松町界隈では、近所の人や担《かつ》ぎ商いの古着屋や町内に出入りの棒《ぼ》手振《てふ》りの青物屋などが噂《うわさ》し合った。

「栄屋さんはとうとう夜逃げかえ」

「なんたってよ、この数年いい噂は聞こえてこなかったしな、奉公人が一人逃げ二人去りで、最後は半数と残っていなかったよ」

と話し合うところに触れ売りの魚屋が通りかかり、

「先代のころからの得意でよ、初鰹《はつがつお》なんか持ちこむと飯台ごと置いていって下さいと豪儀だったがよ。三代目の仁平次さんになって急に箍《たが》が緩んだかと思うと、金貸しの取り立てが姿を見せるようになってさ、こっちの払いなどいくら催促しても払ってもらえないのさ。さすがにおれも商いだ、溜《た》まった売り掛けは諦《あきら》めて、近づかないようにしていたんだがね、ついに潰れたかえ」

「先々代が生きていた時分、商売専一にと抑えられていた分、主《あるじ》になって女道楽、博打《ばくち》、酒と好き放題になっちまった。先々代が亡《な》くなった時分はよ、蔵の中に千両箱がいくつも積んであるなんて噂していたが、金がなくなるのは、あっという間だねえ」

「魚屋さん、おまえさんだけじゃないよ、売り掛けが残ったのはよ。青物なんて利が薄いや、それがいくら溜まっていたと思うね。思い出すだけでも悔しいや」

話し合う先で母屋《おもや》や庭がどんどんと鳶《とび》の手で壊されていく。

普請場《ふしんば》へ大黒屋の大番頭の光蔵が姿を見せた。

「おや、栄屋の土地屋敷、大黒屋が買ったのかえ。一家で首つりでもしそうな景気の悪さだったもの、安く買い叩《たた》いたね」

「魚屋さん、人聞きが悪い噂話はしないで下さいな。栄屋の隠居や嫁、親族一同、久松町の町役人が合議の上、金貸しに毟《むし》りとられる前に栄屋さん一家を余《よ》所《そ》に移し、月々暮らしの金を払って栄屋一家を助けて下さいと持ちかけられて、うちが借り受けることに致しました。そうでもしないと三代続いた炭問屋が金貸しに食いつぶされた挙句、一家が悲惨なことになり兼ねませんからね」

「考えたね。そりゃ、人助けだよ。で、大黒屋ではこの栄屋を平地にしてどうするんだえ」

「差し当たって春の古着大市の売り場の一つに使おうと思います。柳原土手の連中はうちの裏手の空地だけでは、狭くて客が混雑すると文句が出ておりましたからね、この平地にした土地を活用すれば、古着大市の会場が堀の両岸に広がります」

「さすがは富沢町惣代の大黒屋だねえ。やることに抜かりはないよ」

「青物屋、そりゃ、主のタマが違うよ。当代の総兵衛さんは若いし様子もいいし、金もあるがさ、吉原だ、四宿《ししゅく》の遊び場だなんて出入りしないもの。それでもよ、油断大敵だ、金を使わなくたって女が放っておかないよ。大番頭さんよ、早く嫁さん持たせたほうがいいんじゃないかね」

触れ売りの魚屋が光蔵に最後に言った。

「熊《くま》さん、ご心配ありがとうございますな。うちは代々主従ともどもお堅い生き方が信条です。総兵衛様の嫁女もこの光蔵の胸の中にございますよ、ご心配なく」

光蔵がぽんと胸を叩いた。

「それはそうと総兵衛様はよ、京に商い修業に行っていたって、商売専一と言いながら嫁探しの旅だったんじゃないかい」

「ほう、そんな風聞が早、立ってますか」

「おや、大番頭さんの面《つら》に当たらずとも遠からずなんて書いてあるよ。そのうちよ、わてが総兵衛の嫁どす、なんてよ、かっこつけた女がしゃなりしゃなりと京からくるんじゃないか」

「そうかもしれませんな」

と光蔵が応じたところに鳶の頭が、

「大番頭さん、蔵の中の残ったものは処分していいかね」

と姿を見せた。

富沢町の大黒屋に出入りの鳶は、町内の伊勢一こと一番組は組の頭、伊勢一半太郎で、何代も前からの付き合いだ。江戸では大店《おおだな》と鳶の頭は深い関わりがあり、お店の厄介事は代々鳶の頭に頼めば事が済む。だが、大黒屋は、並みの古着問屋ではない。富沢町の惣代にして、

「裏の貌《かお》」

を持っていることは町内の人間なら承知のことだ。だから、伊勢一も本業の鳶とか火消しの折しか大黒屋のお呼びがかからない。こたびのことは滅多にないことだった。

「なんぞございましたかな」

「夜逃げ同然に姿を消した栄屋の蔵に千両箱が残っているとは考えなかったが、

家代々伝わる掛け軸やら骨董品《こっとうひん》やら柿右衛門《かきえもん》の欠けた絵皿くらい出てきそうなものじゃないか。そしたらさ、鼠《ねずみ》の小便で湿った炭俵が十俵も出てきたくらいで、壊れた長持ちの中は空っぽだ。鼠の小便の炭なんて使えないぜ」

「捨てるしかございませんかね」

と光蔵が半太郎といっしょに蔵の中へ入っていった。

その刻限、総兵衛は地下の鳶沢一族の隠し本丸の大広間に独り瞑想《めいそう》していた。

朝稽古《げいこ》が終わり、二番番頭以下、鳶沢一族の面々が朝餉《あさげ》をとるために大広間と道場を兼ねた板の間から姿を消したあと、総兵衛は残り、瞑想を始めたのだ。

どれほどの刻限が流れたか。

何者かが鳶沢一族の隠し本丸に接近してくる気配が感じられた。

大広間の板戸の向うに人が立った。その者は石積みの船隠しを見て、

「な、なんと」

と驚きの声を発し、

「大黒屋はこいだけの備えをば持っちょったとか」

と思わず薩摩弁で漏らした。そして、気配を消して板戸に近づき、音もなく板戸を横手に引いた。

「なんぞ用事ですか、北郷陰吉」

「おや、主どのが待ち受けてござる。鳶沢総兵衛様は千里眼じゃ」

と言いながら最前まで道場として使われていた大広間に入ってくると、初代鳶沢成元《なるもと》、六代目鳶沢勝頼《かつより》の木像が飾られ、南無《なむ》八幡大菩薩《はちまんだいぼさつ》の掛け軸がある見所に向かってぺこりと一礼して、総兵衛に歩み寄ると、
ぺたり
と腰を下ろした。

顔には疲労困憊《こんぱい》の表情があったが、朝湯にでも入って来たのか、着替えをしてさっぱりとしていた。

「隠し通路を難なく見付けられましたかな」

「難なくじゃありませんよ。なんとなく畳座敷の奥の板張りが気になりましてね、足でところどころ踏んでいくと音が変わったことに気付きましてね、この長屋の下には空間《すきま》があると考えたわけですよ」

「隠し扉が開く仕掛けも元薩摩の密偵にはさほど難しいことではなかったようですね」

「いえ、それなりに難儀は致しました」

「どうですね、隠し通路は」

「今時、大名家だってかような隠し通路を設けておるところはございますまい。さすがは鳶沢一族、抜かりはございませんね。これまで一族以外の人間が何人か忍び込んだのでございますか」

「私らが京滞在中に、元南町奉行所市中取締諸色掛同心の池辺《いけのべ》某が、薩摩に恩義を売ろうと、薩摩藩江戸屋敷留守居役東郷清唯《きよただ》様の支配下石橋茂太夫《しげだゆう》といっしょに、陰吉、そなたの今の住いから隠し通路に入り込んだそうな」

「ほう、で、石橋某と池辺某はどうなりました」

「江戸湾の海底に沈んで魚の餌《えさ》になっておるとの報告を大番頭から受けました」

「くわばらくわばら、総兵衛様の一族は敵に回すには厄介でございますね。わしもこの隠し通路は知らぬ振りをするのがようございますか」

「今さら遅いでしょう。そなたがいつこの鳶沢一族の本丸に姿を見せるか、待っておりました。私が予測したよりもだいぶ遅れての登場でしたな」

「北郷陰吉なる買い物、高かったですかな」

「さて、どうでしょう。柳原土手に現れた老人とその一統を追い掛けていったようですが、突き止めましたか」

「やはり総兵衛様はご存じでしたか」

「狐《きつね》まがいの鳴き声まで真似《まね》た年寄りに引きずり回されたと思われるな」

「おや、どうしてそう決めつけられますな」

「天松と私が襲われて何日が過ぎた」

「三日目にございます」

「昨夜の内に治助長屋に戻り、二刻《とき》(四時間)ほど眠ったあと、朝湯に行った。湯屋の帰りに飯屋で朝餉を食したあと、この隠し通路に忍び込んだと思うたがどうか」

「総兵衛様はやっぱり千里眼でござるな」

と掌《てのひら》で顔を撫《な》でた陰吉が、

「あの爺様《じいさま》とその一統、尋常な人間たちではございませんぞ。柳原土手からあやつら内藤新宿に走り、内藤新宿を出たときには一味が二人ばかりへり、夜が白むと走るのを止《や》めて、芸人一座に風体を変えて板橋宿を目指し、そこで飯屋に上がって一刻ほど休んで、こんどは千住宿に回り、三宿を回るうちに一味は半数に減り、最後に品川宿に辿《たど》りついたときには次の日の五つ（午後八時頃）過ぎ、飯盛り女をおいた土蔵相模《さがみ》に上がると、なぜか消えた一味が元の数に戻って、遊女を総上げしてどんちゃん騒ぎ、飲めや歌えや踊れの大騒ぎのあと、夜明け前、ついうつらうつらした僅《わず》かな間に、あやつども、きれいさっぱりと土蔵相模から姿を消しまして、土蔵相模では一文も払わず客が消えたとかんかんに怒っているではございませんか。どうやら、土蔵相模の奉公人一同、飯盛り女らもわしが眠ったと同じ刻限に眠り込んだらしいのですよ」

「小細工を使いおるな」

「このまま富沢町に引き上げては北郷陰吉の男が廃《すた》ると思いましてな、品川から佃島《つくだじま》辺りの海沿いにあやつらの姿を求めて昨日の昼間に草履をはき潰《つぶ》すほどに歩き回りましたが、どこにも影もかたちもございません。夕暮れになり、もしや江戸市中に舞い戻り、吉原なんぞに繰り込んでおるのではと大門を潜ってみましたが、その形跡もなし、恥ずかしながら手土産一つなしで夜中に長屋に戻って参りましたので」

「ご苦労であったな。そなたが尾行しておることを承知で江戸じゅうを引きまわしたと見える」

「全く銭失いのくたびれ儲《もう》けにございました。この北郷陰吉、長年密偵を務めてきましたが、かように虚仮《こけ》にされたのは初めてでございますよ」

「柳原土手にて私を待ち伏せしたのも挨拶《あいさつ》ならば、そなたを引きずり回したのも挨拶であろう。そなたが最後に海沿いを探し回ったのは正解と思える。なあにあやつらがなにを企てておるか、こちらが調べずとも先方からまた姿を見せようぞ」

総兵衛はそう言うとしばし沈思して陰吉に尋ねた。

「あの者たちの動きに薩摩の臭《にお》いが致すかどうじゃ、陰吉」

「いえ、あれは薩摩ではございませんな」

と言い切った陰吉が、

「もしあるとしたら薩摩が支配する琉球《りゅうきゅう》に関わりがある者か」

と自問するように陰吉が言った。

「いや、琉球よりも南に関わる者たちよ」

と陰吉の答えを確かめた総兵衛が断定した。

陰吉がしばらく考えて、曖昧《あいまい》に頷《うなず》き、

「総兵衛様よ、悔しいがこたびは北郷陰吉の完敗にございますよ」

と失敗を認めた。頷いた総兵衛が、

「陰吉、本日は長屋に戻り、体を休めよ」

「なあにこの程度のことでへこたれはしませんよ」

「そなたももう若くはない。総兵衛の言うことは聞くものじゃ、夕餉にまた表から戻ってこい」

と命じて陰吉を去らせた。

この日、総兵衛が離れ屋の居間に戻ったのはいつもより半刻（一時間）以上も遅かった。すぐにおりんが朝昼兼用の膳《ぜん》を運んできた。

総兵衛は茶碗《ちゃわん》を手にしておりんが好みの湯温にしていることを察した。ゆっくりと茶を喫すると稽古に疲れた体に茶の甘みが沁《し》み込んでいった。

「北郷陰吉さんが戻って見えましたか」

おりんも陰吉が隠し通路から鳶沢一族の本丸に忍び込んでくることを予測していた。

「いかにもさよう。陰吉は私らを柳原土手に待ち伏せしていた一味を追い掛けて江戸じゅうを走り回され、疲れたところを詐術《さじゅつ》にかけられて取り逃がしたそうな」

と掻《か》い摘《つま》んで陰吉の報告をおりんに聞かせた。

「陰吉さんたら、さぞ悔しがっておいででしょう。その腹いせに地下本丸に忍び込まれましたか」

「まあ、そんなところであろう。陰吉は、あれは薩摩ではないというておった」

「新たなる敵が私どもの前に姿を見せましたか」

「どうやらそのようだ」

と総兵衛が答え、膳の箸《はし》を取り上げた。

朝昼兼用の膳を終えたとき、光蔵が、

「田所町の棟梁《とうりょう》が来ております。ただ今少しばかり時間を頂戴《ちょうだい》してようございますか」

と廊下から声をかけてきた。

田所町の棟梁とは隆五郎のことで、大黒屋に長年出入りしている大工の棟梁だ。

「ただ今片付けます」

おりんが膳を下げ、光蔵と隆五郎が座敷に入って来た。

田所町は富沢町のごく近所の町内で、隆五郎は働き盛りの六代目、大黒屋お仕着せの半纏《はんてん》をいなせに着こんでいた。

「総兵衛様、息災のご様子、隆五郎、これに勝る悦《よろこ》びはございません」

大工の棟梁とも思えない如才のない挨拶をした。

「隆五郎さん、こたびは半端《はんぱ》仕事で名人の棟梁の手を煩《わずら》わすようなものではありますまいが、うちは棟梁に頼むのがいちばん安心です。宜《よろ》しく頼みますよ」

総兵衛も気軽に応じた。

「総兵衛様、棟梁が栄屋さんの店の修繕の図面を描いてきてくれましたので」

と光蔵が説明した。

「それは早速の対応有難うございますな」

総兵衛の言葉に頷いた隆五郎親方が、

「住い部分は要らぬということで壊しにかかっております。栄屋の先代が建て直した母屋ですがな、手入れがなされないために外見は酷《ひど》く傷《いた》んで見えました。ところが天井板を外してみると、梁《はり》も柱も立派な松材や檜《ひのき》材を使ってございます。できるだけこの家《や》の部材を残して、店の直しに利用しようと思いますがいかがでございましょう」

「それはよい考えです、棟梁」

隆五郎が図面を広げた。

元矢之倉と呼ばれる河岸《かし》道と久松町の通りに鉤《かぎ》の手に残す店の建て坪は六十七坪だ。一部が二階建てゆえ、およそ四十坪の土地を店が占めることになる。二階部分は奉公人が住んでいたところだ。

「十二畳間、六畳間に三畳間の三部屋に鉤の手に廊下が走り、階段は一つにございます。畳もぼろぼろで納戸《なんど》も湿気《しけ》っぽくございます。この間取りでよければ畳替えし、障子も格子《こうし》窓も新しく致します」

隆五郎の説明に、総兵衛は頷いた。

炭屋という商いのせいで階下の土間が広く、台所、厠《かわや》は付いていたが湯殿はない。ただし、井戸は店と住いの間にあった。

「そんなわけで畳、障子、襖《ふすま》は職人を入れてようございますか。六、七年畳替えも障子の張り替えもしていませんので、全部取り替えることになりそうです」

と隆五郎が念を押した。

「棟梁が要ると思うことはみなやっていただきましょう」

総兵衛はしばし絵図面に目を落としていたが、

「一時《いっとき》は商いが盛んだった炭屋です。店蔵はございませんでしたか」

「店にはございませんでな、こたび壊すことになっている住いに大谷《おおや》石《いし》造りの地下蔵がございます。潰すのは簡単でございますが、店へ移し替えますかえ」

「出来ますか」

「今の段階なれば、店土間の一部を板張りにして、その下に新たに隠し蔵を移すことは難しいこっちゃございません。火事の折など水を張って大事なものを放り込む、ために隠し扉は新たに鉄扉のような頑丈なものにしとうございます」

「母屋の内蔵の広さはどれほどです」

「大谷石の内規《うちのり》、側面から側面で一間半（約二・七メートル）四方、深さは八尺（約二・四メートル）でございますよ」

「十分です。母屋の隠し蔵のかたちを変えずに店に移して下され。それから庭にある老紅葉は見事なものです、あの大木だけは残して下されよ」

　総兵衛の命に隆五郎が、

「紅葉のこと、鳶《とび》の親方に命じておきます。また隠し蔵のことですが、早速穴掘人足と石工に声をかけます」

　と隆五郎が応じた。

「棟梁、内蔵を店に移す作業が加わった。古着大市の期限は変わりません。それまでになんとかなりますか」

「わっしが人足、石工を差配して急がせます」

「職人の手間賃は惜しみません。人手を集めて下され」

総兵衛の言葉に大きく首肯した隆五郎棟梁が、

「わっしはこれから人集めに走ります、ご免なすって」

と離れ屋を出た。

「この大黒屋の普請《ふしん》を隆五郎の先祖がやってのけたのです、当代も下手げな仕事は出来ませんよ。私が眼を光らせて普請が遅れぬように、また手抜きがないようにさせます」

「大番頭さん、やはり栄屋の屋号はしばらく残して使いますか」

「いきなり大黒屋ではあれこれと噂《うわさ》が飛びましょうからな」

「古着大市前に栄屋に住み込む者を決めねばなりますまい。四番番頭の重吉《じゅうきち》を三畳間に移り替えさせて、二部屋にだれを移すか大番頭さん、決めてくれませぬか」

「十二畳と六畳で十四、五人は移せましょう。三度三度の飯はこちらで済ませるとして、なんぞ注文がございますかな」

「柘植《つげ》衆が新たに加わります。またそろそろ深浦《ふかうら》の今坂《いまさか》一族でも江戸店での修業を為《な》す者が出てきましょう。鳶沢、池城《いけぐすく》、今坂、柘植の四衆が偏《かたよ》らぬように配置を願います」

「池城と今坂一族はこれまで交易仕事が主でございましたが、江戸店で修業をさせますか」

光蔵の言葉には危惧《きぐ》があった。

「池城は百年来、交易帆船の要員を務めてきましたし、今坂一族も未《いま》だ和語がたどたどしゅうございます。当分は深浦を拠点に帆船交易に従事させるのがよろしかろうと思います」

光蔵の言葉を総兵衛は慎重に吟味し、

「もうしばらくそれぞれの取り柄を優先して仕事場の割り振りを続けますか。ただし、商いに向く人材がいれば、富沢町に溶け込むように移してくだされ」

総兵衛の頭には、

「四族融和」

という四文字があった。

この日の夕暮れ、大工の棟梁隆五郎が大黒屋に飛び込んできた。石工が御城の石垣普請に持っていかれて、どうにも集まらないというのだ。そのことを聞いた総兵衛はしばし沈思していたが、

「私に任せて下され、石を移して別の場所で組み直すくらいできましょう」

と請け合い、

「棟梁、石工は確保できるものとして仕事を続けて下さい」

と命じた。そして、隆五郎が辞去したあと、総兵衛は書状を認《したた》め始めた。その書状を携えて四番番頭の重吉が琉球型小型快速帆船に乗り込み、夜の闇《やみ》を利用して、大黒屋の隠し水路から出ていった。

四

夜明け前、重吉は三人の仲間を連れて富沢町に戻ってきた。ただし琉球型小型帆船ではなく大黒屋の荷船であった。

夜が明けて快速小帆船を入堀に入れるのは危険過ぎた。そこで佃島に大黒屋が設けている船だまりで乗り換えて戻ってきたのだ。

報告を受けた総兵衛と光蔵は、離れ屋の居間で同乗してきた一人、魚吉《うおきち》に会った。

「久しぶりじゃな」

「ソウベイサマ、アイタカッタ」

と片言の和語で応じた。

和名魚吉はイマサカ号に乗り込んだ一人で、ウォッキが交趾《こうち》での名前であった。ツロン河港で石組の船着場を作ったり、石橋を組んだりする石工の親方であった。

そのことを思い出した総兵衛は、深浦に残った魚吉を富沢町に呼んで、栄屋の母屋にあった隠し蔵を店へと移す作業を試してみようと考えたのだ。

地下の隠し蔵を普請が終わったあとに移すことは甚だ難儀な作業になる。古着大市の開催に合わせようと、急ぎ普請をするには今しか機会はない、と総兵衛は思ったのだ。

「魚吉、話は船で聞いたか」

「ハイ、図面ヲミセラレタ」

「できるか」

「イシグラヲミタイ。ソウベイサマ、ソレカラコタエル」

魚吉は石組を見れば上手に外せるかどうか判断できる。外せれば組み上げるのは難しくない、と言った。

「二人はそなたの仕事仲間じゃな」

「ハイ、立季《たつき》ト林造《りんぞう》ジャ」

両名ともに魚吉の下で働いていた石工だ。他の男衆《おとこし》よりも年上ゆえ深浦に残された男衆だった。

その問答を聞いていた光蔵が、

「総兵衛様、夜が白んできました。私が栄屋の隠し蔵に案内します」

と言い、魚吉と店に待たされていた立季と林造の二人を連れて、栄橋を渡っていった。

半刻（一時間）後、総兵衛のもとに光蔵が戻ってきた。

「総兵衛様、大谷石は柔らかい石ゆえ、扱いが難しいがなんとかやってみると、魚吉が言うておりました。ただ今、店のほうで三人して朝餉《あさげ》を食しておりますが、食べ終り次第、直《す》ぐに作業に掛かるそうです」

「大番頭さん、石組の石を外す折、壊れるようなれば新たに石を注文せねばなるまいな」

「そのことも隆五郎棟梁と相談しながらやっていきます」

と光蔵が答え、さらに言い出した。

「総兵衛様、私、本日、南北両奉行所に参り、内与力の田之内様方にお会いして、売り立ての品がどれほどあるのか、確かめて参ります。南町の様子はおよそ分かります。ですが、こたびが初めての参加の北町奉行所にどのような品があるのか、皆目見当付きませんので、北町から先に伺おうと存じます」

「魚吉らの仕事具合、あとで私が確かめます」

二人の話し合いが済んで、光蔵は店に戻っていった。するとおりんが総兵衛の膳《ぜん》を運んできて、

「総兵衛様、魚吉親方と手下の二人は、深浦ですっかり日本の食べ物に慣れたようでなんでも食べております。母がもう少し和語をしっかり教え込めばよかったのでしょうが、親方の和語がいちばん拙《つたの》うございますな」

おりんが苦笑いした。

おりんの母親のお香は長いこと富沢町の奥勤めをしていた。だが、おりんが奉公に上がり一人前に仕込まれたのを見定めて、鳶沢村に引っ込んだ。だが、総兵衛が今坂一族を率いて和国に到着し、深浦に当座の暮らしの拠点を定めたとき、お香に再び出番が回って来た。

和語を話さず、この国の仕来《しきた》りを知らない今坂一族にそれらのことを教える役目を負わされて二度目の奉公をなしていた。またお香の下にはおこものちゅう吉を改めた忠吉や本郷康秀《ほんごうやすひで》一派の犠牲者だった砂村葉《よう》もいた。

「手下の方が上手に話すか」

「魚吉さんよりもいくつか若いせいもありまして、深浦界隈《かいわい》の漁師言葉ですが、私のいうことはおよそ理解されているようです」

「職人はどこの国でも余り喋《しゃべ》るまい」

「和国の普請場でも仕事中にお喋りする職人の腕は半端者、と職人仲間から蔑《さげす》まれます」

「魚吉らもいつまでも深浦にいるわけにもいくまい。交易船団が戻ってくる秋にはこちらに何人か引き取ろうかと思う――

「顔付きは和人とあまり変わりませせぬゆえ、まず坊主《ぼうず》の親方の下で働くのであれば今でもできましょう」

総兵衛が同行してきた百五十余人のうち、帆船の操作に慣れた連中はこたびの交易に参加してイマサカ号に乗り組んでいた。

ために深浦には女子供年寄りらが残っているばかりだ。魚吉は五十に近い齢《とし》の上に帆船には慣れてないゆえ、深浦に残した数少ない男衆の一人だった。

総兵衛の頭には、四族の特性を生かしつつ鳶沢一族の名の下で融合を図り、商と武に生きる新たな戦力をどう鍛え上げるか、この思案が常にあった。

「そろそろ京で注文した荷が到着してもよいころじゃがな」

「どれほどお買い求めになりました」

「じゅらく屋さんが張り切られて動かれたゆえ、千石船に二隻《せき》分の荷はあろう」

「ならばうちの手持ちの品と合わせれば、こたびの古着大市の品は十分でございましょう」

頷《うなず》いた総兵衛におりんが言葉を添えた。

「富沢町はどこもが血相変えて品物集めをなさっておられます。ために仕入れに来られた担《かつ》ぎ商いの方々が、『店売りのほうが値がいいてんで、こっちには見向きもしないよ』と嘆いているほどです」

「おりん、それはいけません。一時《いっとき》の利に目が眩《くら》んで、ふだんから支えて頂いているお客様を大切にしなければ商いは立ちゆきません。富沢町の世話方にはくれぐれもそのようなことがないように触れ書を出して下され。また仕入れの品が不足という担ぎ売りの方々にはうちが率先して品を下ろして下さい」

「いかにもさようです、直ぐにも大番頭さんと相談して富沢町じゅうに触れ書を出します」

総兵衛が食べ終えた膳を下げたおりんが居間から消えた。

庭から信玄ら甲斐犬《かいけん》の興奮した声が響いてきた。

餌《えさ》を貰《もら》っているのであろう。

だいなごんの声が聞こえないところをみると、さくらに慣れたか、怖気《おじけ》づいたままで言葉が出ないのか。

総兵衛が庭に面した廊下に出ると、犬小屋の様子が望めた。

さくらの引き綱をだいなごんが必死の形相で持ち、さくらを始めとして信玄も甲斐も夢中で餌を入れた大丼《おおどんぶり》に顔を突っ込んで食べていた。

だいなごんの傍らに天松がいるところを見ると、さくらの引き綱を保持しているのは、慣れるために天松に命じられたものであろう。

真っ先に餌を食べ終えた甲斐が立ち竦《すく》んでいるだいなごんの顔をぺろりとひと舐《な》めして、だいなごんは思わず後ずさりをした。だが、さくらの引き綱は離さなかった。

さくらも食べ終え、満足げにだいなごんの体に自分の体を擦り寄せた。

「だいなごん、さくらの口をそこにある手拭《てぬぐ》いで拭《ふ》いてやりなされ。なんといってもさくらは牝犬《めすいぬ》ですからね、甲斐や信玄と違い、顔が汚れていてはいけません」

「天松さん、犬も女子《おなご》は化粧をするのか」

「化粧はしませんが牝です。食べ物が口の周りに付いていては器量が台なしです。大黒屋のさくらはこの界隈で器量よしで通っておるのです。世話方のそなたもそのことを忘れてはいけません」

「そうかねえ、器量がね」

だいなごんが帯に挟んでいた手拭いでさくらの口元を拭うと、反対にさくらがだいなごんの顔をべちゃりべちゃりと舐めたので、だいなごんは、
わああ
と叫んで、慌《あわ》てたついでに引き綱を離してしまった。

「だいなごん、さくらを連れてくるのです。さあ、早く」

と怯《ひる》むだいなごんに天松が命じて、だいなごんが、

「さくら、どこにおる」

と言いながら庭を探し始めた。

（あの分なればなんとか犬にも慣れよう）

総兵衛が居間に戻ろうとすると、引き綱をつけたさくらが総兵衛の立つ廊下に走り寄ってきた。

「さくら、だいなごんをあまり困らせるでないぞ」

引き綱を摑《つか》んだ総兵衛がいうと足元にじゃれつこうとした。未《ま》だ若いさくら

だ。遊びたくてしようがないのであろう。

「ああ、ここにいた」

とだいなごんが姿を見せた。

「あっ、総兵衛様」

「だいぶ慣れたようだな」

総兵衛の問いかけに、ふうっ、と吐息を一つした。

「未だ怖いのか」

こくりとだいなごんが頷いた。

「手代の九輔《きゅうすけ》に犬に慣れるコツを聞いてみよ」

「はい、尋ねました。コツは犬と寝起きを共にすることだ、と言われました」

「出来るか」

「犬小屋で寝起きは出来ません。その代わり今朝は小僧の仕事を休んで三匹の面倒をみろ、夕方までにはなんとか慣れよ、と命じられました」

だいなごんが半べそをかきながら訴えた。

「人も生き物もいっしょじゃ。九輔がいうように慣れるしかあるまい。天松とて最初は苦手だったのだからな」

「えっ、天松さんも犬は苦手でしたか」

「今ではすっかり慣れた」

「そうか、天松さんも苦手だったか」

総兵衛の手から引き綱を受け取って、頑張ると己に言い聞かせるように呟《つぶや》く
と、ぺこりと一礼し、犬小屋に戻っていった。

総兵衛が久松町の栄屋の普請場《ふしんば》を訪れたのは、四つ半（午前十一時頃）の刻限だった。

穏やかな陽射《ひざ》しが入堀界隈に降り注いでいた。

母屋《おもや》の解体が進行する普請場で隆五郎親方が大勢の大工を指揮して、再生できる板材、梁《はり》、柱などを外しながら丁寧に選び分けていた。

「総兵衛様、この界隈は明暦《めいれき》の大火で焼尽して以来、運がいいことに火災に遭っていませんや。そのせいで五十年も前の梁も柱もしっかりとしたものでございますよ。土間の板張りだって新材を購《あがな》うことなく済みそうです」

と声をかけてきた。

「どうですね、私の石屋は」

「驚きましたぜ。総兵衛様は在所から石工も連れて参られましたか」

「まあ、そんなところです」

「あちらの在所も石を産するそうで石扱いが巧みでございますよ。直ぐに大谷石の扱いにも慣れて、もういちばん上の石を試しに一つ外しておりますぜ。この分ならば、催し前に隠し蔵を店に移せます」

隆五郎は総兵衛の出自を推察してかそう言った。

「安心しました」

「総兵衛様、いささか先の話ですが、隠し蔵には棚なんぞは要りませんか。母屋の古材でいくらもできますぜ」

「そうですね、壁二面に奥ゆき六寸（約一八センチ）の棚を拵《こしら》えて貰いましょうか。船簞笥《ふなだんす》を一つ入れて収納庫として使います」

「船簞笥の大きさはどれほどで」

「高さ三尺（約九〇センチ）幅四尺ほどです」

「ならば石組が終わり、床板を敷いたあとに棚を造り、船簞笥を下ろします。十五、六日あとになりましょうかな」

「承知しました」

と答えた総兵衛が栄屋母屋の隠し蔵を覗《のぞ》いてみると、すでに蔵の中に五尺（約一・五メートル）四方の足場が組まれ、魚吉たちが石組解体の作業をしていた。

「どうだな、魚吉」

「サイクハシヤスイヨ、ケド、ハズスノハタイヘン。デモ、デキルネ」

と答えた。

床上に筵《むしろ》が敷かれ、試しに外された大谷石が見えた。幅一尺高さ奥行き六寸角の大きさだった。端が少しばかり欠けていた。

「ドウシテモイチマイハコウナルヨ。カケタトコロヲミエナクスルヨ」

総兵衛の視線に気付いた魚吉が答えた。

「急ぐことはない、ゆっくりと丁寧にやりなされ。ツロンの石工の腕を見せるよい機会です」

総兵衛の言葉に魚吉がにっこりとしたとき、店の方から怒鳴り声が聞こえてきた。

「そなたらは仕事を続けなされ」

と言い残した総兵衛が店に戻ろうとすると、

「だれの許しでこの私の家と店を壊しておる」

と怒鳴っていたのは栄屋仁平次だった。それを四番番頭の重吉と大工の隆五郎棟梁《とうりょう》が宥《なだ》めていたが、

「私の家族はどこにおる、嫁はどうした」

と叫ぶ声が段々と大きくなっていた。

「栄屋の旦那《だんな》、おまえ様の親父《おやじ》様やら親類一同が集まって決めたことだとよ。久松町の町役人も立ち合ってのことだ。致し方ございませんよ」

との隆五郎の言葉に、

「なんで古着屋の大黒屋が関わっておる。主《あるじ》の私の許しもなく売り買いなんぞは出来るはずもない」

「気持ちは分かるがさ、この炭問屋を潰《つぶ》しなされたのは旦那、おまえさんだぜ」

「なに、大工風情《ふぜい》にとやかく言われる筋合いはございません。出る処《ところ》に恐れな

がらと訴えますよ」

総兵衛はそこまで話を聞いて出ていった。

派手な羽織をだらしなく着流しの上に羽織った四十前後の男が血相変えて隆五郎に食ってかかっていた。顎《あご》の尖《とが》った顔立ち、細身の姿は遊び人そのものだった。

「栄屋の旦那にございますか。お初にお目にかかります、大黒屋十代目の総兵衛にございます」

「なに、おまえさんが大黒屋の主ですと。総兵衛さんには子がなかったはずだがね。おまえさんどこから来なさった」

九代目総兵衛勝典《かつのり》が亡《な》くなったことを仁平次は承知の様子だった。

「はい。跡継ぎがおらぬものですから、大黒屋の在所から私が養子に入り、親族奉公人一同の許しを得て十代目に就きましてございます。今後とも宜《よろ》しくお引き立てくださいまし」

「宜しくお引き立てくださいましですと。冗談も休み休み言いなされ。この店と家はこの栄屋仁平次の持ちものですよ。だれに断って大黒屋が手を付けた」

「棟梁も最前言われましたが、栄屋のご隠居……」

「煩《うるさ》い、そんなことは聞いていません。この家屋敷、お店は私のものと言うておるのです」

「栄屋の旦那様、もはやご親族一同、町役人立ち合いの上に決まったことでございますよ。うちは皆さんの委託でかような手入れを始めたのでございます」

重吉も口を挟んだ。

「ならばうちの親父、嫁、子供はどこに行きました」

「さあ」

と重吉が首を捻《ひね》った。

「さあ、ですと。おまえさん方、寄って集《たか》って親父を騙《だま》したね、安い値で買い取り、なんぞ企《たくら》んでいますね。よし、出るところに出ましょうか」

と仁平次が居直った。

「棟梁、重吉、栄屋の旦那様と二人だけで話がございます。おまえさん方は仕事を続けて下さいな」

と総兵衛は二人を去らせると、炭問屋だった店の板の間の上がり框《がまち》に腰を下

ろし、

「旦那もお座りになりませんか」

と傍らを差した。

齢《とし》も違ったが、気品と風格が異なっていた。栄屋仁平次には、長年の遊びに疲れた退廃と虚無が漂っていた。

「私の家です、あんたに指図される謂《いわ》れはございません」

頷《うなず》いた総兵衛が、

「出るところに出ると申されましたが、町奉行所のことでございますか」

「町奉行所の他にかような理不尽を届けるところがありますか」

「ならば申し上げます。この一件には南町奉行所のお許しも得ております」

「なんですって」

「そなた様は長年、家業を振り返ることなく遊びにうつつを抜かしてこられた。そのことを奉行所も承知ゆえ、こたびのことが許されたのでございますよ」

「そんなことがあるか」

「そなた様がこの近所の、名は敢《あ》えて出しませんが、さる古着屋にこの家屋敷を沽券《こけん》もなしに売り払おうとなされたことも承知しております」

「な、なんですと」

と初めて仁平次が驚愕《きょうがく》の表情を見せた。

「そなた様が金貸しに借りて遊興費に使われた金が元利を足して八百両、そなた様の家族は金貸しに責め立てられてにっちもさっちも行かずに、もはや一家で首を括《くく》るしかないといって、うちに助けを求められたのです。うちはご隠居、ご親族、町役人、念を押して南町奉行所に相談申し上げ、ご隠居を始め、一家がなんとか生きていける方策を見付けて差し上げました。その折、皆さんがそなた様には行き先を知られたくないと言い残して夜逃げ同然に出ていかれたのでございますよ。すべて沽券を始め、書付は揃《そろ》ってございます。栄屋仁平次さん、もはやそなた様にはこの久松町の土地は一寸四方も残されておりません」

と総兵衛が言い切った。

茫然《ぼうぜん》自失した仁平次が、

「弥生町《やよいちょう》の糸屋は三百両で買うと約束してくれた」

と呟いた。

「栄屋さん、そなた様も商人《あきんど》、口約束は他人に口外しないのが習わしです。弥生町の糸屋などと口にしては商人の恥にございますよ」

「主の私が決めたことだ」

「栄屋さん、沽券もなしで家屋敷の売り買いはできません。南町奉行所の内与力田之内泰蔵様が売り買いの経緯《いきさつ》、すべて承知にございます。お尋ねなされ」

仁平次はしばし虚脱した顔付きで上がり框に座っていたが、がくり、と肩と腰を落とした姿は、もはや遊び人の虚栄も見栄《みえ》も消え失《う》せ、急に十も齢が老いたように思えた。

「許せません」

「どうなされますな」

「私にも意地がございます。今日はこのまま帰りますが、このままでは終わらせません」

と吐き捨てると上がり框から立ち上がり、

「大黒屋総兵衛、そなたの店にはあれこれと隠しごとがあることを知らいでか。夜中に栄橋下から船が出入りするのを見ても、怪しげな商売をしていることは火を見るより明らかです。この次はそなたの店で話をつけましょうかな」

仁平次が捨て台詞《ぜりふ》を残して栄屋の普請場を出た。

総兵衛の視線の先に天松の姿があり、総兵衛の無言の命を受けると、栄屋仁平次を尾行し始めた。重吉がそのような手配をなしたことは歴然としていた。

第三章　甲斐犬《かいけん》出動

一

　総兵衛は、栄屋の普請場《ふしんば》からの戻り道、栄橋の上から大黒屋の船着場を見た。

　すると荷運び頭の坊主《ぼうず》の権造《ごんぞう》が大勢の人足たちを集めて、荷船の手配をてきぱきと命じていた。

　船頭二人が乗った空船が次々と大川を目指して下っていく。明らかに佃島《つくだじま》沖に荷を積んだ帆船が着いたのであろう。

　総兵衛は橋を渡り、船着場に下りた。

　坊主の権造が最後の船で出ていこうとしていた。そして、船着場に総兵衛の姿を認めるといったん船を止め、助《すけ》船頭に棹《さお》をまかせ、

ひょい
と船から船着場に戻ってきた。

「荷が着きましたか」

「総兵衛様が京で仕入れた品を積んだ千石船が二隻《せき》、佃島沖に碇《いかり》を下ろしたと、最前知らせがございましたよ」

「それは上々、品分けの日にちも要りますでな。すべての荷を下ろし終えるのにどれほど掛かりますかな」

古着の上物は、染め、織、状態などでおよそ上々から下まで五段階で選び分けがなされていた。だが、木綿の年季ものは一包に詰めてあり、そんな品でも上中下と品分けされた。

「今日を入れて三日といいたいが、甲板上にも荷を満載にしてきたそうで、四日は掛かりましょうな。まあ、日和《ひより》も安定していますで、荷を濡《ぬ》らさずに富沢町に運び込みが叶《かな》いましょう」

権造の言葉に首肯した総兵衛が、

「ちと気掛かりなことがあります」

と権造に小声で言った。

「栄屋の普請場に仁平次さんが姿を見せられたとか」

「そのことです。あれこれと嫌みを言うて行かれましたが、頭、栄屋さんの家族の行先を承知なのはそなたと」

「へい、配下の猪三《いぞう》だけでございますよ。こちらから葛飾《かつしか》郡平井村の隠れ家が仁平次に伝わる気遣いはございません。ですが、嫁のおかねは未《ま》だ亭主に未練がありありの様子、隠居に船中でもあちらの隠れ家に着いても繰り返し、注意を受けておりましたよ」

「あの嫁女はいささか案じられますな。その隠れ家はだれが見付けたものですな」

「隠居が昔世話をした知り合いの知り合いとか。中川筋の森に囲まれた、鄙《ひな》びた藁《わら》葺《ぶ》き家でございましてね、着いた日に三十両を支払い、買い取りました。事前に話がついていた様子でした。それもこれもうちが乗り出したお陰で残った金子《きんす》があればこそ」

「まあ、そのことはさておいて、仁平次が平井村のその家を探しあてるということはありませんな」

「隠居は、倅《せがれ》が知らぬ関わりゆえまずその心配はございますまいというておられました。百姓家に畑が一反ほどついておりましてな、隠居は花造りでもして、行く行くは江戸で売りたいと言うておりましたよ。まあ、そうなるには二、三年は掛かりましょうな」

「隠居ほどの前向きな気持ちがあればなんとか立ち直れましょうが、心配は嫁女ですか」

「へえ、わっしも嫁女が江戸にふらふらと舞い戻ってこねえかどうか、心がけておきます」

「頭、もう一つ案ずる言葉を仁平次は口にしました」

と前置きして仁平次が栄橋の隠し水路を出入りする船のことを口にしたことを告げた。

「夜遊びの帰りかなにかで見かけましたかな。そうなると仁平次をこのまま放っておくことはできませんな」

「天松があとをつけております。頭、なんぞひと騒ぎ起こすかもしれませんよ」

飲み込んだ坊主の権造は船に飛び戻ると、佃島を目指して入堀を大川へと向かった。

総兵衛が店に戻ると、つい直前に大番頭の光蔵《みつぞう》が戻っていた。そこで店座敷で光蔵の報告を受けることにした。

「南町のほうは柳原土手で処分しておりますので、大した品は例の池辺《いけのべ》三五郎の遺品の竿勘《さおかん》三代目の十五本の竿くらいでございました。されど、北町は長年の押収品《おうしゅうひん》が雑多に奉行所の蔵にございましてな、一度の売りさばきは無理にございましょう。二度か三度に分けたほうが北町奉行所のためかと存じます。その旨《むね》、申し上げますと、内与力の斉藤六左衛門様はうちで仕分けをしてくれぬか、と申されましてな、私が下調べに入りましたところ、衣類では上物の紬《つむぎ》やら大島がございました。むろんすべてがいい品というわけではございませんが、それなりの値段で売れましょう。こちらが目利《めき》き出来ぬのが、書画骨董《こっとう》の類《たぐい》でございましてな、一度根岸村の麻子《あさこ》様のお出ましを願えませんでしょうかな」

と光蔵が願った。

「それはどうでしょう、麻子様の添われた松平乗完《のりさだ》様は老中職にまで就かれた殿様。側室とはいえさような御用で奉行所の蔵に入るのはいささか差し障《さわ》りがありませんかな」

「いかにもさようでした」

と応じた光蔵が思案の体《てい》で首を傾《かし》げた。

「大番頭さん、栄屋の普請が終わったあたりでおよその品を奉行所からこちらに運び、麻子様に値踏みしてもらうのはいかがですな」

「それがようございます」

光蔵が焦眉《しょうび》の急の難題に解決の糸口を見いだしたように頷《うなず》き、南北両奉行所の押収品売り立ての目処《めど》はおよそ立った。

「総兵衛様、栄屋仁平次さんが姿を見せたそうで」

そのことです、と前置きした総兵衛が詳しく大番頭に経緯を告げた。

「仁平次も貧すれば鈍したもので、呆《あき》れました。まあ、黙っていても自滅致しましょうが弥生町《やよいちょう》の糸屋が絡《から》んでおりましたか。うちに栄屋の隠居が話を持ち込んできたということも糸屋の口から仁平次に伝わっておりましょうな」

糸屋はその屋号どおりに長年糸一筋に商っていた。

富沢町に古着屋の店数《たなかず》が増えるにつれ、鑑札を受けて糸商いの他に古着も扱うようになり、今では古着の稼ぎの方が多くなっているとか、この数年急速に力を付けてきた新興の古着商だった。

「総兵衛様、弥生町にも古着屋が二十一軒ございますが、糸屋はそれらの古着屋を束ねて、近頃では弥生町組を名乗り、主《あるじ》の糸屋楽左衛門さんが勝手に弥生町名主を名乗っております。目に余るようでしたら、釘《くぎ》を一本差しておきましょうか、どうでございましょう」

「去年の古着大市には弥生町組は出ましたかな」

「いえ、様子見をしたようでしたが、成功裡《り》に終わったのを見届け、柳原土手の師走《しわす》大市にはうちに頭を下げて参加致しました」

「糸屋がどこまで仁平次さんの一件に関わっておるか知りませんが沽券《こけん》状の名義はうちです。どうにもなりますまい。こたびは見逃し、糸屋の今後の動きを見張っていましょうか」

光蔵は、いささか弥生町組には腹立たしいことがあるようだが、総兵衛の判

断に頷き、

「天松の戻りを待つことに致しましょう」

と言った。そこへ見習番頭の市蔵が姿を見せ、

「大番頭さん、南町同心の沢村伝兵衛様が赤鼻の角蔵親分を従えて、総兵衛様に挨拶《あいさつ》に見えておりますがいかが致しましょう」

「挨拶ですと」

と応じた光蔵が総兵衛を見た。

「総兵衛様、どう致しましょうか」

「心当たりがありそうな口ぶりですね。ならば、会いましょうか」

南町奉行所同心沢村伝兵衛は、一撃無楽流の達人だが、長年無役に甘んじていた。

元来、町奉行所同心は三十俵二人扶持《ぶち》の上に一代抱えであり、御家人ながら不浄役人と蔑《さげす》まれてきた。だが、一方で役付きになれば上等十両から下等三両の役料がついた。

役付き同心の中でも定廻《じょうまわり》同心、隠密廻《おんみつまわり》同心、臨時廻同心の三役は花形で、

出入りのお店、大名、大身旗本の武家屋敷などから盆暮れにつけ届けがあった。ために懐《ふところ》具合は潤沢であった。

一方無役となれば身分の禄高《ろくだか》だけ、暮らしは苦しかった。

無役の沢村は先代の総兵衛の死の前後、角蔵を使い、大黒屋にあれこれと難癖をつけて小銭をせびりとろうとしたことがあった。だが、ことごとくしくじりに終わっていた。

そして十代目総兵衛が主に就いて以来、その力を見せつけられて方向を転じ、なんとか光蔵に取り入ろうとしていた。

折しも南町奉行所では市中取締諸色掛与力土井《どい》権之丞《ごんのじよう》が薩摩《さつま》の手先になり、大黒屋と対決姿勢を鮮明にした。ゆえに鳶沢《とびさわ》一族は、土井とその配下の池辺三五郎を密《ひそ》かに始末していた。その結果、南町奉行所では市中取締諸色掛与力と同心が一人ずつ不足する事態となった。

「沢村様にございます」

市蔵が店座敷に沢村伝兵衛を案内してきた。

珍しく巻羽織ではなく黒羽織の裾《すそ》を下ろして着た沢村は緊張の面持ちで二人

の前に座し、深々と頭を下げた。

「どうなされました、沢村様」

光蔵が沢村に声をかけた。

「いや、大黒屋の声がかりでそれがし、こたび市中取締諸色掛を命じられた。これもすべて大黒屋の推挙によると内与力田之内様に懇々《こんこん》と諭された。ために本日は礼に参上致した」

「それはまたご丁寧なことでございますな」

「総兵衛様、真《まこと》に有難き幸せにござる」

「沢村様、私はそなた様の主ではありません、商人の私に様付けはおかしゅうございましょう。ともあれ、市中取締諸色掛は私どもと深い関わりがございます。こんごとも宜《よろ》しゅうお願い申します」

総兵衛と光蔵が頭を軽く下げた。

「相分かった。田之内様からはまずそのほうの最初の務めは、富沢町で催される古着大市が遺漏なく行われることと命じられた。なんなりと申し付けあれ」

沢村伝兵衛が願った。まるで主従の間柄のような口調だった。

総兵衛が光蔵に、栄屋の一件をと命じ、心得た光蔵が話し始めた。

その途中におりんが茶菓を運んできて、奉書包みをそっと総兵衛の膝《ひざ》の前に置いた。

「沢村様、そなた様にお願いしたいちょうどよい一件がございます。そこで私どもが知るところを伝えておきます」

光蔵が栄屋を大黒屋が譲り受けた経緯とその後に起きたもろもろの出来事を告げた。

「なにっ、炭屋が潰《つぶ》れたのも知らずに主の仁平次はさような言いがかりをつけおったか。もし眼に余ることとあらば、それがしになんでも言うてくれ。古着大市が円滑に催せることがそれがしの役目ゆえな」

「仁平次さんがなんぞ難題を持ち込まれるようなれば、沢村様に角蔵親分を通じてつなぎを入れます」

「承知仕《つかまつ》った」

総兵衛がおりんが持参した奉書包みを沢村に差し出し、

「役付きの祝いにございます。羽織の紐《ひも》代にして下され」

「おおっ、なんとも丁寧なことにござる。有難く頂戴《ちょうだい》してよろしいか」

と満面の笑みで奉書包みを受け取り、

（十両も入っておる）

と思わずにんまりした。


沢村伝兵衛が大黒屋を辞したあと、光蔵はしばらく店座敷で総兵衛と話し、総兵衛は離れ屋に、光蔵は店に戻った。すると赤鼻の角蔵が、

「えっへっへへ」

と薄ら笑いをしながら大黒屋の敷居を跨《また》いできた。

揉《も》み手をせんばかりの様子を横目でちらりと見た光蔵は、帳場格子《ごうし》に溜《た》まっていた帳面に眼を落した。

店前《みせさき》の船着き場では京からの荷が次々に運び込まれ、大土間で包みが解かれて仕分けがなされ、絹ものなど上物は店蔵へと運び込まれていき、男衆《おとこし》も女衆《おなごし》もてんてこまいの忙しさが始まっていた。

佃島沖に停まった千石船から荷が下ろされ、積み替えられた荷船が入堀に到

着するたびに慌《あわ》ただしく男衆も女衆も動いた。そんな繰り返しがこの三日は続きそうだった。

「大番頭さん、お忙しゅうございますか」

猫撫《ねこな》で声で角蔵が声をかけてきた。

「荷が着きましたでな」

顔も上げずに応《こた》えた光蔵が、

「おや、赤鼻の親分がおられましたか」

「最前から気付いていたんじゃないかえ」

「なんぞ御用でしたか」

光蔵がじろりと角蔵を睨《にら》んだ。首を竦《すく》めた角蔵が、

「いえね、沢村の旦那《だんな》がね」

「沢村伝兵衛様がなにか申されましたか」

「えらくご機嫌でございましてね」

「それはそうでございましょうよ。無役から市中取締諸色掛のお役に就かれたんです。富沢町とも関わりが出来ました」

「で、ございますよね」

「おめでたいことです」

「へっへっへへ、わっしもね、かねがね旦那が役付きになることが大事だと願っておりましたのさ。これでわっしも働き甲斐《がい》があるというものです」

「そりゃようございました」

「で、さ」

と角蔵が言い淀《よど》んだ。

「見てのとおりうちは戦場《いくさば》のような有様です。用があるならば仰《おっしゃ》いな、赤鼻の親分さん」

「赤鼻は止《や》めてくれないかな。手先の手前もございますよ」

角蔵は手先の五助らを外に待たせていた。

「そりゃ失礼をば致しました。以後、気を付けます」

「まあ、呼び名なんてどうでもいいがね。沢村の旦那があぁ上機嫌なのは久しぶりに見たよ。なんたって無役が長く続いたからね」

同じ言葉を角蔵が繰り返した。

「親分さん、そのために大黒屋はそれなりに尽力したってことを忘れないで下さい。ああたが私に何度もなんとかしてくれと泣きつかれますから、南町に働きかけた結果がこたびの役付きですからね」

「そりゃもう、わしも十分承知なんだよ」

「ははあ、親分はお礼に参られましたか。ご丁寧なことです」

「だからさ、沢村の旦那がご機嫌になった薬をさ、少しこちらにも分けてもらえないかとね」

「薬ですと、うちは古着屋ですよ、お角違いです」

「大番頭さん、察してくれよ。手先を雇うのも銭が掛かるんだよ」

「ああ、ご祝儀《しゅうぎ》がほしいと強請《ゆす》っておられますので」

「そう大きな声で言わないでくれよ」

光蔵が帳場格子を出ると、角蔵がにんまりとした。上がり框《がまち》に腰を下ろした光蔵が赤鼻の角蔵と向き合い、

「小僧さん、煙草《たばこ》盆を」

と荷が途切れたか、箒《ほうき》を手にしていた梅次に命じた。

「親分、沢村伝兵衛様が役付きになられたことは、その支配下の親分とは関わりがございません」

ぴしゃりと釘《くぎ》を刺した大番頭に角蔵が顔を歪《ゆが》めた。

「市中取締諸色掛という役目柄、ああたもこの界隈《かいわい》の古着屋に顔出しする機会が多くなりましょう。沢村の旦那の名を出してお店を泣かすような真似《まね》をするならば、私の耳に直《す》ぐに入って来ます。親分、折角役付きになった沢村様の今後に差《さ》し障《さわ》りが生じます。盆暮れになにがしか、ああたに応分の付け届けを考えないわけではありません。ですが旦那が役付きになったからって、その尻馬《しりうま》に乗って強請りまがいのことをするなどうちでは許しません」

「強請りだなんて大黒屋相手に出来るものか。なんたって、並みの商人じゃねえものな。裏の貌《かお》を」

「おっと、その先を口にするのはご法度《はっと》ですよ、親分」

「わ、分っているって」

「ならば春の古着大市が滞りなく催されるように手並みを見せて下さいな。すべてはそれからです」

光蔵の厳しい応対に愕然《がくぜん》とした角蔵が上がり框から立ち上がろうとした。

「お待ちなさい」

と光蔵が御用聞きを引き戻した。

「なにかまだ小言かえ」

「だれが小言を言いました。川向こうの炭問屋栄屋さんが店を畳まれました」

「ああ、そうだってな」

角蔵はただかたちばかり相槌《あいづち》を打った。

「南北の奉行所とも相談の上、栄屋のあとを古着大市の会場として使います。店は奉行所の蔵にある押収品《おうしゅうひん》を売り立てる場に使うのです。整地した裏手には柳原土手の衆が露店を出されます。人が集まるところには、掏摸《すり》だ、かっぱらいだが横行します。親分、とくと警戒をして下さいよ」

分かった、と答えた角蔵が、

「三代目、遊び過ぎてとうとう店を潰しやがったか」

「仁平次さんが本日も姿を見せて、ここはうちの店だと凄《すご》んでいきました。この次はやくざ者なんぞを連れてくる気配でしたがな、その辺りもよく見張って下さいよ」

「なんだって、そんなことがあったのか、うちに知らせてくれればいいものを、これからはそうしてくんな。ところで家族はどうしたえ」

「どこぞへ引き移っていかれました。罷《まか》り間違っても仁平次を家族に会わせるようなことをしてはいけませんよ。これは久松町の町役人が立ち合いの上、栄屋の隠居や家族、親族一同で決められたことですからね」

「栄屋は大黒屋の持ち物か」

「仔細《しさい》がございましてお預かりしているとお考えください。ただ今造作が行われておりますが、親分、くれぐれも嘴《くちばし》なんぞを突っ込んで邪魔をしないで下さいよ。南北両町奉行所がお認めの造作ですからね」

ふうっ、とため息を吐《つ》いて肩を落とした角蔵に、

「弥生町の糸屋についてなんぞ面白い話があれば、話次第で応分の礼はしますよ。ただし親分自らあちらに乗り込むのは止めて下さいな」

と耳打ちした。するとようやく角蔵の顔に明るさが戻ってきた。

「弥生町組なんて徒党を組んで、富沢町をぶっ潰すなんて気炎を上げているも

んな。あいつ、まだ大黒屋の恐ろしさを」

「親分、余計な詮索《せんさく》はなしです」

分かった、とようやく角蔵が解放されて表に出ていこうとした。すると、

「どいたどいた、荷が着いたぜ！」

と荷運び頭の権造の手下たちが京からの荷を威勢よく大土間に運び込んできて、角蔵は慌《あわ》てて飛び退《の》いた。

「大番頭さん、竈《へっつい》河岸《がし》の親分を随分とっちめられましたな」

話のやり取りを聞いていた重吉が笑いかけた。

「最初が肝心です。ずるずると店に出入りさせてはなりませんぞ」

と光蔵が四番番頭に忠言するように言った。

「番頭さん、総兵衛様とも話したことです。古着大市の品が足りないという店には京からの品を卸します。名主方を回って、その旨《むね》、伝えてきなされ。うちだけが儲《もう》けるような大市であってはいけませんからな。あっ、そうそう、柳原土手の世話方、浩蔵《こうぞう》さんと砂次郎さんたちにも知らせて下さいよ」

畏《かしこ》まりました、と重吉が外出の仕度を始めた。

二

栄屋の主《あるじ》だった仁平次のあとをつけた天松が富沢町大黒屋に戻ってきたのは、手代の九輔《きゅうすけ》とだいなごんが三頭の甲斐犬の散歩を終えた時分であった。

天松の姿を見た甲斐、信玄、さくらが、わんわんと吠《ほ》えて、嬉《うれ》しそうに尻尾《しっぽ》を振った。

だいなごんがさくらの引き綱を持っていたが、さくらの意思で散歩が主導されたのが見てとれた。

さくらが天松に走り寄り、だいなごんが前のめりによろめいてきた。

天松はまずさくらの体をしゃがんで優しく抱き留め、

「さくら、だいなごんのいうことをよう聞きましたか」

と尋ねると、

「天松さん、こいつ、おれのいうことなど全然聞かないぞ」

と憮然《ぶぜん》とした顔で応《こた》えたものだ。

「だいなごん、さくらがそなたに心を許すまでまだまだ日にちが掛かります。

犬は甘やかし過ぎても世話方を馬鹿《ばか》にしますし、厳しすぎるとこちらを信じてくれません。ましてそなたのように怯《おび》えがあるうちは信じてもらえません。さくらの信頼を勝ち取るには誠心誠意に世話することです」

と教え諭した。

「さくらがおれを信用するのにどれほど日にちが要るのか」

「私は二、三か月掛かりました。九輔さんのように生き物の扱いを知りませんでしたからね。おまえもそれくらいはかかると思います」

「三か月か」

天松が立ち上がったとき、九輔は二頭の牡犬《おすいぬ》を連れて店と庭が通じる三和土《たたき》廊下から犬小屋へと消えていた。さくらもだいなごんを引きずるように庭に向った。

夕刻の餌《えさ》が待っているのだ。

河岸道と富沢町の角地に二十五間（約四五メートル）四方の店を構える大黒屋の店土間から左右二本の三和土廊下が奥へと通じていた。

一つは内玄関を経て、台所、内庭へと通じるもの、もう一つは店土間から店蔵、庭へと通じる三和土《たたき》廊下だった。

三頭の甲斐犬は、最前まで船から下ろされた荷が広土間で仕分けされ、内蔵へと運び込まれるために使われた三和土廊下の出入りが許されていた。

また二十五間四方の黒漆喰の大黒屋の西北側には半間（約九〇センチ）の路地があって、裏口が設けられてあった。だが、河岸道側に格子戸《こうしど》が嵌《はま》り、長年出入りの御用聞きや棒手振《ぼてふ》り、台所で働く女衆が使うくらいで、夕刻にはその格子戸も閂《かんぬき》が掛けられた。

天松はさくらが三和土廊下の奥へと消えたのを見届け、帳場格子の光蔵に、

「ただ今戻りました」

と使いから店に戻った体《てい》で挨拶《あいさつ》した。その顔色を読んだ光蔵が、

「店座敷で話を聞きます」

と天松を店の奥へと誘った。

「随分と時間がかかりましたな」

「はい。仁平次さんは芝の片門前町の二階長屋に娘のような若い女と暮らしておりまして、芝まで付き合いましたゆえ遅くなりました」

「なに、江戸府内に住んでおりましたか」

「この半年余り前に引っ越してきたそうです」

「なんとね、一家が首を吊《つ》ろうか、どうしようかというときに、呑気《のんき》に若い女と暮らしておるとは呆《あき》れたものです」

「女は品川の女郎屋の娘だそうです。仁平次さんは久松町からの戻り道、千鳥橋で富沢町側に渡って弥生町の糸屋の前を通り、ちらりと店奥に眼で合図を送って、芝に戻ったのでございますよ」

「ほうほう、よう観察なされましたな」

と光蔵が手代を褒めた。

「さて、私が気長に増上寺の大門脇《わき》に待っておりますと、糸屋の番頭の文蔵《ぶんぞう》さんが姿を見せましたので」

「糸屋の文蔵さんね、役者が揃《そろ》いましたかな。陽がまだある内です、長屋には近付くことができませんでしたか」

「大番頭さん、そこは天松にございますよ。出入りの商人の体で長屋の木戸を潜《くぐ》り、植込みを利用して仁平次さんの住いの縁の下に潜《もぐ》り込みました」

天松が得意げな顔で報告した。

「それはまた日中、大胆なことでしたな」

「いいえ、大したことはございません。仁平次に糸屋の番頭が、『話がまるで違う』などと怒鳴り散らしていましたが、最後のころはひそひそ話になって聞き取れませんでした。文蔵さんは四半刻《しはんとき》（三十分）ほどいたでしょうか」

「ふむふむ」

「どうも仁平次さんが糸屋の番頭を説得したらしく、文蔵さんは、『これが最後の機会です、うちはそう長くは待てません』と言い残して弥生町へと戻りました」

「そなたは芝片門前町の長屋に残りましたか」

「はい。仁平次さんと女は酒を飲み始めたようで、女が『お父《とっ》つぁんの力を借りたら』などという声が耳に届きました。どうも女の親父《おやじ》が半端《はんぱ》やくざと見えて、品川宿あたりで一家を構えているようなんでございますよ」

「母親が女郎屋の女将《おかみ》、父親は品川宿の半端やくざですか。その類《たぐい》などはどうにでもなりますが、糸屋の動きが気に入りませんな」

と光蔵が思案顔をした。

「ことのついでです。これから糸屋の床下にでも潜り込んでみましょうか。いろいろな噂《うわさ》が飛んでいますからね」

「噂とはなんですね」

「いえね、糸屋の小僧の一人が少しお頭《つむ》の弱いやつなんですよ。この前、旅人宿のある馬喰町《ばくろちょう》でばったり出会ったんで、だんご屋に誘ったんです。そしたら、私のことを大黒屋の手代とも知らずにべらべらとお店の内情を喋《しゃべ》ってしまいました。いえ、小僧ですから大したことは知りません。なんでも弥生町組が古着大市を仕切るようになるとか、富沢町大黒屋の先はないとか、番頭さんが出入りの商人に威張っているとか、その程度の話でした」

「小僧が外でそのようなことをべらべら話すようでは糸屋のお里が知れますね。そのうち富沢町を乗っ取る気ですかね」

「大いにそんなところかも知れません」

と天松が大人びた口調で光蔵に応対し、

「今夜にも糸屋に潜り込みましょうか」

とまた許しを乞《こ》うた。

「新興の古着屋とはいえ同業です。今のところはしばらく様子を見ておきましょうか」

と答えた光蔵が、

「ご苦労でした」

と天松を店に下がらせた。

大黒屋では店仕舞いの刻限で、荷運びで汗を流した坊主の権造らは交替で町内の湯屋に行く頃合いだった。

富沢町の福助湯は、大黒屋とは懇意な湯屋で、どこの湯屋よりも半刻（一時間）ほど湯を落すのが遅いのだ。特に大黒屋に船荷がついた日には、仕事が終わる刻限まで開けておいてくれた。その代わり、大黒屋から盆暮れにそれなりの付け届けが行った。

「大番頭さん、店の者も湯屋に行かせてようございますか」

四番番頭の重吉が店座敷に顔を見せて尋ねた。

「それくらいはそなたの裁量で判断なされ」

と助言した光蔵が、

「ちょいとあとで話があります」

とまず重吉に店に行かせ、戻ってくるのを待った。

夕暮れになると春とはいえ、座敷は寒くなった。そこで店座敷には火鉢に炭が入れてあった。

火箸《ひばし》で埋火《うずみび》を掻《か》き出した光蔵のもとへ重吉が戻ってきた。

「本日、弥生町にも古着大市用の荷は要りませんかと尋ねに行かせましたな」

「はい。見習番頭の市蔵に糸屋さんを訪ねてその旨《むね》を伝えさせました」

「返答はどうでした」

「うちでは十分に売る品は用意してございますので大黒屋の品は要りません、弥生町組の店には問い合わせて、明日にも大黒屋に使いを立てますとの返答だったそうです」

「そうですか。ならばその返事を待ちますか」

「大番頭さん、出入りの担《かつ》ぎ商いの話ゆえ真偽は分りませんが、弥生町では、こたびの古着大市かぎりにして、富沢町とは別に弥生町だけで古着市を始める心積もりのようです」

「ほう、富沢町の仕切りではご不満ですかな」

「ゆくゆくは会期も別にする気持ちのようとか」

「火がないところには煙は立ちませんでな、担ぎ商いがそのような噂をするということは真《まこと》の話かもしれませんな。ちょいと奥へ話を通しておきます」

光蔵が店仕舞いを重吉に任せて、総兵衛のもとへと向った。

光蔵から話を聞いた総兵衛が、

「さてさてどうしたものか。放置していては富沢町惣代《そうだい》格の差配が問われます」

「いかにもさようです。富沢町近辺の古着問屋組合の主方は五人とも、弥生町組の動きを快く思うておりません。糸屋の古着商の鑑札は北町ですか」

「はい、北町を窓口にしております」

古着商が八品商売人という特異なかたちで町奉行所に直に監督されている以上、弥生町の糸屋も鑑札を受けるために届けを提出していた。それが北町奉行所だというのだ。

「大番頭さん、糸屋の強気の背後にはどなたか軍師が控えておりますか」

「これまでのところなにも出てきてはおりません。ですが、担ぎ商いが噂するように富沢町を無視して、弥生町で組を造り、勝手に古着大市を独自に行おうとしているには、城中のどなたかの後ろ盾があると見たほうがいい、と思えます。早速調べさせます」

光蔵の返事に総兵衛は得心した。

弥生町組の話が動いたのはその日の内のことだ。五つ半（午後九時頃）時分に大黒屋の通用口の戸が叩《たた》かれ、手代の天松が臆病《おくびょう》窓を覗《のぞ》くと、頰かむりした二人の男が、

「大黒屋さんにお会いしたい」

と乞うた。

「どなた様にございますか」

「天松さん、名乗るのは店の中でさせて下され」

と応じ、その会話を聞いていた九輔が、頷《うなず》いて開けるように無言で命じた。

通用口から入ってきた二人が、ぱらりと頰かむりの手拭《てぬぐ》いをとると、

「おや、弥生町の藤本屋さんと蔦屋《つたや》の旦那《だんな》じゃございませんか」

「すいませんね、こんな夜分に」

古着屋を三年ほど前に始めた藤本屋久六が言い、蔦屋三十郎が、

「どうしても今晩じゅうに大黒屋さんの知恵が借りたくてね」

と青い顔で願った。

早速光蔵に二人の来訪が知らされ、さらに光蔵から総兵衛へと伝えられて、店座敷で二人の来訪者に総兵衛と光蔵が会うことになった。

「どうなされました」

総兵衛がどこか恐怖に怯《おび》えた二人に優しく声をかけた。

「ええ、それが」

と藤本屋久六が言いよどんだ。

「藤本屋さん、蔦屋さん、私どもは同業です。困ったときは相身互いの間柄と思うてきましたがな」

光蔵も二人に話しかけた。そこへおりんが茶を運んできて、

「外は冷たい風が吹いております。まずは茶で喉《のど》を潤《うるお》して下さいまし」

と勧めて、二人が茶碗《ちゃわん》を手にして喫した。

おりんが去るとようやく落ち着いた様子の藤本屋が、

「私ども、古着大市に弥生町組二十一軒も富沢町の方々に加えてもらい、商いをするものと考えてきました」

「違いますので」

と光蔵が反問した。

「それが最前糸屋楽左衛門さんの名で、弥生町組は富沢町とは別の日にちで古着市を催すという触れ書が参ったのでございますよ」

「おや、それはまた異なことですな」

「それも光蔵さん、こちらの富沢町の古着大市が催される前々日と前日に執り行うとのことです」

「驚きましたな」

「光蔵さんも承知していない」

「存じません。だいいち弥生町組などという組は富沢町古着商には認められておりません。弥生町組と名乗られるのは便宜上、黙認してきましたが、富沢町と柳原土手がいっしょになって催す古着大市の前に、勝手に独自に古着市を催すなど認められませんな」

「私どもも富沢町といっしょだからこそ、大勢の人々が弥生町にも流れてくれるものと考えてきました。それが弥生町の二十一軒だけでやったところで、どれほど人が集まるか心配です」

四人ともしばし沈思した。光蔵が、

「これは糸屋楽左衛門さんの考えですかな、それとも糸屋さんの背後にどなたか控えておられるのでございますかな」

それが、と蔦屋が応じかけて口を閉ざした。

「いえね、こたびのことばかりではございません。弥生町組二十一軒のことを決められるのは糸屋の旦那だけでしてな、後ろ盾がいるのかいないのか、私らには皆目見当がつきません。いえ、これは嘘偽《うそ》りのないことです。なあ、蔦屋さん」

「藤本屋さんが言われたとおり、私どもは富沢町の一員と思うてこれまでやってきました。それが急に独り立ちして古着市を催すなんて、うち程度の古着屋の小店が半数以上の弥生町組が富沢町と張り合ってなにができるわけもない」

「蔦屋さん、糸屋さんと親しい仲間は何軒にございますかな」

「五軒といいたいが、糸屋さんの命を素直に聞くのは、駿河屋、松之屋、高砂やさんの三軒くらいですか」

「糸屋、駿河屋、松之屋、高砂やの他十七軒は、あなた方と同じと考えてようございますか」

「まあ、そんなところですよ」

「わっしらは大黒屋の大樹の影の一軒とばかり思うてきましたからね」

と二人が口々に言った。

「分りました」

と総兵衛が答え、

「明日にも糸屋さんと話をしてみますでな、ご安心なされ」

と光蔵が言い、二人がほっと安堵《あんど》の表情を見せた。

藤本屋と蔦屋が帰ったのは四つ（午後十時頃）の刻限だった。

「総兵衛様、まず明日にも富沢町近辺の五人の問屋組合の主を集めて談義をなし、糸屋をその場に呼び寄せましょうか」

「それが宜《よろ》しいでしょう」

「糸屋楽左衛門さんは、糸屋の五代目、独り息子ゆえに幼い頃から我《わ》が儘《まま》放題に育てられ、なかなか依怙《いこ》地《じ》な人柄と聞いたことがございます。栄屋の仁平次と組んだこととい、いささか厄介なご仁かもしれません。ですが、背後にだれも控えてなければ、問屋組合の主六人と直に話せば分かるのではございませんかな」

と光蔵が言い切った。

次の朝、竈《へっつい》河岸《がし》の親分、赤鼻の角蔵が大黒屋の表戸を叩いたのは、明け六つ（六時頃）前のことだ。

奉公人の大半が地下の本丸で朝稽古《げいこ》の最中だった。また若い手代や小僧たちは稽古を終えて、店前《みせさき》の掃き掃除やら甲斐ら三頭の犬の散歩やらを始めようとした刻限だった。

通用戸を開くと、赤鼻の角蔵が飛び込んできた。

「どうしなさった、竈河岸の親分さん」

と光蔵が迎えた。

「昨晩よ、五つ半時分に弥生町の藤本屋と蔦屋の旦那がこちらに来なかったかい」

「見えましたよ」

「なんの相談だえ」

「親分さん、なにが起りました」

「大番頭さん、二人はいつ大黒屋を出たんだえ」

赤鼻の角蔵が畳みかけた。

「四つ時分ですよ」

「なんの話に半刻も掛かったんだ」

「古着大市の相談ごとでした」

「その相談たあ、なんだい」

「古着大市で売る品を仕入れたいって話でしたがね」

「それだけかえ」

「親分、そろそろなにがあったか教えてくれませんかね」

「藤本屋と蔦屋の旦那は大黒屋に相談ごとがあると家族に言い残して出てきたのは確かなことだ。そして、おめえさんは、二人が四つには大黒屋を去ったと言いなさる」

「実際そうですからね」

「ところが二人して弥生町の店には戻ってねえ。家族が案じておれのところに相談にきたってわけだ」

「二人してお店に戻られてないので」

「ああ、二人してだ。吉原に遊びに行ったんじゃねえかなんて言うんじゃねえよ、大番頭さん」

今朝の角蔵は威勢がよかった。

「いえ、さようなことは申しません。一晩明けたとはいえ、家族が親分のもとへ駈《か》け込んだには謂《いわ》れがございますのでしょうかな」

「ここんとこ藤本屋の主《あるじ》は思い迷っていたというのだ。だから、なにか起ったんじゃねえかと案じて、うちに飛び込んできたというわけだ。そこでわっしが蔦屋を訪ねたら蔦屋も戻ってねえ」

「それだけで竈河岸の親分さんがうちに飛び込んでくるのも訝《いぶか》しい」

「だって、二人は大黒屋を訪ねてきたんだろ」

「だから、四つ時分に戻られたと申し上げましたよ」

「となると帰り道になにかが起った」

と言った角蔵が懐《ふところ》から手拭《てぬぐ》いを出して光蔵に見せた。

「大番頭さんよ、見てみな。端っこによ、藤本屋久六と薄れかけた墨字で記してあるのが見えねえかえ」

「見てとれます。この手拭いは昨夜藤本屋さんが頬かむりしてきた手拭いですよ」

「つまりは面《つら》を隠して大黒屋に相談に来たってわけだ」

「春とはいえ寒うございましたからな」

「大黒屋の大番頭さんが言う台詞《せりふ》じゃねえな」

竈河岸の赤鼻の角蔵も昨日今日の御用聞きではなかった。それだけに尋問の仕方は心得ていた。

「親分、正直に打ち明けましょう」

肚《はら》を固めた光蔵が昨夜の訪問者の相談ごとを告げた。

「ふうーん、そんな話がね。こりゃ、先手を取られて糸屋楽左衛門が動いたかねえ。となると、藤本屋と蔦屋は口を封じられたかもしれねえぜ」

「糸屋さんは商人ですよ。そんな乱暴なことをなさるものでしょうか」

「光蔵さんよ、大黒屋だって表と裏の貌《かお》があるんじゃねえか。その大黒屋に楯《たて》突《つ》く以上、糸屋だって馬鹿《ばか》じゃねえ、それなりの用心をしているってことだよ」

「親分、まず藤本屋さんと蔦屋さんの行方を突きとめて下さいな、無事に取りもどすことが出来たら応分の礼を致しますでな」

「よし」

「ただし糸屋にいきなり乗り込むのは下の下の策ですよ」

「分っているって、おれも竈河岸の角蔵だ、探索のやり方ぐれえ心得ているぜ」

「頼みましたよ」

赤鼻の角蔵が開かれたままの通用口から出ていった。

光蔵はしばし沈思していたが、ようやく総兵衛に告げる気持ちが固まり、立ち上がった。

三

大黒屋でも弥生町組の藤本屋久六と蔦屋三十郎の行方《ゆきがた》知れずに対応策をとった。

まず富沢町界隈《かいわい》で顔の知られてない北郷陰吉《きたごうかげよし》を糸屋楽左衛門の店を見通せる場所に足の不自由な唐人飴《あめ》売りに扮装《ふんそう》させて配置した。

陰吉が時折唐人の口調を薩摩《さつま》訛《なま》りで呟《つぶや》くと、子どもたちが寄ってきて一文、二文で買っていった。むろん陰吉が神輿《みこし》を据えた道具屋には光蔵から、

（ちょいと事情がございましてな、唐人飴売りに軒先を貸してやって下さいな）

と挨拶《あいさつ》がしてあった。

さらに蔦沢一族の担《かつ》ぎ商いの百蔵《ひゃくぞう》らに命じて、藤本屋と蔦屋の主の行方を探させていた。

だが、なんの手がかりもないままに二日、三日と時が過ぎていった。

四日目の朝方、赤鼻の角蔵が大黒屋に姿を見せた。光蔵が帳場格子《ごうし》を出て、角蔵に寄り、なんぞございましたかな、と無言で問うた。

「おれの仲間からの言付けだ。男二人の骸《むくろ》が海辺《うみべ》新田《しんでん》の湿地に流れついたって知らせだ。おれはこれから確かめに行ってくるぜ」

「殺されたのでしょうか」

「まだなにも分らねえ。だけど、男二人が心中沙汰《ざた》をなすわけもなし、嫌な気分なんだよ」

「親分、うちの者を同行させてようございますか。その代わり舟はうちから出しますでな」

そいつは助かる、角蔵がにんまりした。

「藤本屋と蔦屋にはしっかりと身許《みもと》を確かめたあとに知らせてもようございま

しょう」

「ああ、無駄に騒がすこともねえや。間違い、別人ってことも十分に考えられるからな」

光蔵は重吉に目配せをして赤鼻の角蔵に九輔を同行させるよう手配を命じた。その足で奥に向い、総兵衛に角蔵からの報を知らせた。

「親分ではございませんが嫌な気分ですね」

「確かに」

しばし沈思していた総兵衛が立ち上がった。

「総兵衛様も参られますか。ならば、角蔵親分の舟に同乗するよう待たせますが」

「いいえ、角蔵親分の舟とは別にしましょうか。天松がいれば船頭代わりに連れていきます」

「承知しました。角蔵親分の乗った舟にはなんぞ目印を立てさせます」

と光蔵が出ていった。

総兵衛がおりんの手伝いで外着に着替えていると天松が姿を見せて、

「猪牙《ちょき》でようございますか」

と質《ただ》した。

「私ひとりです。猪牙舟で構いません」

「総兵衛様、お願いがございます」

「なんですね」

「先行する九輔さんと前々から話していたことがございます。甲斐《かい》の嗅覚《はな》はなかなかのものにございます。もし甲斐を同行してその骸二つが藤本屋さんと蔦屋さんなれば、殺した者がなんぞ手がかりを残しておるかもしれません。その臭《にお》いを覚えさせておきたいのです。ひょっとしたら、役に立つかも知れません」

「面白いことを考えましたな」

「いえ、これは生き物好きの九輔さんの考えにございます」

「よし、甲斐を連れていきましょう」

と相談が決まった。

総兵衛と甲斐を乗せた猪牙舟が、天松の櫓《ろ》で大川に出ると、大川には大小様々な船が往来していた。その中、荷運び方の兼四郎《かねしろう》が船頭の荷船が旗棹《はたざお》を立て、吹き流しのような黄色の旗を風に靡《なび》かせていた。

「総兵衛様、あれならば絶対に見落としはありませんよ」

と天松が笑った。

甲斐は初めて乗せられた舟に最初戸惑いを見せていたが、天松に敷いてもらった古座布団《ざぶとん》の上に丸まった。

初めての舟行の不安を紛らわせるように総兵衛の片足に甲斐の頭が触れていた。

「甲斐、水の上に慣れておきなされ。そのうちイマサカ号に乗って異郷に向うかも知れませんぞ」

「総兵衛様、その節はこの天松もよしなにお願い申します」

「ふっふっふ、甲斐に願うてみるがよい。船酔いする犬は帆船には乗せられませんでな」

「甲斐、頼んだよ。海辺新田くらいでさ、吐いたりするなよな」

と天松が願い、その間にも二隻《せき》の大黒屋の舟は流れにも乗って大川河口にぐんぐんと接近していった。

永代橋を潜《くぐ》ると、大川の流れと江戸湾の寄せる波がぶつかり合い、小さな猪牙舟は揉《も》みしだかれ、上下に揺れた。だが、甲斐は丸まったまま、三角波の襲来にも耐えていた。

「よし、その調子だぜ。この天松様とてイマサカ号に乗せられた当初は戸惑ったがな、総兵衛様の指導宜《よろ》しきを得て、天空二百余尺（六〇メートル余）の帆柱の上で猿《ましら》のように自在に動けるようになったからな。すべては慣れだぞ」

と鼓舞した。

「どうですね、だいなごんは見込みはありそうですか」

「時は要しましょう。ですが、その内必ずやさくらを好きになると思いますよ。ただし、幼い頃に嚙《か》まれた犬への恐怖心は、そう簡単に拭いとれるものではございません」

天松が慎重にだいなごんの心情を分析してみせた。

「そなたも三頭の仔犬《こいぬ》がうちに来たときには戸惑っておったものな」

「習うより慣れろ、と九輔さんに犬小屋でいっしょに過ごせと命じられたこともありました。今では犬たちが可愛《かわい》くて堪《たま》りませんよ」

黄色の旗の荷船が海辺新田の埋立地を越えて、湿地との境に差し掛かっていたが、不意に進路を変えて埋立地に接近していった。

「どうやらあの近辺で骸が発見されたようですね、奉行所の御用船が舫《もや》われておりますよ」

と天松が指差した。

総兵衛が舟に立ち上がると甲斐も起き上がり、初めて接する海を茫然《ぼうぜん》として眺めた。だが、また慌《あわ》てて座布団の上に丸まり両眼を閉ざした。

天松の櫓はゆったりとした動きに変わり、二人の視界の先に大黒屋の荷船が御用船に接近していくのが見えた。

埋立地の石垣と湿地の間に波が打ち寄せ、骸が流れ込んだのか。現場に接近した荷船から九輔や赤鼻の角蔵が見下ろして骸を調べていた。

不意に九輔が気づいて立ち上がり、海上に漂う猪牙舟に手招きした。

「総兵衛様、どうやら藤本屋と蔦屋の旦那《だんな》の骸で間違いないようですね」

天松の言葉に総兵衛は無言で頷《うなず》き、

(糸屋の仕業なら、二人の仇《かたき》は必ず討つ)

と心に誓った。

「総兵衛様、間違いなく藤本屋久六と蔦屋三十郎の旦那にございます」

と先行していた九輔が漕《こ》ぎ寄せてきた猪牙舟の総兵衛に報告した。

頷く総兵衛の眼に見知らぬ町奉行所同心と御用聞きの二人が顔を向ける様子が飛び込んできた。

「おや、富沢町の惣代《そうだい》直々にお出ましたあ、どういうことだえ」

と同心が尋ねた。どこかで見かけたことがあったものか、総兵衛を承知のようだった。

「そなた様はどなたにございますか」

と総兵衛が問い返した。

「南町奉行所定《じょうまわり》廻同心井上正実《まさみ》である」

壮年の同心は、町人の総兵衛に問い返されたにも拘《かか》わらず屈託なく答えていた。

「大黒屋総兵衛にございます。良しなにお付き合いのほど願います」

と総兵衛が挨拶を返した。

「若い若いと聞いていたが、これほど若いとは思わなかったぜ」

「お見かけどおりの弱輩者です」

「弱輩者が古着大市なんて催しを企てられるものか。南北両町奉行所の与力同心に、こたびの古着大市を助けよという奉行名の通達が出ておる。うちの奉行の根岸様も北町奉行の小田切様もそなたに骨抜きにされたわ。そなた、どのような策を弄《ろう》したな」

「井上様、策など弄しませぬ。お奉行所の主たるお役目は江戸の治安と景気の向上にございましょう。その筋に従い、古着をもっとも効率よく大量に売る場を設けただけにございますよ。私どもはしがない古着商ゆえにこの程度のことしかお役に立てません」

「噂《うわさ》によれば会期三日で何千両もの金子《きんす》が動くそうな、驚きだぜ。その主《あるじ》どのがわざわざ二つの骸を見物にきたにはわけがあるのか」

「ございます。ですが、その前にこの二人はどのようにして殺されたのでございましょうか、お教え下さいまし」

総兵衛は反問し、御用船と大黒屋の荷船の間に俯《うつぶ》せに浮かぶ骸を眺めた。

角蔵と九輔に顔を確かめられた骸は再び顔を下向きに浮いていた。それを寄せる波が揺らした。

「いいだろう」

と前置した井上同心が、

「この埋立地に流れ着いた二つの骸はな、最初両方一緒に縄で縛られ、重石《おもし》でも付けられて海に沈められたものだろうな。だが、雑な縛り方だったか波に緩んで重石だけが海底に残り、二つの骸が浮かんできてこの岸辺に打ち寄せられたんじゃないか」

との推測を告げ、

「そいつをよ、偶《たま》さかこの辺りを通りかかった舟の漁師が見つけて、富岡八幡《とみおかはちまん》宮《ぐう》門前の御用聞きの寛兵衛に届けたってわけだ」

と従えた御用聞きを顎《あご》で指した。

初老の御用聞きが赤鼻の角蔵の知り合いだった。

「竈河岸《へっついがし》の赤鼻が二人の男が行方知れずになっていると仲間内に助けを求めたそうだな」

へえ、と角蔵が井上同心に返答をした。

「死因はなんでございますな」

「突き傷よ。それ以上のことは未《ま》だ分からねえ」

と答えた井上同心が、

「おい、船に骸《むくろ》を一体ずつ上げねえ」

と御用聞きや小者に命じた。

作業が始まった。

「で、最前のおれの問いにどう応《こた》えるな」

「この一件、こたびの古着大市に関わりがあると思えます」

「なんだって」

「四日前の夜、このお二人がうちに内密の相談に見えたのでございますよ。うちを出たのが夜の四つ（午後十時頃）時分、その帰りに何者かに襲われたと思えます」

総兵衛は差《さ》し障《さわ》りのないところで、弥生町組の藤本屋と蔦屋が相談にきた経緯を話して聞かせた。

「ほう、弥生町組なる二十一軒を束ねる糸屋楽左衛門が富沢町惣代の大黒屋が率いてきた何百軒もの老舗《しにせ》古着屋に楯突《たてつ》くってか。ふつうならばとても考えられないことだな」

「富沢町には二百年の歳月の積み重ねがございます。またこたびの古着大市も井上様が申されたように南北両お奉行所の助勢がございます。弥生町二十一軒とて、全員が糸屋さんの遣《や》り方に賛成していたわけではなさそうです」

「ということは、南北両奉行所の力を越えた城中の人物が控えているか、あるいは糸屋はただの愚か者か」

御用船が揺れて、立っていた井上同心もよろめいた。だが、さすがに足腰を鍛えているのか立ち直った。

船の胴ノ間に一つ目の骸が上げられ、手伝っていた九輔が、

「旦那様、蔦屋三十郎さんに間違いございません。あの夜のなりのままです」

と念を押すように繰り返した。

総兵衛は額にへばり付いている乱れ髪の下の顔に恐怖が張り付いているのを確かめた。そして、左胸には柳刃包丁が刺し込まれたままになっていた。

「なんていうことを」

猪牙舟が止まったせいか、甲斐が座布団から起き上がり、辺りを見た。騒ぐ様子はなかった。

さらにもう一体、藤本屋久六が御用船に引き上げられて蔦屋の骸の傍らに並べられた。

やはりこちらも柳刃包丁が遺《のこ》されてあった。そして、藤本屋の右手はだれぞの羽織の片袖《かたそで》をしっかりと摑《つか》んでいた。

「絹ものだな」

井上同心が言い、二つの骸の死因となった傷口を仔細《しさい》に調べた。

「ふうん」

と鼻を鳴らした井上同心は、小者が腰に挟んでいた手拭《てぬぐい》を摑みとり、柳刃包丁の柄に巻くようにして抜いた。井上同心が丁寧に確かめた刃には血はさほどついておらず、刃の先に曲がった跡も刃が毀《こぼ》れた様子もなかった。

総兵衛もそれを確かめた。

「柳刃包丁は最初の突き傷を隠すためにあとから刺し込まれたものだぜ。やったやつは、町奉行所を、いやさ、大黒屋を舐《な》めくさっていやがるな」

「突きの一撃で次々に二人を刺殺する、並みの技ではございませんな」

「空恐ろしいほどの手練の持主だな」

「井上様、藤本屋が摑み取った袖にございますが、うちの飼犬に嗅《か》がせてもらってようございますか」

「大黒屋では格別に訓練された犬を飼《こ》うているのか」

「いえ、犬の臭《にお》いを嗅ぐ力はなかなかのものと、この手代の九輔と天松が言いますもので、試してみようかと考えたまでです」

と総兵衛が答えていた。

井上同心が藤本屋久六の執念が摑み取った袖を外すと、前帯から抜いた十手の先に絡《から》めて、甲斐の鼻先に突き出した。

甲斐は、最初戸惑うように片袖を見ていた。だが、九輔がなにごとか命じると、くんくんと嗅ぎ始めた。

「海水に浸かった袖だぜ。臭いなんぞ薄れたんじゃないか」

「かもしれません。だめで元々ですよ」

総兵衛が井上同心に応じた。

甲斐がなにかを感じ取った顔付きで九輔を見た。

九輔が荷船から猪牙舟《ちょきぶね》に乗り移ってきて、甲斐を股《また》の間に座らせ、小声で何事か囁《ささや》きかけ、餌《えさ》を与えた。

「神頼みならぬ、犬頼みか。まあ、こたびのことはそなたらの話が真《まこと》ならば、下手人は糸屋の周りにいることになる」

「私どもが虚言を弄する謂《いわ》れはございません」

「ならば早晩下手人を突きとめ、お縄にするさ。いやさ、大黒屋ではすでに糸屋の周りを監視しているのではないか」

「見張りは配置してございます」

「なんぞあればそれがしにも知らせてくれぬか。それとも大黒屋で始末をつけるか」

「うちは一介の古着屋にございますよ。必ず井上様にお知らせ申します」

首肯する井上に九輔が荷船に戻り、総兵衛が天松を振り向き、戻るように眼で合図した。

そのとき、井上同心が言い出した。

「大黒屋、沢村伝兵衛に市中取締諸色掛の役を推挙したのはそなたじゃそうな」

「いえ、さような僭越《せんえつ》は一商人ができるわけもなし、沢村様に運が巡ってきたということでございましょう」

井上同心が御用船から腕を伸ばし、ぐいっ、と総兵衛の乗る猪牙舟を手もとへ引き寄せ、

「沢村に運が巡ってきたのは、与力土井権之丞様と池辺三五郎が相次いで姿を消したゆえだ。一時《いっとき》は土井様、妾《めかけ》なんぞを囲い、羽振りが良かったがな。今ごろ、どこでどうしておるのやら、そなたならば知っていよう。あるいはこの界隈《わい》の海の底に眠っておるか」

と海を見ながら囁いた。

「滅相もありませんよ、南町の与力同心お二人の行方など大黒屋が知る由《よし》もございませんよ」

「そう聞いておこうか。だがな、おれがこれまで述べた言葉を誤解せんでくれよ。おれは池辺三五郎に代わって沢村伝兵衛が役付きになったのを素直に喜んでおるのだ。なにしろおれと伝兵衛は物心ついてからの竹馬の友でな、なぜあいつがいつまでも無役でいるのか、不思議であったのだ。大黒屋であれ、内与力の田之内様の手腕であれ、友の才を認められるのは嬉《うれ》しいものよ。それをな、そなたに知っておいて欲しかっただけだ」

二人だけの会話は終ったとばかりに、井上正実が引き付けていた猪牙舟を、ぐいっ、と海へと押した。

天松が櫓《ろ》に力を加えて舳《へ》先《さき》を大川河口に転じた。

しばらく無言の時が猪牙舟に流れ、甲斐は座《ざ》布《ぶ》団《とん》の上でひたすら両眼を閉ざしていた。

総兵衛が天松と甲斐を伴い、富沢町の店に戻ってきたのは昼の刻限だった。

「総兵衛様、いかがでございましたな」

「やはり藤本屋さんと蔦屋さんでした」

「総兵衛様、二人にたれぞつけるべきでしたな」

「私も帰りの舟でそのことを悔やんできた。糸屋をいささか甘く見ていたかも知れぬ」

と応じた総兵衛は、

「大番頭さん、弥生町に行き、藤本屋と蔦屋にこのことを告げてきて下され。当然糸屋もこちらの動きを監視しておりましょうから、出来るだけ仰々しく訪ねて、こちらが糸屋をはっきりと敵と見做《みな》したことを言動で糸屋に伝えて下され」

「承知致しました」

と早速光蔵が羽織を着込むと、富沢町から弥生町に出かけていった。

総兵衛はそれを見送っていたが、不図《ふと》思い付いて栄屋の普請《ふしん》具合を見に行くことにした。

栄屋の母屋《おもや》にあった地下蔵の大谷石はすでに七分どおりが剥《は》がされて、整地された地面に並べられていた。どれもほぼ完全なかたちを保っているところを見ると、魚吉たちは和国の石質を呑《の》み込んだのであろう。

「ソウベイサマ、アシタニオワルゾ」

と魚吉が答えた。それは大谷石の剝がしが終るという意味だった。

「あちらに移動して石の積み直しにどれほどかかるな」

「ハチカ、キュウ」

と魚吉が両手の指を八本、続いて九本を立てた。八日か九日ということだった。

「古着大市に十分間に合いますな、安心しました」

店に行ってみると、隠し蔵の一間半（約二・七メートル）四方の孔《あな》が掘られてすでに五、六尺（一・六メートル前後）ほどの深さになっていた。

「あと何日掛かりそうですか」

「三日もあれば終わりましょうよ」

と傍らで弁当を使っていた人足の一人が答えた。

店の修繕は二階の座敷に上がってみると、畳が剝がされて床板が見えていた。

こちらも職人の一人もいないのは昼餉《ひるげ》の刻限だからだ。

最初に見たときよりも内部の造作はどこもしっかりとしたもので、床板も根太も傷《いた》んだ箇所は余り見当たらなかった。壁の漆喰を塗り直し、新しい畳と建具を入れれば、新築とはいかないまでも何十年か持ちそうだった。

「こちらでございましたか」

と光蔵が二階に上がってきた。

普請場を見ていると、思わぬ時が過ぎていた。

「藤本屋ではある程度このことは想像していたようですが、蔦屋は子供も小さいものですからかみさんに泣かれて困りました。弔いには弥生町にうちの手を出して手伝わせますか」

「それがよかろうと思います」

総兵衛が格子《こうし》窓《まど》越しに大黒屋の店先を見ると訝《いぶか》しい二人組が、うろついていた。

「ほうほう、大番頭さんを尾行してきたと思える風体の男がうちを覗《のぞ》いておりますぞ」

「私はいったん店に入ると隠し通路から表に出て、こちらに来ましたでな、あやつら、私が帳場格子にいないのは、奥で総兵衛様に報告でもしているのかと思うていることでしょうよ。こんどは反対にあやつらをうちの連中が尾行する番です」

と光蔵が不敵にもにたりと笑った。

四

京の稲荷山《いなりやま》を神域とする伏見稲荷大社は、古《いにしえ》稲荷神社と称し、二十二社（上七社）の一社であった。和銅年間（七〇八～七一五）に伊侶《いろ》臣秦公《このはたのきみ》が伊奈利《いなり》山の三つの峯《みね》にそれぞれの神を祀《まつ》ったことが始まりとされる。主祭神は宇迦之御魂大神《うかのみたまのおおかみ》であり、諸国に三万社があるとされる稲荷神社の総本社である。

なぜ炭問屋の栄屋の敷地内に稲荷神社が祀られているか、もはやだれもその謂れは知らなかった。

総兵衛は二つの蔵の間に祀られた稲荷神社に幔幕《まんまく》を張り巡らし、三度目になる古着大市が盛況裡《り》に終るように三日間の、

「お籠《こも》り」

を始めた。

大黒屋総兵衛自ら食断ち水断ちすると宣言してのお籠りは、たちまち富沢町じゅうに知れ渡った。

「大黒屋の若い主《あるじ》はよ、よくよくまた考えられたもんだね。これまで二度の古着大市は大盛況のうちに終わっているんだぜ。三度目がさらに賑《にぎ》わうことは分っているじゃないか」

「一造さん、それだからこそ気を引き締めて催そうと御大将自らが苦行を課したんだよ」

「異郷の生まれなんて噂《うわさ》も飛ぶが、なかなか出来るこっちゃないよ」

「ああ、出来ないできない」

などと担《かつ》ぎ商いが堀向こうの富沢町から栄屋を眺めながら噂をし、そこへ加わった近所の隠居が、

「なんでも弥生町が別口の古着市を催すてんで、総兵衛さんは心を一つにしようと、かようなことを考えられたのですよ」

「ほう、感心なものですね。春とはいえ夜は冷え込みますよ」

「夜になれば火を焚《た》いてさ、酒なんぞ飲んでのお籠りじゃございませんか」

「それではお籠りの意味がございませんよ」

隠居にぴしゃりと言われて、担ぎ商いが、

「ともかくさ、始めたなら満願成就《じょうじゅ》を願いたいものですよ」

と話を締めた。

一夜目、幔幕を張り巡らしただけの稲荷社のお籠りの場では低く何事かを誦《ず》する声が絶えることなく続いて朝を迎えた。

二日目、いつにもまして普請場では音を立てないように大工も左官も石工らも無言で作業を続けた。

その夜、四つ（十時頃）時分に灯明を一つだけ灯《とも》した幔幕に歩み寄る影があった。

就寝の挨拶《あいさつ》の体《てい》を装《よそお》った大黒屋の光蔵だ。

「藤本屋と蔦屋の弔いは無事に終わりましてございます」

「それはなによりでした」

低い声が応じた。

藤本屋久六と蔦屋三十郎の骸《むくろ》が奉行所から下げ渡されたのは、総兵衛がお籠りに入った昨日のことで、その夜のうちに通夜《つや》、そして翌日弔いが催されたのだ。

「糸屋楽左衛門方では大黒屋の反撃があるというので、密《ひそ》かに用心棒を雇い、昼夜待機させているそうでございますよ」

「糸屋の背後にいる者は判明しませぬか」

「今のところいる風は見えませんので」

「糸屋独りで出来る話ではございません。またばたばたと雇い入れた用心棒侍にあのような非情苛烈《かれつ》な一撃ができるわけもない」

「いかにもさようです」

「明晩が勝負でしょうな。大番頭さん、お休みなされ」

「総兵衛様、風邪など引かれませぬように」

と言い残した光蔵が栄橋を渡って大黒屋に戻っていった。

一刻（二時間）後、石町《こくちょう》の鐘《かね》撞き堂から九つ（深夜零時）の時鐘が入堀界隈に響いて一段と冷え込んできた。だが、その夜もなにも起らなかった。

三日目の昼、普請場を見回りにきた光蔵が、お籠りの場に歩み寄り、

「糸屋楽左衛門が出かけました。北郷陰吉が従い、そのあとを田之助が尾行しております」

と囁《ささや》くと、幔幕の中の稲荷社に一礼して去った。


大黒屋に最初に戻ってきたのは早走りの田之助だった。

夕暮れ前の刻限で、大黒屋の店では古着大市のために品を卸してもらう富沢町と柳原土手の古着商いの者たちでごった返していた。

光蔵は田之助を店座敷に上がるように黙したまま眼で合図した。

「糸屋はいずこを訪ねたな」

「それが異なことに忍《しのぶ》ケ岡《おか》の東照大権現宮《とうしょうだいごんげんきゅう》の社務所を訪れ、二刻《ふたとき》ほど出てくる気配がございません。社務所前を囲むように男衆《おとこし》が箒《ほうき》を手に掃除を熱心にしておりますので社務所には近付けません」

「糸屋の他にどなたか訪問者はありませんか」

「ございません」

「となると東照大権現の神官のだれかに会《お》うたことになる」

徳川幕府安泰のために動いてきた影の鳶沢一族と家康を祀る東照大権現宮とは深い縁があった。

十代目総兵衛が初めて影様に呼び出されたのもこの忍ヶ岡の東照大権現宮であった。

その場に糸屋楽左衛門が訪ね、神官のだれかと会うたのか。いささか訝しかった。

「北郷陰吉はどうしております」

「上野の山に上がった途端に陰吉親父《おやじ》の姿を見失いまして、私、糸屋のあとをつけた結果、東照大権現宮に辿《たど》り着きましてございます」

田之助は鳶沢村以来、北郷陰吉のことを知る人物だ。それだけに陰吉はもはや鳶沢一族の一員と思っていた。

「まさか薩摩ではありますまいな」

「薩摩ならば忍ヶ岡にそれなりの供揃《ともぞろ》えと乗り物で姿を見せましょう。社務所にはさような様子はございません」

「糸屋が未《いま》だ社務所を出た様子がないのですな」

はい、と答えた田之助に光蔵が、

「なぜそなた戻ってきた」

「掃き掃除をなす男衆が社務所に戻りました。ためにもはや社務所には糸屋の旦那《だんな》はおらぬと考え、一先《ひとま》ず富沢町に戻って参りました」

「残るは陰吉だけか」

と応じたとき、おりんが店座敷に姿を見せて、陰吉が離れ屋の奥に居ると知らせてきた。

「あの者、隠し通路を勝手に使っておる。一言断るように注意しなければなりませんな」

「治助爺《じい》の長屋に住まわせたのです。陰吉さんが言わば隠し通路の番人でございましょう。注意されたところで出入りしたいときに出入りすると思いますよ」

おりんが笑った。

「なにやら釈然としませんな」

と言いながら、光蔵は田之助を連れて主の不在の離れ屋に向った。すると北郷陰吉が、

「田之助さん、江戸の甘味は京に比べてなんとなく田舎臭いな。もっとも薩摩では甘味などわしらが口にすることはありませんでしたがな」

というと手に残っていた大福餅《もち》を口に入れた。

「陰吉さん、大福餅より報告が先ですぞ」

「大番頭さん、そう急《せ》かさんで下され。糸屋はなかなかのタマですぞ。早走りの田之助さんとこの北郷陰吉を二刻近くも東照大権現宮に引き付け、姿を消したのですからな」

「陰吉の父《とっ》つぁん、糸屋は私たち二人をあの場に残してどこぞに消えたと言われますか」

「そなたが諦《あきら》めて東照大権現宮の見張りを止《や》めたと同じ頃合い、わしも気付いた。もはやだれもいないとな」

「どうやって抜けたのでございましょう」

「おそらく社務所から東照大権現宮には地下でつながる通路があるのだろう、

なぜなら公方様《くぼうさま》が参詣《さんけい》に来る折に入るからな、また東照大権現宮から忍ヶ岡の外に抜ける道があると思わぬか」

「それを糸屋が利用したのですか」

「いや、糸屋の背後におる者がその手配を為《な》したということよ。つまりわしらが尾行することを前提にして糸屋楽左衛門はわしらを引き摺《ず》り回した」

う、うーん、と田之助が唸《うな》った。

「田之助さんや、ちいと悔しいではないか」

「悔しいどころではございませんぞ」

「糸屋はすでに一刻以上も前に弥生町の店に戻っております」

えっ、と驚きの声を上げたのは光蔵だ。

「糸屋は表も裏口も見張りがついておりますよ、そんなわけはない」

「大番頭さん、わしがただ今治助長屋からかように大黒屋の離れ屋に姿を見せておるように糸屋にもさような隠し通路を設けてあれば、他人に見られずに出入りは勝手だ」

「なんとのう、糸屋、それほどのタマでしたか」

と光蔵が呻《うめ》き、田之助が尋ねた。

「陰吉さん、糸屋に日中忍び込んだか」

「天松さんの知恵を借りたのさ、いささかお頭《つむ》の弱い小僧に質《ただ》しただけだ」

「糸屋に軽く捻《ひね》られましたか」

「田之助さんとわしの二人して悔しい想《おも》いはしたがな、あやつが、いや、裏に控える者が油断ならぬご仁と分かっただけでもよしとせねばなりますまい。寒夜に外でお籠《こも》りをしている総兵衛様には、いささか物足りぬ結果でしたがな」

おりんが光蔵と田之助に茶菓を持参した。

「陰吉さん、もう一つ大福餅を食しますか」

「おりんさん、気持ちは有り難いが夕餉《ゆうげ》も近い、止めておこう。それに今晩は必ずひと騒ぎございましょうでな。腹は軽めにしておいたほうがよい」

陰吉が言い切った。

「総兵衛様を襲う者がいると陰吉さんも見ましたか」

「わが主様がそう仕向けたのでございましょうが、ならばおりんさん、相手は必ず姿を見せますよ」

「藤本屋と蔦屋の旦那をひと突きにした手練《てだ》れが姿を見せると言われるか」

「大番頭さん、そのためにこちらが仕掛けたのでしょう、相手がそれに乗ってくるかどうか、今晩にも分りますよ」

田之助が光蔵を見た。

「あまり大勢の人数を栄屋に潜ませると、相手が警戒しましょうな」

「まず間違いないところ」

「大番頭さん、ここは九輔さん、天松さんに任せることですよ。総兵衛様を襲う者たちを引き付けるだけ引き付けて時を稼げば、総兵衛様は藤本屋久六さんと蔦屋三十郎さんの仇《かたき》を討たれましょうよ。糸屋に雇われた用心棒などはいずれ烏合《うごう》の衆だ」

しばし陰吉の提案を聞いた光蔵が、

「田之助、このことを九輔と天松に伝えなされ。今晩は栄屋に泊まるように、今から仕度をせよとな」

「承知しました」

田之助が立つと光蔵は、

「田之助、そなた、大福餅は嫌いか、ならばわしが頂戴《ちょうだい》しよう」

と返事を待つ間もなく鷲掴《わしづか》みにしてむしゃむしゃ食べ始めた。

夜半九つの時鐘が富沢町界隈《かいわい》に鳴り響いた。

風もない夜だった。

総兵衛が口の中で誦《ず》す言葉が揺れ、灯明の光も揺れた。

だが、それ以上のこともなく時が半刻ばかり流れていった。

栄屋の二階では未だ畳が敷かれてない床板の上に筵《むしろ》と古座布団《ざぶとん》が置かれ、綿入れを膝《ひざ》にかけた九輔、天松、だいなごんの三人が暖をとって、その時を待っていた。

「動くんじゃないよ、さくら」

だいなごんが綿入れの下のさくらに注意したが、天松から、

「しいっ」

と声を出すなと注意された。

九輔は黙然と両眼を閉ざしていた。だが、暗黒の中のことだ。眼を閉ざして

いるのかどうかさえ分からなかった。

八つ（午前二時）の時鐘が闇《やみ》を伝わってきたとき、ひたひたと殺気が押し寄せてきた。

もぞっ

と動こうとしただいなごんの膝を天松の手が抑えて制した。

総兵衛の誦す声は全く変わりない。食断ち水断ちしているために声がわずかに掠《かす》れているくらいだ。

灯明の灯かりが四方に揺れた。

その瞬間、栄屋の稲荷神社は十数人の手勢で囲まれていた。

「大黒屋総兵衛じゃな」

煙草《たばこ》の吸い過ぎか、しわがれ声が質した。

「いかにも大黒屋総兵衛にございます。もう直《す》ぐ催される古着大市の満員盛況を伏見稲荷の祭神、宇迦之御魂大神《うかのみたまのおおかみ》様にお願いしておるのをなにゆえ止め立てなされますな」

「さようなことはどうでもよきこと。そなたの命、貰《もら》い受けた」

「金子《きんす》で人の命を奪うのが仕事と申されますか」

「いかにもさよう」

「先夜、藤本屋と蔦屋の二人をひと突きされたのはそなたですね」

「名など知らぬ。頼まれたゆえに始末した、それだけのことだ」

鯉口《こいぐち》を切る音が総兵衛の耳に届いた。稲荷社の前に置かれた一剣、三池典太《みいけでんた》光世《みつよ》を摑むと、
ゆらり
と立ち上がった。

三晩に及ぶ座禅に足が痺《しび》れていた。

「私めの命の値、糸屋はいくらにつけましたな」

「そなたが知ることではないわ」

「ようございます。そなたがその懐《ふところ》の金子を使うことは金輪際ございませんでな」

「抜かせ」

とその声が鋭く応じたとき、栄屋の敷地の中に三つの黒い影が飛び込んでき

た。そして、灯かりの灯《とも》った幔幕《まんまく》の内の総兵衛へ向かって抜身や短弓を構えていた糸屋の用心棒らの足首に喰らいつき、四肢を踏ん張って左右に振った。

ぎええっ！

悲鳴が上がり、振りほどこうとするが、足に嚙《か》み付いた甲斐犬《かいけん》三頭はますます猛《たけ》り狂い、一人目をその場に転がすと二人目に飛びかかっていった。

暗がりの中、甲斐、信玄、さくらが大暴れして総兵衛を囲んだ輪を完全に乱した。それも一瞬の間であった。

逃げ出そうとする用心棒らの前に九輔と天松が立ち塞《ふさ》がり、木刀を振るって戦闘意欲を失った相手を次々に叩《たた》き伏せていった。

だいなごんは、

「それっ、さくら、そのへんでそやつはよかろう。次を狙《ねら》え」

などと嗾《けしか》けながらも小刀を出すと、尻餅《しりもち》をついたり這《は》いながら逃げようとする用心棒らの髷《まげ》を次々に切り落としていった。

「そやつらの内、二人ばかり後々のために摑まえて栄屋の蔵にぶちこんでおきなされ」

九輔が天松に命じた。

総兵衛と刺客は幔幕を挟んで対峙《たいじ》していた。

形勢は一気に総兵衛の側に有利に転じた。

だが刺客は平然としたもので、居合を使う気か、鯉口を切った大刀を抜き放った気配はない。

総兵衛は、葵《あおい》典太を腰に手挟《たばさ》むと、幔幕の向うの気配を察するように静かに待っていた。足のしびれは痛みに変わっていた。感覚が戻ったということだ。

相手は灯明の灯かりで総兵衛の位置を摑んでいた。それだけ有利ともいえた。

「名乗りなされ、名もなく無縁墓に埋められてようございますか」

「そのほう、武士か」

「それも知らずにかような仕事を引き受けなされたか」

「そのほうを始末すれば長きにわたった浪々の身が終り、仕官が叶《かな》う。東軍一刀流鷹見沢《たかみざわ》胤四郎《たねしろう》の刃《やいば》、見事受けてみよ」

と言い放ったとき、総兵衛が灯明を蹴《け》り倒した。

一瞬の戦《そよ》ぎのあと、灯かりが消えた。

総兵衛は幔幕の綱を、葵典太を振るって切った。

その瞬間、鷹見沢が踏込みながら、暗闇に立つ総兵衛に向って居合抜きを放った。

だが、同時に総兵衛の姿は、祖伝夢想流の足さばき、能楽の舞にも似た動きで移動して、間合いを変えていた。

ために鷹見沢の刃が空を切った。

ちえっ
と思わず舌打ちし、即座に身をずらしながらも刃を返すと、総兵衛が移動したと思える闇に向かって二の太刀を振るった。

居合は、

「鞘《さや》の中勝負」

と言われるほど、一撃目にすべてを賭《か》ける。だが、鷹見沢は総兵衛の落ち着きと武士であることを知った瞬間、二の太刀を考えた。

しかし、その二の太刀も無益に闇を切り裂いただけだった。

鷹見沢は、間合いを外して後退した。

すべて闇の中での行動だ。

空を切らされた刃を正眼に構え直し、息を凝らして相手の位置を探った。

剣術家の勘がその居場所を告げた。

左斜め前方、間合いは一間はなし、と読んだ。

正眼の刀を静かに左脇構《わきがま》えに移し、腰を沈めた。

鷹見沢胤四郎の得意の、

「必殺車輪斬り」

の構えだ。

相手の不動を確かめ、

「えいっ」

という気合をその場に残して飛んだ。

相手は、声に向かって剣を振るうはずだ、という確信があった。だが、声ではなく気配を消したはずの鷹見沢の動きに向って総兵衛の葵典太が落ちてきて、首筋を、
ぱあっ

と断った。

「お、おのれ」

よろめきながらも鷹見沢胤四郎は片手正眼の突きの構えをとろうとした。だが、腰がふらついては狙いが定まらなかった。

「無残にも素人衆《しろうと》は突き殺せても、この鳶沢総兵衛勝臣《かつおみ》は殺せぬ。そなたの行く場所は三途《さんず》の川じゃぞ」

「ゆ、ゆるせぬ」

鷹見沢が幔幕を張った柱を手探りで摑み、体を安定させると、

「えいやっ」

と声を放ち、最後の気力を振り絞り総兵衛の気配に向って殺到した。

だが、その刃が届く前に鷹見沢の胴を葵典太が深々と抜いて、一瞬立ち竦《すく》んだ相手は後ろ向きに斃《たお》れた。

闇の中で甲斐、信玄、さくらも動きを止めていた。もはや残りの糸屋の用心棒らは栄屋の敷地から逃げ出していた。

灯かりが不意に灯された。

すると総兵衛の足元に鷹見沢胤四郎が血まみれの幔幕に包まれるようにして斃れこんでいるのが見えた。

「だいなごん、この者の髷も切り落としておけ」

「はっ」

総兵衛の命に従っただいなごんが髷を切った。

「総兵衛様、この人のと合わせて六つも髷があるぞ」

「その始末は大番頭さんに任せなされ」

「畏《かしこ》まりました」

だいなごんが応じると、鷹見沢の小袖《こそで》の袖の片方を切り取り、髷を入れた。

栄屋の敷地に四番番頭の重吉や荷運び頭の坊主の権造が、

「出番がなかった」

という残念そうな顔付きで立っていた。

「頭、この者の始末を願おう」

権造が鷹見沢の骸《むくろ》を幔幕にくるくると包み込むと、

「船に乗せて江戸湾に運ぶぞ」

と荷運びの手下に命じた。

「どうだ、だいなごん。江戸での初陣《ういじん》の感想は」

「おれは倒れた男どもの髷を切り集めただけだ」

「不満か」

「さくらがおれより働くと知って満足じゃ、総兵衛様」

だいなごんの言葉に頷《うなず》いた総兵衛が血ぶりをくれた葵典太を鞘《さや》に納め、腰から鞘ごと抜くと稲荷社の前に置き、胡坐《あぐら》を組んだ。そして、最後の瞑想《めいそう》、

「お籠《こも》り」

の続きを始めた。

戦いの様子を栄屋の明地の真ん中に一本だけ残された老紅葉が静かに見下ろしていた。

第四章　古着大市の仕度

一

朝の五つ（午前八時頃）時分、大黒屋の大番頭光蔵《みつぞう》は、手代の天松を従えて、富沢町の隣町、弥生町《やよいちょう》に糸屋を訪ねていた。

糸屋ではすでに大戸が開けられ、奉公人が店の内外を掃除していた。だが、その動作はだらけきって、中には奉公人同士で立ち話をして笑い合っている者もいた。

「お早うございます」

光蔵と天松の訪《おとな》いに奉公人が視線を向けて、

「大黒屋の大番頭さん」

と洩《も》らしたのは手代の一人だった。

「糸屋の旦那《だんな》様にお会いしとうございます。お取次ぎを願います」

「それが旦那は」

「どうかなされましたか」

「いえ、頭痛がするとか床に就いておられるそうです」

「それはいけませんな。ですが、こちらも急用でしてな、是非とも奥へ私の来訪を告げて下さいな。起きられないのであれば、寝間まで光蔵が見舞いに参じますと伝えて下され」

光蔵の険しい口調に糸屋の手代があたふたして奥へ光蔵の来訪を告げにいった。しばらく表で待たされた光蔵と天松のもとに番頭の文蔵《ぶんぞう》が姿を見せた。

「これはこれは、大黒屋の大番頭さん。主《あるじ》の命で番頭の私がご用件を伺います。なんの用でございましょうな」

「文蔵さんですか、主の楽左衛門さんに直に話します」

「それはちょいと、大黒屋さんでも無理でございますよ」

「無理を承知で願っております。時を稼いでどこぞからこそこそと逃げ出そうとしても無駄でございますよ。弥生町の町内には犬を連れたうちの人間を配置してございます。必ず楽左衛門さんを逃がしません」

「逃げるだの、犬だの、物騒なお話にございますな。なぜさように大黒屋の大番頭が猛々しい態度をとられるか、私にはさっぱり分りません」

「ならば説明しましょうかな。弥生町の二十一軒の古着屋で古着市を催されるとか。それも富沢町と柳原土手が合同で催す直前と聞いております。それは真《まこと》ですかな」

それは、と文蔵が困った顔をした。

「古着大市は昨春うちの総兵衛の発案で一度目を富沢町で、二度目を柳原土手で催した商いです。三度目が開かれようという矢先に弥生町で催される。他人《ひと》の褌《ふんどし》で相撲をとるような仕打ちでございますな、文蔵さん」

「そ、それは」

光蔵の舌鋒《ぜっぽう》の激しさに文蔵はたじたじとなった。

「そもそもお上が糸屋に古着商の鑑札を授けたのは富沢町の一員としてでございますよ。それを断りもなしに勝手な企てをなさるとは、大黒屋を始め、富沢町の古着商に戦を仕掛けたようなものですな。文蔵さん、糸屋さんはどういう了見です」

掃除をしていた糸屋の奉公人たちも茫然《ぼうぜん》として光蔵の言葉を聞いていた。

「それは主がなされたことで、番頭の私には」

「分かりませんか。だから、最前からいうておるではありませんか、文蔵さん。私も伊達《だて》や酔狂でこちらにお邪魔しておるのではございませんぞ。謂《いわ》れがあってのことです。上がらせてもらいます」

光蔵が敷居を跨《また》ぎ、天松が続いた。その貫禄《かんろく》と迫力に押されて、

「こ、困ります」

と文蔵が小声で抵抗しただけで、光蔵らを止める手立てはなかった。

二人は店土間から板の間に上がり、廊下を奥へと突き進んだ。庭の見える奥まで進むと、糸屋の女房が障子を開いて廊下へ出てきたが、二人の訪問者を見ると慌《あわ》てて座敷に戻ろうとした。

「お内儀、そのままそのまま」

と女房を引きとめた光蔵が、

「楽左衛門さんの寝間はこちらですな」

と女房を押しのけ、障子を押し開いた。

すると頭痛で寝ている筈《はず》の糸屋楽左衛門が外出姿で床の間の方へと慌てて下がった。

「お早うございます。糸屋の旦那」

「なんですね、大黒屋の大番頭さん。朝っぱらから他所《よそ》の店に押しかけてきて、断りもなしに奥まで入り込むとはだれの許しがあってのことですか。かような乱暴は許されませんぞ、なんなら然《しか》るべき筋に訴えますぞ」

青い顔をした糸屋楽左衛門は、四十前後の働き盛りだが光蔵を甲高い声で咎《とが》めた。

「乱暴ですと、然るべき筋に訴えるですと。面白い話ですな。できるものならば訴えなされ」

光蔵が楽左衛門に言い切った。

「これ、だれかいませんか」

楽左衛門が大声を上げた。

「まだ用心棒が残っていましたかな」

「なんですね、用心棒とは。うちは老舗《しにせ》の糸屋商にして古着屋の鑑札もお上から授かってございます。用事があるならば富沢町の惣代《そうだい》は大黒屋だ。呼び出せばよいことです。あとで私が参りますからただ今はお帰りください」

精々お店《たな》の主の貫禄を見せて命じた。

「糸屋楽左衛門さん、もはやそんなこともおまえさんには許されておりませんのさ。そこへ座りなされ」

と命じた光蔵は、どさりと音を立てて腰を下ろし、

「天松、どこぞに煙草《たばこ》盆はございませんかな」

と連れてきた天松に命じた。

「大番頭さん、次の間にございます」

「借りてきなされ」

天松に命じた光蔵が腰の煙草入れを外そうとしたが、

「おお、そうじゃった、土産を忘れるところでした」

と独り言をわざと聞こえるように洩らすと懐《ふところ》に手を突っ込み、片袖《かたそで》に包んだ

ものを立ったままの糸屋楽左衛門の足元に投げた。すると袖の中からかすかに血の臭《にお》いが漂った。

「な、なんですね」

「今からとくと説明を申し上げます。もはや糸屋は終ったんですよ。そこへ座って私の話を聞きなされ」

光蔵が険しい口調で命じた。

それでも楽左衛門は抵抗していたが、
じろり
と光蔵の険しい視線に睨《にら》まれて崩れるようにその場に腰を落した。

嫌でも片袖に包まれたものが楽左衛門の眼の前に見えた。

「おまえさんも糸屋にして古着屋の主だ。その片袖の覚えくらいございましょうな」

「いくら古着屋でも片袖だけなんて扱いません。それとも富沢町惣代の大黒屋では片袖でも引き取ってくれますか」

「話の次第では引き取ります。たとえばこの片袖はそなたの身代を潰《つぶ》すほどの値打ちがございますのさ、まあ確かめなされ」

と命じた光蔵が未《ま》だ廊下に立ったままの女房に、

「おえみさん、おまえ様の実家は富沢町の同業でしたな。この場の話し合い次第で実家に子を連れて戻ることになります。その仕度をしていなされ」

と顔を向けることもなく非情にも命じた。

「大黒屋の大番頭とはいえいささか失礼ではございませんか。なんですね、その横柄《おうへい》な態度は」

「いかにも横柄です。それには理由がございますのさ、糸屋の旦那」

光蔵が煙草入れを外し、煙管《きせる》を抜くと、雁首《がんくび》の先で片袖を開いて見せた。すると血に塗《まみ》れた髷《まげ》を交えて六つの髷が現われた。

ひえっ、と楽左衛門が悲鳴を上げた。

「こ、これは。なんですね、かようなものをうちに持ち込んで脅すとは大黒屋の魂胆はなんですね」

「東軍一刀流の鷹見沢《たかみざわ》胤四郎《たねしろう》と申されるお方は、どなたから借り受けられたのですな、糸屋の旦那」

「さような人物に心当たりはない。ございません」

「さようですか。ならば、髷の謂れを説明しましょうかな。大黒屋主、総兵衛は、こたび催される古着大市の成功を願って伏見稲荷《いなり》の末社、栄屋の稲荷前に三日三晩のお籠《こも》りを致しました。ところが最後の三夜目にこれらの髷の主《ぬし》らが襲うたのでございますよ。鷹見沢某は主が始末致しましたがな、他の者たちはただの雇われの用心棒、髷を斬《き》り落としただけで命は助けました。その内の二人の身柄はうちで預ってございます。その者たちも糸屋に一日一分の手間賃で用心棒として雇われ、大黒屋総兵衛を襲うことを命じられた、と告白してございます。おまえさんの返答次第ではその者たちを南町奉行所に引き渡す所存です。ここまでこの光蔵に説明させても、シラを切り通されますかな、糸屋の旦那」

光蔵が楽左衛門を睨み据えた。だが、楽左衛門は顔を引き攣《つ》らせたままなにも答えなかった。

「ご存じとは思いますがな、ついでゆえ申し上げます。弥生町組と称するおまえさんが頭の古着商の仲間、藤本屋久六さんと蔦屋三十郎さんが、過日うちにそなたの差配のことを不安がられて相談に見えました。その帰り道、入堀の河《か》岸《し》道で鷹見沢某に襲われ、二人とも絶命し、江戸湾の海底に沈められました。ところが重石《おもし》をいい加減に抱かせたために二人の骸《むくろ》は、海辺新田《うみべしんでん》に流れついて土地の漁師が見つけた。いいですか、糸屋の旦那、刀で突き殺した跡を隠すために柳刃包丁なんぞを突き傷に突っ込んだせいで、波に揺られて重石の縄目が切れたんですよ。天網恢々疎《てんもうかいかいそ》にして漏らさずとはこのことです。藤本屋と蔦屋の通夜《つや》弔いは密《ひそ》かに、浅草蔵前通の寺で催しました」

「そんなことがうちとどう関係あるのです」

「鷹見沢某は総兵衛様を襲って反対に始末されましたが、死の直前、すべてを認めておりますのさ。この鷹見沢胤四郎、どこから借り受けられましたな」

と繰り返し尋ねた。光蔵は虚言を交えての詰問《きつもん》だった。鷹見沢某が死の直前に証言した事実はなかった。

「知りません、さようなことは」

がっくりと肩を落とした楽左衛門に、未だ廊下に立っていた女房のおえみが、

「おまえさん、大黒屋さんに願って命だけは助けて貰《もら》いなされ」

と大黒屋の温情に縋《すが》るように願った。その言葉を聞いた楽左衛門の表情が変

わった。

「いいでしょう、大黒屋の大番頭さんよ。確かに私はさるお方に、富沢町が催す古着大市とは別な古着市を催せと命じられました。大黒屋がどれほどの力を持っているかしりませんがね、大黒屋を踏み潰すほどの力をお持ちのお方ですよ。私を奉行所に突き出すですと。私ゃ、知らぬ存ぜぬで通しますよ、そのお方が必ずや放免に動かれますからな、それが約定です」

と居直った。

「ならば致し方ございません。私どもの手許《てもと》に置いてある用心棒どもを町奉行所に突き出します」

「そうしなされ。富沢町惣代の大黒屋と五分と五分の戦を、この糸屋楽左衛門、やってご覧にいれます」

「身のほど知らずな啖呵《たんか》というものです。この光蔵、とくと頭に刻み込んでおきますでな」

と光蔵が立ち上がり、

「糸屋の旦那、藤本屋と蔦屋を殺されたのはうちの油断です。それだけにきっちりと仇《かたき》は討たせてもらいますよ」

と言い残した光蔵が天松を連れて、糸屋の奥から立ち去った。

大黒屋に戻ってきた光蔵は総兵衛に早速その報告をなした。その場に同席したのは、おりんと重吉の二人だけだ。

「ほほう、居直りましたか」

「糸屋が頼りにするのはその背後にいる人物のみ、間違いなく糸屋は本日じゅうにも動きます。糸屋の周りにはすでにうちの者を配してございます。もし糸屋に抜け道があるとしても、うちのように規模が大きなものではございますまい。糸屋の本宅の裏手に路地を挟んで、外蔵を一棟所有しています。まあ、そこいらへ抜け道が通っておると思えます。楽左衛門が抜けるとしたら、今晩でしょうか」

光蔵に頷《うなず》いた総兵衛が、

「栄屋の蔵に摑《つか》まえておる用心棒二人ですがな、沢村伝兵衛同心を呼んで、仔《し》細《さい》を聞きとらせておいて下され。後々、役に立つかもしれません」

「早速手配します」

重吉が請け合い、立ち上がった。

「二人に知らせておくことがあります」

と総兵衛が話を改めて、長崎からきた飛脚便を光蔵とおりんに見せた。それはぶ厚いもので、

「オランダ船に託されたうちの交易船団からの書状です」

との説明に、
おおっ
と光蔵が喜びの声を上げた。

「書状は三通、仲蔵《なかぞう》、信一郎父子と林梅香《はやしばいこう》師の三人の文です。二人で廻し読みしなされ」

「総兵衛様、読むより文の内容を掻《か》い摘《つま》んでお聞かせ下さい。交易の首尾はいかがにございますか」

「交易は八分どおり終わり、およその目処《めど》が立ったそうです。ただ、今後の交易を考え、パタニ、マラッカ、バタビアなどに出店なり、関わりの店を設ける

ためにもう少し時を要するそうな、深浦《ふかうら》に戻りつくのは当初の予定どおりの晩秋から初冬と仲蔵が認《したた》めています」

「これは吉報にございますな」

「往路に立ち寄った交趾《こうち》ではわが一族の者、働き盛りの三十二人をイマサカ号と大黒丸に急ぎ分乗させたそうな。安南《アンナン》の政情も落ち着いておらぬ様子ゆえ急ぎ出航したとのことです。まあ、その辺は仲蔵、信一郎、林老師が考えておろう。重病人や怪我人《けがにん》が出ていないことがなによりの知らせでありました」

安南での交易拠点の設立の難しさは、総兵衛が当初から予測していたことではあった。ともあれ交易船団からの報告は、大黒屋にとってなんとも嬉《うれ》しい知らせであった。

「帰りに嵐《あらし》に遭うことだけが心配のタネですか」

「大番頭さん、イマサカ号も大黒丸も手練《てだ》れの船頭衆が乗り組んでおいでです。そう先々のことを案じていては体が持ちませんよ」

とおりんが光蔵に笑いかけた。

「そうでした、あとはこちらの糸屋の始末」

と光蔵が言ったところに手代の九輔《きゅうすけ》が姿を見せて、

「総兵衛様、糸屋の見張りから知らせが入りました。主の楽左衛門が動いた気配は今のところございませんが、番頭の文蔵が外に出たそうです。主の代わりとも思えますので、北郷陰吉《きたごうかげよし》の父《とっ》つぁんと小僧の梅次があとを追っておるそうです」

「ならばその報告を待ちましょうかな」

総兵衛が言い、光蔵に長崎を経て、江戸に届いたばかりの異国からの書状三通を渡した。

北郷陰吉がまるで担《かつ》ぎ商いの体《てい》で小僧の梅次を従えて大黒屋に戻ってきたのは、七つ（午後四時頃）過ぎのことだ。直《す》ぐに奥へと通された。

「総兵衛様よ、やはり江戸は気疲れしますな、人出が多過ぎます」

開口一番陰吉が愚痴った。

「まさか尾行をしくじったとは言うまいな」

「尾行はしくじりませんでしたが、いささか下手を打ちました」

と嘆いた。

光蔵がこの場から同席して陰吉の報告をいっしょに聞くことになった。

「薩摩《さつま》の密偵上がりの陰吉を糸屋の番頭がからかいなさったか」

「まあ、そんなところですよ」

糸屋の番頭の文蔵は弥生町からいきなり日本橋の魚河岸を訪ね、仲買人や買い手でごったがえす市場を行ったり来たりしたかと思うと、こんどはぶらぶらと日本橋を渡り、その途中で欄干に寄りかかって人待ち顔で日本橋川を行き交う舟を見下ろしていたという。

さらに橋を渡り、高札場の前で触れを読み、通《とおり》一丁目から東海道筋の店を次々に覗《のぞ》き込みながらゆっくりと南に下り、京橋の手前で左に折れて楓川《かえでがわ》に出ると、本材木町《ほんざいもくちょう》を八丁目から一丁目へとぶらぶら歩きで戻り始めた。

海賊橋で坂本町に出ると、鎧《よろい》ノ渡しに乗ったそうな。小網町《こあみちょう》から再び日本橋へと上がり、こんども魚河岸の中をぶらついた後、また江戸橋で立ち止まったあと、向こう岸に戻り、日本橋を辿《たど》って弥生町の糸屋に戻ってきたという。

「総兵衛様よ、あの番頭さん、わしと小僧の梅次どんにまるで江戸見物をさせよりましたわ」

「どこぞで連絡《つなぎ》を入れたか」

「まずそんなところであろう。二度訪ねたところは魚河岸と日本橋だ。魚河岸の一軒に文を渡し、間をおいて訪ねたとき、返事を受け取ったなどが考えられる」

「あるいは日本橋の上でだれか待ち人があったか」

「いかにもさよう、その二カ所がいちばん怪しいな」

「総兵衛様、糸屋の旦那《だんな》が動けば、大黒屋が総動員して行き先を突きとめると考え、用心して番頭に連絡をとらせたというところでしょうかな」

「それほど用心せねばならぬ相手ということよ」

「糸屋の背後におる魚は大きい。ですが、一つだけ言えることがあります」

「なんじゃな」

「薩摩ではないということです」

「陰吉さん、なぜそう言い切れますな」

「大番頭さん、証《あかし》はない。じゃがな、薩摩にしてはえらく迂遠《うえん》な連絡の取り方です。これはわしの知る薩摩の遣《や》り方とは違う」

「ふうーん」

と光蔵が鼻で返事をした。

「陰吉、いかにもこれは薩摩ではない。江戸城中の権謀術数が絡《から》み合う海を泳いできた人間の機略と思える。なかなか直《す》ぐには正体が摑めまい」

「総兵衛様、当面、糸屋の連絡を無視するということですか」

「いや、糸屋の人物については先様もよう承知のはず。楽左衛門が気を動転させてなにを仕出かすか、畏《おそ》れていようし、計算もしていよう。ともかく楽左衛門の外出を見落とさないことだ」

と総兵衛が言った。

この日の夕暮れ前、坊城麻子《ぼうじょうあさこ》と桜子《さくらこ》の親子が大黒屋を訪れた。そこで総兵衛は二人を橋向こうの久松町の栄屋に案内した。

「炭問屋はんを買いとらはったんどすか。これは古着大市のへそみたいな、よい集り処《どころ》になりますえ」

と麻子が感心して、

「うちも売子をさせてもらいましょ」

「母様が売子をするというんやったら、うちも手伝わせてもらいます」

「えっ、中納言《ちゅうなごん》坊城家の方々に手伝っていただけますか。それなれば南北町奉行所の品などあっという間に売り尽くしましょうな。それにしてもお二人の手を煩《わずら》わすのはいささか恐縮です」

「うちのところの品も売らせてもらうんどす。手伝うのは当たり前どすえ、総兵衛はん」

麻子が言い、店の一角に移されつつある地下蔵の普請場《ふしんば》を興味深く見た。

「総兵衛様、石工はんどすけどな、お国の方と違いますか」

と石積みをする魚吉らを見た。

「桜子様、ようお分りでございますな」

「深浦で見たお顔やと思いましたんや」

「さようでした、桜子様は深浦も鳶沢村《とびさわ》もご存じでございましたな」

と総兵衛が頷き、

「この明地にて柳原土手の商人衆に店を出してもらいます」

と親子に教えた。

「外蔵の真ん中にお稲荷《いなり》はんも鎮座してはって商い繁盛《はんじょう》間違いなしどすわ」

と麻子がご託宣した。

「総兵衛様、うちに考えがございます」

「桜子様、なんなりと」

「大勢の人が集まられると、買い物の途中にしばし休んで茶やら甘味を食しとうなります。古着屋さんばかりやのうて、食べ物飲み物の屋台も何か所か置かれはらしまへんか」

「桜子様、去年も行いましたがな、ほんの数軒でした。こたびは多くの屋台に声を掛けさせましょう」

と総兵衛が請け合い、最前まで差し込んでいた西日が入堀界隈《かいわい》から消えたのを見て、二人を大黒屋の離れ屋に連れ戻った。

二

糸屋楽左衛門が動いたのは、その夜九つ（午前零時頃）過ぎのことだった。入堀に二隻《せき》の早船が入ってきて、大黒屋が配置した見張りの眼に捉《とら》えられ、即座に総兵衛へと知らされた。

そこで総兵衛は、身仕度をすると地下の船隠しに向い、坊主の権造が主船頭を務める船に乗った。

「二隻の船に糸屋楽左衛門と思える同じなりの人物がそれぞれ乗り込んだ。顔を隠して頭巾《ずきん》を被《かぶ》っております」

との知らせが入り、

「われらの追っ手を想定して攪乱《かくらん》しようとしておりますようで」

と総兵衛に報告に来た天松が自らの意見を付け足した。

「手代さん、そんなことよりもう一隻こちらも仕度せねばならんぞ」

坊主の権造が船隠しにあった猪牙舟《ちょきぶね》の船頭に天松を指名した。さらに続いて、

「糸屋を乗せた二隻が栄橋下を通過」

の知らせに忍び衣を身に纏《まと》った鳶沢一族の船も船隠しから栄橋下の水門を開いて、入堀に出た。

弥生町の糸屋を見張っていた早走りの田之助ら二人が、急遽《きゅうきょ》用意された天松が船頭の猪牙舟に河岸《かし》道から飛び移った。

糸屋楽左衛門を迎えに来た二隻の船に乗り込んだのは、

一、一人は糸屋楽左衛門、もう一人は偽者《にせもの》

二、二人ともに偽者

と二つのことが考えられた。

故《ゆえ》に鳶沢一族は二隻の尾行船を用意し、かつ弥生町にも手勢を残す対応を迫られた。さらに一族の拠点、富沢町の大黒屋には大番頭の光蔵やおりん、二番番頭の参次郎らが控えていたから、このとき一族の勢力は四分割されることになった。

「相手もあれこれと考えおるな」

先を行く船影を確かめた総兵衛が苦笑いした。

総兵衛が乗った船の船頭は坊主の権造であり、船は二丁櫓《ろ》にもなり、相手の

船足に合わせられた。同乗したのは手代の猫の九輔と小僧の新三、それに新羅《しらぎ》次郎の三人だ。九輔と次郎の手には飛び道具の、

「弩《ど》」

が携えられていた。

「総兵衛様、糸屋をどこへ呼び出そうとしているのでございましょうか」

と九輔が聞いた。

総兵衛だけは忍び衣を着用せず、南国風の更紗《サラサ》模様の筒袖《つつそで》の衣装を身に纏っていた。無灯火ゆえ先行する相手の船からは尾行する鳶沢一族の二隻にだれが乗っているか、判断がつかなかった。だが、船影は見えるはずだった。

一方、糸屋楽左衛門を迎えにきた早船二隻は、灯かりを舳先《へさき》につけて水路を照らして進んでいたから坊主の権造も天松も見逃すことはなかった。

入堀が大川に合流する地点に架かる川口橋を潜《くぐ》った二隻の早船は、中洲《なかす》の間を抜けて大川本流に出ると、上流へ向かう船、下流に向う船と二手に分かれた。

「総兵衛様、やはりわれらの尾行を承知の上で、攪乱戦法をとっておりますな」

権造が言い、

「わっしは最初の船をつけてようございますな」

「そなたの勘に任せよう」

総兵衛の乗る船は、上流に向った早船に従い、天松が船頭の猪牙舟は下流に向う早船を追うことになった。

「さてさてお手並み拝見じゃな」

総兵衛の言葉を新羅次郎らは緊張の面持ちで聞いた。だが、その呟《つぶや》きに口を差し挟むことはなかった。

流れに逆らい、早船は船足を上げた。

坊主の権造と小僧の新三が櫓に飛び付き、二人の力を合わせて先行する早船を追った。

先行する早船、追尾する鳶沢一族の船、二隻の船はおよそ二丁（約二〇〇メートル）の距離を置いて大川を遡上《そじょう》し、吾妻橋《あづまばし》を潜り、山谷堀《さんやぼり》との合流部にある竹屋ノ渡しを過《よぎ》って、さらに上流へと向った。

「だんだんと寂しくなるぞ」

新羅次郎が呟いた。

次郎は伊賀の柘植《つげ》衆の一員として山奥で暮らしてきた人間であった。

江戸に連れて来られて以来、江戸の絵図面を広げた天松らを師匠にして毎晩のように、

「江戸が千代田城を中心にして広がる都」

ということを教え込まれていた。だが、百万の人が住む都の江戸を、絵図面で学ぶだけではなかなか把握できなかった。

ましてや夜のことだ。川を遡上していることは分っても、天松らから学んだ絵図面のどの辺りにいるのか、見当もつかなかった。

「次郎さんよ、そろそろ大川が荒川と名を変える辺りに差し掛かる。もはや江戸の外に出るということだ」

船頭の権造が教えた。

「となるとどうなりますので」

「江戸の外に糸屋楽左衛門を呼び出してなにをしようというのか。糸屋を呼び出した相手に聞くしか手はねえな」

坊主の権造が応じ、

「総兵衛様、間を詰めますかえ」

となんとなく事が起るとの勘働きか、そう総兵衛に尋ねた。

先行する早船は大きく西の方向から南へと蛇行する流れの左岸へと寄っていこうとしていた。

この界隈になると異国育ちの総兵衛にも分らない。

「鐘《かね》ケ淵《ふち》に入り込むようですぜ」

権造が総兵衛に教え、

「小僧さん、手で漕《こ》ぐんじゃねえ。腰を使って体全体で櫓を漕ぐんだよ。おれの動きに合わせてな」

弾む息の下で、はい、と殊勝に答えた小僧の新三の額から汗が流れて、眼に入った。

総兵衛は、下流に向った二隻目に従う天松の猪牙舟を思った。そして、

(あちらも引き回されておるか)

と考えたとき、先行する早船が船足を落して隅田《すみだ》村の岸辺へと近づいていった。

この界隈に人家は見えなかった。

なにをしようというのか、総兵衛を始め同乗する全員がそう思ったとき、

「ああ、船頭が水に飛び込んだ」

坊主の権造が叫んだ。

早船から次々に二人が流れに飛び込み、岸辺に向って泳いでいくのが見えた。ために船頭を失った早船は新綾瀬川《しんあやせがわ》の流れに押し戻され、総兵衛らの船の方へとゆっくりと接近してきた。残された糸屋楽左衛門とおぼしき人物が船頭のいなくなった船に中腰で立ち上がり、おろおろする様子が確かめられた。

「小僧さんよ、ちょいと船の向きを変えるぜ」

権造が自らの船の方向を変え、漂いくる早船から遠ざけた。思わぬ展開であった。

「総兵衛様よ、どうなっているんだえ」

「権造、嫌な予感がする」

総兵衛が答えたとき、流れに乗って漂う早船に閃光《せんこう》が走り、
どどーん！

という爆発音が轟《とどろ》いて、早船は木端微塵《こっぱみじん》に砕け散った。

「なんてこった」

権造が言い、新三は思わず船底にしゃがみ込んだ。

虚空《こくう》に舞い上がり、四散した船の破片とばらばらになった糸屋楽左衛門と思える人物の肉片が新綾瀬川の流れに落ちてきた。

「小僧、灯《とも》かりを灯せ」

権造が命じて、震える手で新三が種火から提灯《ちょうちん》に火を移そうとしたが、うまくいかなかった。

「小僧さん、種火を貸してくれ、おれがやろう」

新羅次郎が手際《てぎわ》よく提灯に火を灯して水面を照らした。

黒色火薬の臭《にお》いが辺りに漂い、船を形作っていた木片と船に残された人物の肉片が川面《かわも》に漂っていた。

「なんてこった」

権造が呻《うめ》き、次郎が、

「頭、あそこに浮かんでいるのは煙草《たばこ》入れじゃございませんか」

と灯りを動かしてみせた。

「確かに煙草入れだ」

煙管《きせる》を入れた筒はどこぞに飛び散ったか、糸車が飾りの煙草入れだけが流れに浮かんでいた。

権造が船を寄せて、小豆革造りの煙草入れを次郎が拾い上げ、それを総兵衛に渡した。

総兵衛はしばらく手にした煙草入れを見ていたが、

「頭、富沢町に戻ろうか」

と命じた。

船はふたたび新綾瀬川から大川に出て、下流へと向かった。

重苦しい沈黙が船上の五人にあった。新三はまだ幼かったが、こたび糸屋楽左衛門を爆殺した相手が非情残酷極まりない相手ということは分っていた。

「総兵衛様、天松らが追った船も同じ眼に遭《お》うたのでしょうか」

猫の九輔が己の考えを確かめるように総兵衛に聞いた。

「まず間違いなかろうと思う」

「巻き込まれたりしてなければよいのですが」

「天松の猪牙《ちょき》には田之助とだれが乗ったな」

「七郎平と思えます」

新羅次郎が答えた。

「田之助も七郎平も用心して行動していましょう。まず不用意に近付くことはしますまい」

総兵衛の言葉が、鳶沢一族の頭領の言葉から商人大黒屋総兵衛のそれへと変わった。

「それにしても総兵衛様よ、相手はなぜ糸屋を殺したんだ」

「富沢町の古着屋に対抗させるために弥生町組を作ったはいいが、かの人物の期待に応《こた》えられなかったゆえに早々に始末されたと思えます」

「とするとひでえ人間じゃないかえ」

「冷酷極まる相手です」

と言いきった総兵衛の胸の中を居心地の悪さが支配していた。

総兵衛らの船は富沢町の船隠しに未明の刻限に戻り着いた。すると天松らが乗っていた猪牙舟がすでにあった。

総兵衛が居間に入ると、田之助が、光蔵とおりんに話をしていた。

「総兵衛様のお帰りに気付きませんで申し訳ございません」

「そのようなことはどうでもよい、おりん」

と答えた総兵衛が、

「田之助、そちらの糸屋楽左衛門も爆殺されおったか」

「総兵衛様方が追った糸屋も同じ目に遭わされましたか」

総兵衛は鐘ヶ淵での見聞を三人に告げた。

「総兵衛様、私どものほうも鐘ヶ淵が石川島の湿地と場所を変えただけでございまして、糸屋楽左衛門とおぼしき人物は殺されて身許《みもと》も分らぬほどにございます」

総兵衛は懐《ふところ》に手拭《てぬぐ》いで包んできた煙草入れの一部を見せた。明るい灯かりの下でみると焼け焦げた痕《あと》がはっきりと見えて非情な行為を訴えていた。

「総兵衛様、鐘ヶ淵か石川島か、どちらが真《まこと》の糸屋楽左衛門でございましょうな」

「われらが拾ったこの煙草入れが糸屋楽左衛門と断定する証《あかし》になるかどうか」

「総兵衛様、私どももなんぞ糸屋の身許を確認できるものはないかと、探し回りましたが、いささか波が荒かったゆえに爆破されたものは直《す》ぐに波間に掻《か》き消えました。その上、石川島の寄場《よせば》から大勢の役人を乗せた船が姿を見せましたゆえ、早々に立ち去らざるを得ませんでした」

田之助が事情を説明した。

石川島の湿地は寛政二年（一七九〇）に火付盗賊改役長谷川平蔵の建議で葦《あし》沼《ぬま》一万六千坪余が埋め立てられ、無宿人や前科者を収容、あれこれと仕事の基本を教え込んだ。ために寄場には寄場奉行がいて、役人も詰めていた。

「致し方ないわ」

「さあて、総兵衛様、この一件、どう考えればよろしゅうございましょうな」

「大番頭さん、田之助から報告を受け、どう考えられましたな」

「はい。糸屋を大黒屋潰《つぶ》しの先鋒《せんぽう》に立てたものの、いささか頼りないことを知り、早々に消したのではないかと思えます」

「私もまず同じようなことを考えました」

「とすると、糸屋の背後にいる人物を探り出す手がかりが消えたということでございましょうかな」

「大番頭さん、今朝方一番で糸屋を訪ね、この煙草入れを見せて女房らの反応を見てこられませんか」

「と申されますと」

「二人とも偽《にせ》の楽左衛門ということも考えられましょう」

「なあるほど」

「糸屋から少なくとも二人、主《あるじ》と体付きが似た人物が消えていなければなりますまい。その一人が真の糸屋の主かどうか、女房や番頭の顔付きを見れば察せられましょう」

「いかにもさようでございますな」

二人の会話におりんが割って入り、

「そのお役目、私が勤めましょうか。女子《おなご》同士ゆえ意外と心を許し、糸屋の内儀が正直な気持ちを見せるような気がします」

と言い出したのだ。

「それも一理ございますな」

光蔵が総兵衛を見た。

「おりん、この役目、そなたに願おう」

頷《うなず》くおりんに光蔵が、

「いよいよ古着大市の日限が迫ってきました。大市の会場で騒ぎが起きるのが一番怖いことです。なんとしてもそれまでに相手を突きとめたいものです」

「大番頭さん、私たちが京より戻ってくる以前から大黒屋に監視がついたのでしたな」

「北郷陰吉の親父《おやじ》がまかれた一件でございますな」

首肯した総兵衛が、

「あれ以来、あの者たちが富沢町に戻ってきた形跡がありますか」

「いえ、それはございません」

と光蔵が答え、

「栄屋さんの騒ぎ、こたびの糸屋さんの一件と続いたものですから、つい見落としておりましたか」

「大番頭さん、栄屋さんのことは別にして糸屋の背後にいた人物と、大黒屋の監視を命じた人間がおなじ人物ということは考えられませぬか」

うっ、と光蔵が予想しなかった問いに言葉を詰まらせた。

「こたびの爆殺騒ぎ、和人の考えることではないような気がします。大黒屋を見張っていた監視の者どもも、薩摩密偵だった北郷陰吉をあっさりとまいて姿を消しております。陰吉は衣装もいささか変わった薄物であったと、言うておりましたな。異人なればそのような衣装でも不思議はない」

「いかにもさようでした。するとこたびの敵は異人にございますか」

「頭分が城中におられるのは間違いありますまい。ですが、手の者は異人ということも考えられる。私が大黒屋十代目の総兵衛に就いたように、異人とて江戸の闇《やみ》の中で暗躍できぬわけではありますまい。爆薬の使い方を見て、そのようなことを考えました」

沈黙を続けていた田之助が大きく頷いた。

「大番頭さん、南北町奉行、根岸様と小田切様の内与力どのに会《お》うて、この動きを内々にお知らせしたほうがよいのではございませんか」

そうですね、と光蔵が首を傾《かし》げて思案し、おりんが、

「大番頭さんが南北両奉行の内与力様にお目にかかるのは私が糸屋さんに伺ったあとでも遅くはございますまい」

「おりん、いかにもさようです」

と光蔵が膝《ひざ》を打った。


おりんが糸屋を訪ねて大黒屋に戻ってきたのは四つ（午前十時頃）過ぎのことだ。

総兵衛の居間に直ぐに光蔵が呼び寄せられた。

「いかがでした」

「あの小豆革の煙草入れ、確かに糸屋の旦那《だんな》の持ち物にございまして、先代の遺品だそうでだれにも使わせたことがないそうです。ためにこの煙草入れの持主は糸屋楽左衛門に間違いないと、なんとなく亭主の運命を察したようで泣き崩れまして、慰めるのにだいぶ時を要しました」

「もう一人はだれですね、おりんさん」

と光蔵が聞いた。

「番頭の文蔵さんが昨夜、旦那と同様にして別の迎えの船に乗ったはずというておりました」

「糸屋は主と番頭の二人を一夜にして失いましたか。となると、この線を追うのは無益でしょうな」

光蔵の判断に総兵衛が頷いた。

「ならば私は南北の町奉行所を訪ねて参ります」

とおりんに替わって光蔵が出かけていった。

居間に残った総兵衛は、独り思案をしていたが、鳶沢一族の本丸、地下砦《とりで》に下りた。そして、初代鳶沢成元《なるもと》と六代目鳶沢勝頼《かつより》の木像の前でしばし瞑想《めいそう》を続けて心を鎮《しず》めたあと、手燭《てしょく》を手に一つの隠し通路に入り込んだ。

訪ねた先は治助爺《じい》が差配する長屋の一つだ。

総兵衛がはしご段を上り、壁の向うの気配を探ったあと隠し戸を押し開くと、北郷陰吉が台所の板の間で包丁を研いでいた。

「なんぞ用なれば使いを立てればよろしいでしょう」

「そなたがどのような暮らしをしておるか、眺めにきた」

「年寄の独り暮らしです。変わりはありません」

「陰吉、己が年寄と思えば世間でも年寄と思う。だが、己は未《ま》だ若いと信じておれば、若い衆で通じよう」

「さようなことを言いに参られましたか」

　総兵衛は昨夜来の出来事を陰吉に告げた。

「なんと弥生町組を率いた糸屋の主と番頭の二人が爆殺されましたか。だれの仕業でしょう」

「和人ではあるまいと思うた」

　総兵衛は己の推量を述べた。

「いつぞやわしが見失った者たちがこたびの爆殺騒ぎに関わっておると、総兵衛様は考えられましたか」

「見当違いかな」

「いえ、悪くありません。で、わしになにをしろと総兵衛様直々に姿を見せられましたな」

そのことよ、と総兵衛と陰吉の二人だけの密談は四半刻《しはんとき》（三十分）ほど続いて、総兵衛がふたたび隠し通路に入り、陰吉は研ぎかけた包丁の研ぎを終らせると外出の仕度を始めた。

三

北郷陰吉が長屋から姿を消した。

大番頭の光蔵はその報告を受け、一応総兵衛に告げたが、総兵衛は、

「陰吉の好きにさせよ」

と答えたのみだった。

着々と三度目になる古着大市の仕度がなっていた。

総兵衛はそんな最中《さなか》、栄屋の店に新たに移された地下蔵が出来たというので、光蔵といっしょに点検に行った。

炭問屋だった土間の一角に新たに板が張られ、その地下に石造りの隠し蔵が移築されていた。

新たな板の間は表の通りからは壁で蔵の開け閉めが見えないようになっており、床の一角が壁際《かべぎわ》に開かれると、床下に鉄扉がさらに設けられていた。防火のための二重扉だった。

鉄扉は簡単に滑らせて横に移動する仕組みであった。火が店に入った場合、大事なものは地下の船箪笥《ふなだんす》に放り込み、水を入れて、鉄扉を閉じることで書付や品を守ろうという仕組みだった。

総兵衛らは深さ八尺（約二・四メートル）、一間半（約二・七メートル）四方の石造りの蔵に、固定されたはしご段を下りて入っていった。

手燭を手にした魚吉が蔵で控えていた。

総兵衛と光蔵は地下の床に立った。

床も石張りでしっかりとしたもので、はしご段の下に船箪笥が置かれ、貴重品が仕舞われるようになっていた。また壁二面には奥行六寸（約一八センチ）の、高さが調節できる棚が設けられて品物が収納できるようになっていた。

大谷石の積み方も見事な仕上がりで、総兵衛は、交趾《こうち》からイマサカ号に乗って連れてきた石工の魚吉を、

「魚吉、なかなかの出来栄えです。これなら少々の火事には耐えられましょう。よい仕事をしたな」

と褒めた。

「チョットジカンガカカッタ」

「いや、古着大市が開かれる前に終ったのだ、よい仕事ぶりですよ」

と光蔵も褒めた。

「ソウベイサマ、ワシラ、フカウラニカエルカ」

と魚吉はそのことを気にした。しばし考えた総兵衛が聞いた。

「そなたらが手伝える仕事があるか」

「イナリサンノマワリノイシグミ、ナオシタイ」

「この際だ。そなたら、最後まで手伝っていけ」

魚吉らの江戸滞在を延ばすことにして、大工の棟梁《とうりょう》隆五郎に、

「魚吉らが手を出せる仕事があればなんでも命じてくれぬか」

と願った。

「いえね、細かい仕事ならばいくらもございます。魚吉親方、なかなかの石工

ですな」

隆五郎もその腕を認めてくれた。

総兵衛は栄屋の外蔵二棟を点検した。

炭を積んでいたために粉塵《ふんじん》などで汚れていた壁から天井は、白漆喰に塗り直され、床も三和土《たたき》だったものに床板が張られて、きれいに改装がなっていた。

さらに高い天井を利用して真ん中に折り返しの階段と踊り場を設け、手前と奥に高さの違う床を設けたので収納空間が一段と増えていた。

「おお、これならば、古着どころか新物も収納しておけますな。階段も四尺五寸（約一・四メートル）と幅が広うございますし、段違いの床は便利でございますよ」

と光蔵が喜んだ。

この段違いの船倉式の床の張り方は南蛮人から学んだものだった。そこで隆五郎に指示していたのだ。

「イマサカ号が戻ったとき、この二棟の蔵はけっこう重要な使い道があろうな」

と総兵衛が光蔵に言った。

総兵衛と光蔵がふたたび店に戻り、二階の奉公人部屋を点検した。すでに造作は終わり、新しい畳と建具が入ったために様相は一変していた。

総兵衛と光蔵は、格子《こうし》窓から入堀越しに大黒屋を眺めて、しばし沈思した。

「大番頭さん、なんぞ知恵が浮かばれたか」

総兵衛が光蔵に聞いた。

「栄屋から大黒屋の外を監視できるのは、なんとも安心にございますな。対岸に店を得た利点の一つでございますよ」

鳶沢一族の影仕事を考えたとき、栄屋の存在は、

「新たな店」

が拡張された以上に大きな意味があった。互いが屋内にいて見守ることができるのだ。また大黒屋に侵入者があれば栄屋から攻撃が出来たし、その反対の場合も一方の店から侵入者の背後をつくことができた。

「いかにもさよう。この二つの店を結びつける隠し通路があれば便利じゃが、今さら入堀の下を掘り抜くのは無理じゃな」

大黒屋が造られたのは幕府開闢《かいびゃく》の時期、千代田城や江戸の町が建設されてい

た混乱期だ。以後、二百年の歳月が過ぎて、大規模な工事などできるわけもなかった。

「こればかりは無理にございますな」

ふと総兵衛は思い付いた。

（魚吉に相談してみるのも一案じゃな）

栄屋と大黒屋を結ぶ考えを総兵衛は魚吉に問うてみることにした。だが、期待をしてのことではなかった。総兵衛は、

「大番頭さん、南北両町奉行所からの強いお達しもありますでな、今晩から栄屋の二階座敷に何人か寝泊まりできるように手配りして下され。私は少しこちらに残ります」

と光蔵に命じ、その場に残った。

糸屋楽左衛門と番頭文蔵の爆殺事件は南北両町奉行所を驚かすに十分な告知だった。万余の客が集まって混雑する古着大市の会場にて爆弾騒ぎなど起こして欲しくなかった。ために古着大市の開催前からの警備体制を総兵衛は命じたのだ。

総兵衛は魚吉を稲荷社の前で見付けた。敷地と稲荷社の間に段差があった。魚吉はその段差を二段か三段の石段にしようと考えているようだった。こちらは魚吉の考えに任せるとして、

「魚吉、私に付き合いなされ」

と命じた総兵衛は栄橋の途中で歩みを止め、欄干など橋の仕組みを見せた。

「ハシガ、ドウシタカ」

栄橋の架かる入堀の下流は、

「浜町河岸」

とも呼ばれた。

この栄橋がいつ架けられたか正確な記録はない。だが、享保《きょうほう》年間の江戸の絵図面には橋が描かれてあった。おそらく富沢町が古着屋の集う界隈《かいわい》と江戸で知れ渡ったとき、荷の運搬などの便を考慮して簡単な木橋が掛けられたものと思えた。それが何度か架け替えられ、長さ八間（約一四メートル）余、幅三間（約五メートル）余の木橋の上に土を敷いた橋になったと思えた。もはやそのような風景は見られなくなったが、富沢町が造られて何十年かの頃には、夜になる

と、

「船《ふな》まんじゅう」

と呼ばれる下級の娼婦《しょうふ》が出没したそうな。

ただ今の栄橋は何代目か、だいぶ手入れがなされていないと見えて、処々方々が傷《いた》んでいた。

「橋の傷んだ箇所を補強できぬか」

「ヒニチガイルヨ」

分っておると頷いた総兵衛は魚吉を治助長屋に連れていき、留守をしている北郷陰吉の部屋に誘った。

「ダレノイエカ」

と訝《いぶか》しがる魚吉に、

「草履を持ってこよ」

と命じると自らも雪駄《せった》の底を合わせて懐《ふところ》に入れ、板の間に上がった。

「魚吉、これから見せることはそなたの胸にだけ当分仕舞っておけ」

「ワカッタヨ」

総兵衛は陰吉が用意していた提灯《ちょうちん》に灯かりを入れさせ、それを魚吉に持たせると、絡繰《からく》りの扉を開き、地下への階段を下りた。

魚吉が驚きの声を洩《も》らし、絡繰りの仕掛けを見ていたがその仕組みが分かったのか扉を閉じた。地下に下りた二人は隠し通路を曲り伝い、一丁余（約一〇〇メートル）進み、総兵衛は鳶沢一族の地下の本丸に魚吉を案内した。

総兵衛が最初に魚吉に見せたのは入堀から隠し水路で通じる船隠しだった。切石で積まれた船隠しに魚吉は驚きを隠せず、またその石組に興味津々《しんしん》の表情で熱心に見て回った。

総兵衛は隠し水路への扉の開閉の仕組みを魚吉に交趾の言葉に変えて細かく説明した。そして、江戸の城も町も開かれつつあった折ゆえにかような普請《ふしん》が可能だったのだと付け加えた。

言葉を失った魚吉を鳶沢一族の集いの場であり、道場である板の間に連れ込み、神棚のある見所の前に座らせた。

「魚吉、そなたに鳶沢一族の秘密を明かしたには理由がある。一つにはそなたがすでに鳶沢一族の一員であるということだ」

総兵衛の言葉を頭に叩《たた》き込むように刻み込んだ魚吉が、

「ソレダケデハナイカ、ソウベイサマ」

と尋ね返した。

「ない」

総兵衛の短い返事を聞いた魚吉の視線が目まぐるしく動き、止まった。

「ウーム」

「総兵衛の考えを読んだと申すか」

魚吉が頷《うなず》き、総兵衛が、

「時を与える、とくと考えよ」

「イチマデニハ、マニアワン」

「だれがそのようなことを命じるものか。百年の大計を考えよと言うているのだ。来年の古着大市に間に合えばよい」

「ワカッタ」

とようやく得心した魚吉が頷いた。

魚吉を北郷陰吉の長屋へと戻した総兵衛は、大黒屋の離れ屋の居間に戻った。するると早速光蔵が姿を見せ、

「今宵《こよい》から四番番頭の重吉らに加えて見習番頭の市蔵ら八人を栄屋に泊まらせ、甲斐犬《かいけん》の信玄もあちらで夜番をすることにしました。慣れるまでの数日は九輔がいっしょにあちらに泊まることになりました」

と報告した。

「石工の魚吉さんに船隠しを見せられましたか」

と光蔵が聞いたとき、おりんが二人に茶を運んできた。

「見せました」

「なんぞ考えがございますので。もはや船隠しのような大普請は出来ませんでな。総兵衛様はなにを魚吉に命じられましたのでございますか」

と光蔵が尋ねた。

「大番頭さん、考えて見ぬか」

「栄屋の二階からこちらの店をご覧になっておる折、総兵衛様はなにか思い付かれたことはたしかです」

「ならばはっきりしていましょう」

とおりんが言い切った。

「ほう、おりんには察しがつきましたか」

光蔵が頭を捻《ひね》った。

「この大黒屋と対岸の栄屋を結ぶ隠し通路を魚吉さんに工夫するように命じられたのではございませんか」

「おりん、それはもはや無理ですよ。大黒屋の地下の本丸も船隠しも江戸の町が造られた折の混乱の最中《さなか》ゆえ出来たこと、かように広々とした八百八町が出来上がったあとでは、最前も言いましたが入堀の下を掘り抜くような大普請は出来ません」

「ですから大普請ではのうて、一族の者だけが人に見られることなく密《ひそ》かに往来できる通路は出来ぬものかと、総兵衛様は考えられ、魚吉さんに工夫を命じられたのではございませんか」

「さようなことができますか、おりん」

「大黒屋と栄屋の間を阻《はば》んでいるのは幅八間の入堀です。そして、それを結んでいるのは橋にございます」

「うーむ。まさか総兵衛様は新たに橋を架け替えようとしておられるのではございますまいな」

と光蔵が総兵衛を見た。

「大番頭さん、古着大市が成功を納め、江戸の名物に定まったとき、向う岸の久松町に市が広まっていくのは必定です。富沢町と久松町を結ぶものは入堀に架かる栄橋ですが、ただ今の栄橋はだいぶ傷んでおりますな。いつ架け替えられたのですか」

「橋の架け替えは古狸《ふるだぬき》の私にも記憶にございません。傷んだ箇所の修繕をしながら使ってきたのです」

「こたびの古着大市に大勢の客が集まったとき、ただ今の栄橋ではいささか危険ではありませんかな」

「それはもう」

と応じた光蔵が、

「町奉行所に橋の架け替えを願われますので。お上にさような金子《きんす》がございますかな」

「ありますまい。ですがもし、栄橋が危険ゆえ、富沢町惣代《そうだい》格の大黒屋の負担にて橋の架け替えをと願い出たとしたら、お上はどのような返答をなされますな」

「大川に架かる橋が大水で流された折など、町方からの寄進で橋の架け替えが行われることがございます」

「となれば栄橋を新たなる頑丈な橋に架け替えることは可能ですな」

「お上としては願ったり叶《かな》ったりでございますから、一も二もなく許しを与えられましょう。そうでのうても古着大市で大商いが催され、南北両奉行所に金子が入る話ですからな」

「石橋は無理でも両岸の柱を石柱にすれば随分と頑丈な橋になりましょう、橋幅もせめて五間（約九メートル）あれば、船隠しの出入り口もずいぶんと楽になる」

「なんと、そこまで考えておられましたか」

「架け替えの間は仮橋をただ今の栄橋より西側に造る」

「なかなかの普請にございますな」

と光蔵が得心したように頷き、

「魚吉に船隠しを見せたのはさような腹案があってのことですか」

「大番頭さん、それでのうては大黒屋が橋の負担金をすべて出す意味がございませんよ」

「おりん、意味とはなんですね」

とおりんが言い、光蔵が反問した。

「大番頭さん、お忘れですか。この大黒屋と対岸の栄屋を人に知られず往来できる隠し通路を橋下に組み込むことを総兵衛様は考えておられるゆえ、魚吉さんに鳶沢一族のすべてを見せたのではございませんか」

「おおおっ！」

と光蔵が叫んだ。

「そうか、大黒屋の船隠しの一角から橋下に隠し通路を設ければ、あちら側と結びつけることができますな。向こう岸では河岸《かし》道下に栄屋まで孔《あな》を掘り抜けば往来ができる」

「物を出し入れするのではないのです。両の欄干下に人ひとりが往来できる空間さえ確保できればよいのです。木製で一本は大黒屋から栄屋側に、もう一本は栄屋側からこちら側へと這《は》いずって移動できる空間さえあればよい。精々幅一尺五寸（約四五センチ）高さ一尺三寸もあればよいでしょう。すべてを石で造る橋なれば、もう少し大きな通路がとれるかもしれません」

光蔵が掌《てのひら》でぴしゃりと自らの膝《ひざ》を叩いた。

「いやはや驚きました。これは是非設けておくべき連絡道《つなぎみち》ですぞ。そうでなければ栄屋を買い求めた意味がございません」

「大番頭さん、船隠しへの隠し水路もだいぶ古びております。橋の架け替えを名目に補強もできます」

「これこそまさに一石二鳥、いえ、一石三鳥四鳥の工夫にございますぞ」

「そのためにこたびの古着大市の折、奉行所のお役人には橋の通行が危険であることを知っておいてもらう要があります」

「この光蔵にお任せ下され」

と光蔵が胸を叩いた。

「南北両奉行の根岸様、小田切様は必ず古着大市の見物に参られます。その折、栄橋の混雑ぶりをとくとお見せして橋の架け替えが必要なることを察してもらいます」

「大番頭さん、橋の両岸に雑多な食いもの屋やら水売りなど飲み物屋の露店をおくのです。さすれば必ず人が集まります」

「おりん、そなた、なかなかの策士ですな」

「いいえ、大番頭さんほどの知恵はございません」

二人が言い合い、

「ともかくこたびの古着大市が盛況裡《り》に、しかも何事も騒ぎがなく終わることが肝心です」

「相分かりましてございます」

と光蔵が胸を張った。

その日のうちに光蔵は富沢町の名主に、

「栄橋修繕」

の請願をお上に出すことの賛意をもらい、南北両奉行所に提出して、

「大勢が往来する橋の安全」

を訴え、奉行所から即刻の修繕補強の許しを得た。

その上で栄屋の修繕を為《な》している大工棟梁《とうりょう》隆五郎に命じて、欄干などの補修をさせた。

その修理の最中、光蔵が立ち合っていると南町奉行内与力の田之内泰蔵が古着大市の会場の下見にきた。

「これはこれは、田之内様、ご視察ご苦労に存じます」

「いや、お奉行がな、昨春の古着大市の盛況ぶりで大市が江戸の風物詩になるのはよいが、栄橋が壊れて怪我人《けがにん》が出るようでは、今後の開催にも差し支えが生じると懸念《けねん》なされておられるでな、確かめに来たのだ」

「お気遣い有り難うございます」

光蔵は棟梁の隆五郎を呼んで補強の具合を説明させた。隆五郎は、

「欄干はご覧のとおりに傷《いた》んでおる箇所は新しい材に替えて埋め込みで修繕してございます。ですが、橋杭《はしぐい》全体が傷んでおりまして、これは早晩橋杭を取り換えることになりましょうな」

と言い出した。田之内は、

「えっ、古着大市開催のために橋を架け替えるなど、ただ今のお上の財政でできるものか」

と困った顔をした。

「田之内様、そのことについて主《あるじ》総兵衛より考えを聞かされております」

「考えとは、なんじゃな」

「古着大市は今後百年の催し、年々歳々賑《にぎ》やかな催しになりましょう。そのためにしっかりとした新栄橋を大黒屋の負担で普請ができないものかと洩《も》らしておりました」

「なに、大黒屋が普請すると申すか」

「はい。石造りの橋とはいえないまでも幅五間のしっかりとした新橋を造りますと、大勢が押しかけても安心して買い物ができます。来春の古着大市にも渡り初めができますように、この古着大市が終ったあと、直ぐにも普請に取り掛かります。この考え、いかがでございましょうな」

「幕府財政多難の折、それは願ってもないことじゃ」

「田之内様、ならば南北両お奉行様にお許しを願えますか」

「承知した」

と答えた田之内の顔色がいま一つ冴《さ》えなかった。

光蔵は田之内に他に懸念があるような気がした。

「田之内様、なんぞ他に差し障《さわ》りがございますので」

「うーむ」

と田之内が唸《うな》った。

「どうなされました」

と尋ねる光蔵に、

「わっしはこれで橋下に戻ります」

と作業場に隆五郎が戻った。

「柳原土手でな、いささか問題が生じておるのだ。いや、富沢町と異なり、柳原通に常陸《ひたち》谷田部藩細川家の上屋敷の他、大身旗本寄合富田家が屋敷を構えておられる。古着大市が賑《にぎ》わうのはよいがごみは散らかす、一日じゅう騒がしい上に邸《やしき》の塀に立小便までする不逞《ふてい》の輩《やから》がいるということで、来年の師走《しわす》は止《や》めてくれとの強い苦情が御城に届いているそうな。北町の小田切奉行もうちも対応に苦慮しておるのだ」

「柳原土手と富沢町でいっしょにやるから古着大市の意味があるのでございますがな」

「光蔵、富沢町に柳原土手の連中を呼び、年二度の開催として落ちつけることはできぬか。大黒屋の威光でなんとかせよ」

「さあて、それはなんとも即答はし兼ねます。柳原土手の世話方とも相談せねばなりますまい」

「なんとかその方向で取りまとめよ」

と命じた田之内泰蔵が立ち話だけで富沢町から去った。

しばし栄橋で思案した光蔵は、総兵衛に南町奉行所からのお達しを伝えるために店に戻った。

四

治助長屋から姿を消した北郷陰吉は、富沢町に戻ってくる様子はなかった。

一方、富沢町と柳原土手が手を携えて開く三度目の、

「春の古着大市」

は三日後に迫り、露天の古着商のショバ割りが富沢町で開かれた。

こたびは久松町の栄屋の店裏の明地が加わり、さらに入堀の河岸道などを整えて、敷地は増したはずなのに参加を申し出る露天の古着商があとを絶たなかった。そこで前もって露天商いの区画を伊勢屋半右衛門跡地、栄屋跡地、入堀北岸、入堀南岸の四つに組み分けした。本業の古着商いのほか、食べ物屋、飲み物屋のショバ割りもあって大変な作業になった。

町奉行所の役人、世話方が立ち会っての抽選会が終ったあと、大黒屋の四番番頭の重吉と手代の九輔が、絵図面に割り振った古着商の屋号、名を記していった。

その作業が一段落したあと、光蔵は柳原土手の世話方浩蔵《こうぞう》、砂次郎ら五人と富沢町の世話方の全員を栄屋の店に呼んで、町奉行所からの命を伝えた。すると、

「えっ、柳原土手ではもはや古着大市の開催は許されないのかい」

と柳原土手の世話方の一人が愕然《がくぜん》とした。

「師走の古着大市でもよ、谷田部藩の用人さんに何度も呼び出されてよ、おれたち世話方は何度も叱《しか》られたもんな。不断から大名屋敷に接している柳原土手でよ、床店《とこみせ》商いのおれたちとしては、強くはいえないよな」

「ああ、そうだ。それは困りますと抗《あらが》ってみろよ、床店商いもダメってことになりかねないよ。そうなったら虻蜂《あぶはち》取らずだぜ」

「だけどよ、古着大市は富沢町と柳原土手がいっしょにやるのが売りの名物でよ、客を集めてきたんだぜ。柳原土手がなくなるのはな」

「砂次郎さんよ、大黒屋の大番頭さんはなにも柳原土手がなくなるって言ってんじゃないよ。富沢町と柳原土手での交代交代を止めて、二度とも富沢町で催そうってんだ」

「そりゃそうだがよ、富沢町の下に柳原土手がついたようだぜ」

「浩蔵さんよ、端《はな》っから喧嘩《けんか》にならないよ。わっしらはひょろびり商い、富沢町は京の下り物の新中古の友禅を高い値で売る商売だもの、売値も儲《もう》けも違いますよ」

光蔵は、柳原土手の世話方に言いたいだけ言わせ、胸の中のものを吐き出させた。

「柳原土手、富沢町の世話方ご一統、これだけ古着大市が大きくなると、大名家と接した柳原土手の通りでの開催は難しゅうございます。話が奉行所からあった折、商いの場所を少し西側に移し、八辻原《やつじがはら》での大市の可能性を願ってみましたが、八辻原は通行の要衝にして先ごろより老中を勤められておられる丹波《たんば》篠山《ささやま》の青山家の上屋敷前、そのようなことは相ならんとの返答にございました」

「となると、なんとか富沢町での古着大市だけでも守らないと、この企てが全部消えてなくなりますよ」

と富沢町の世話方摂津屋《せっつや》正右衛門《しょうえもん》が不安げな顔で言い出した。

「そこでご一統様にお願いがございます」

「なんですね、光蔵さんよ」

浩蔵が、これ以上難題を持ちださないでくれよ、という顔付きで光蔵を見た。

「一年の衣替え前と師走の二度とも、古着大市を富沢町で催せというお奉行所の命は致し方ございません。されど、柳原土手の世話方ご一統には、富沢町の下風につくようなご不満が残ることも確かでございましょう」

と光蔵はここで言葉を切った。すると、そこへおりんと大黒屋の女衆《おなごし》が茶菓を運んできて、

「ご苦労に存じます」

と挨拶《あいさつ》した。

「おりんさん自ら茶菓の接待たあ、悪いな。おれたち、富沢町と違い、床店商いだ。茶なんぞ訪ねた先で出たこともないぜ」

と砂次郎が恐縮した。

「砂次郎さん、古着大市は柳原土手と富沢町の同業が手に手を携えて、ここまで造り上げてきた商いでございますよ。柳原土手と富沢町は両輪でございます、柳原土手の衆の助けなしにはかように賑わう大市は成りませんでしたよ、今後ともよろしくお願い申します」

奥向きのおりんが富沢町と柳原土手の商人たちに茶菓を供してその場から消えた。

「あのさ、おりんさんのおっ母《か》さんのお香さんだがよ、気品があって美形でよ、おりんさんは、お香さん譲りの別嬪《べっぴん》さんだが、気立てがいいよな、お香さんの難点はよ、ちょっと近寄りがたかったよな」

浩蔵が言い出した。

「浩蔵さん、おめえ、お香さんに付け文したんじゃなかったか」

「若気の至りでさ、つい」

「どうなったえ」

「ぴしゃりとはね付けられました。その点、おりんさんは気立てがいいからさ」

「浩蔵さん、おりんには一番番頭の信一郎がおります。付け文なんぞすると上方に商いに出ておる一番番頭が浩蔵さん、おまえさんを入堀に放り込みかねませんよ」

「くわばらくわばら、話だけだよ」

茶を喫して一休みした光蔵が居住まいを正し、

「最前の話の続きですがな、富沢町で二度の開催は為《な》しますが、夏の衣替え前の世話は富沢町、冬の衣替え前の大市は柳原土手が仕切るということでいかがでございますな」

「おお、それならばなにも柳原土手が富沢町の下風についたってことにはならないよな。富沢町に場所を借りるだけだからよ」

「浩蔵さん、富沢町でうちの仕切りで師走の古着大市を催すのなれば、なにも谷田部藩のご用人にぺこぺこ頭を下げることもないしな」

浩蔵と砂次郎が言い合った。

「柳原土手のお二人さん、とは申せ、こちらの富沢町の開催でも近隣の住人がよし、と言われるお方ばかりではございません。ごみの始末、厠《かわや》のことなど世話方がとくと理解して、大勢の客に接しないとこちらの大市も潰《つぶ》されかねませんよ」

と光蔵が言うと、富沢町の世話方の一徳屋精兵衛が、

「大黒屋の大番頭さん、去年のことだがね、うちのように小さな店にも厠を借りにきた客がおりましたよ。今年は去年に増して食べ物、飲み物を売るとなると、ごみも散らかるし、厠のこともこれまで以上に大変になりましょうな」

と言い出した。

「精兵衛さん、私もそのことを案じています」

と光蔵が応じて、

「うちの家作の長屋の厠を、古着大市の間にかぎり貸すぐらいしか手はございますまい。むろん各お店でも手助けして下され」

「光蔵さん、大勢の客を店の中に入れるとなると、帳場のことやら蔵の中なんぞが客の目に触れることになり、いささか差し障りが生じますよ。売り上げの金子が紛失するなんて騒ぎが起こりませんかね」

と一徳屋が言い出し、

「必ず起こります」

と一同からお店の厠を開放することへの反対が出た。

「さあて、どうしたものか。急に厠をいくつも造るなんて芸当はできませんよ」

「となると、我慢できずに入堀に放尿するものも出てくる」

ううーん、と一同が首を傾《かし》げた。

「古着大市の規模が大きくなればなるほど、かような差し障りが出てきます。どうしたものか」

とさすがの光蔵も首を捻《ひね》った。

沈黙がしばらく続いた。

「大番頭さん」

と黙した世話方の集いの場におりんの声が響いた。

光蔵が振り返ると、おりんが棟梁《とうりょう》の隆五郎を連れて土間に立っていた。

「差し出がましいとは存じますが、皆さんの思案が耳に入りました」

「厠の一件だね、おりん」

「はい。これはぜひとも目処《めど》を立てておかねば先々に問題が生じます。女衆は子ども連れで来られますゆえ、子どもに我慢をさせるのは難しゅうございましょう」

「そこですよ。なんぞ知恵がありますか、おりん」

「入堀の下流に何隻《せき》か汚わい船を浮かべ、ざっとした仕切り囲いを造らせ、即席の厠船を設けるというのはどうでございましょう。足場と仕切り囲いの簡単なものなれば半日もあれば、三隻や四隻の汚わい船を厠船に変えられると棟梁が請け合ってくれました」

「おりん、それはよい考えかもしれませんぞ。満杯になれば、すぐ新たな船と交代させればよい」

と光蔵が手を打ち、

「大門町の棟梁は、先代から名人名工と言われるおまえさんだ。さような汚れ仕事を引きうけてくれますか」

と隆五郎に質《ただ》した。

「いえね、最初、おりんさんに話を聞いたとき、いくらなんでもおりゃ、雪隠《せっちん》大工じゃねえや、と正直思いましたよ。ですが、人が大勢集まれば出るものは出る。ご一統、猿若町の芝居小屋を考えて下せえ。舞台は華やかだが、幕間《まくあい》の厠の混雑はどうだ。こりゃ、古着大市がこれから十年百年と続くために目処を立てておかなきゃあならねえ難題と思い直しましたのさ。汚わい船をご一統が都合つけて下さるのであれば、わっしでよければ大工たちの尻《しり》を叩《たた》いて、即座に厠船に変えてみせますぜ」

「隆五郎さん、棟梁、よう言うてくれました。汚わい船一隻に肥桶《こえおけ》を並べ、その上に足場を組み、囲いを八つに造れば、三隻で二十四の厠ができることになる」

「大番頭さん、汚わい船一隻に十やそこらは出来ますよ。三隻を繋《つな》げてならべれば三十の厠が設けられる。だが、同時に臭《にお》いもしましょう。出来るだけ、間をおいて厠船を舫《もや》うのですな」

隆五郎が知恵を出した。

「さあて、となると汚わい船の手配をしなければなりませんが、汚わい船なら小梅村辺りの百姓にあたりますか。あと三日しかないが光蔵さん、大丈夫ですか」

と富沢町の世話方が聞いた。

「それには心当たりがございます」

光蔵がおりんと隆五郎の工夫の土台となる汚わい船の都合がつくと頷《うなず》いた。

「隆五郎棟梁、材料を揃《そろ》えておいてくれませんか。船は開催日の前日朝までにはこの入堀に待機させます」

と請け合った。

おりんと隆五郎が姿を消し、光蔵が、

「柳原土手の世話方に念押しします。今年の暮れの古着大市は、富沢町が開催場所、されど世話方の中心は柳原土手でようございますな」

柳原土手の面々が顔を見合って頷き合い、

「大黒屋の大番頭さん、お願い申します」

と願った。

「決まりました」

と光蔵が一同に宣し、

「今後百年古着大市が続くかどうかは、この一、二年の出来如何《いかん》で定まります。どうか、柳原土手、富沢町がお互い手助けし合って願いましょうか」

と釘《くぎ》を刺した。

この日の昼下がり、総兵衛の供で光蔵は、坊主の権造が船頭の猪牙舟《ちょきぶね》で山谷堀へと向かった。

行先に着いて総兵衛と光蔵が舟を下り、一刻《とき》(二時間)ほど権造は待たされた。

舟に戻ってきた総兵衛の顔付きがいつもとは違うことに権造は気付いたが、

「大番頭さん、富沢町に戻ってようございますね」

と質しただけだった。

「お願いします」

猪牙舟が大川に出たとき、総兵衛が、

「この国のことを半分も知らなかった」

とぽつんと漏らした。

江戸時代、関八州他の長吏・非人・猿飼などの身分を支配したのが、

「えた頭浅草弾左衛門《だんざえもん》」

であった。

この時代で弾左衛門の支配下の戸数はおよそ七千七百二十軒と言われ、彼らから、

「絆綱《はづな》銭・家別銀・小屋役銀」

などの税を集める権利を有していた。また浅草弾左衛門は、支配下の者たちを裁く独自の裁判権も持っていた。

この浅草弾左衛門は浅草新町に住まいし、この地域は、

「囲内《かこいうち》」

と呼ばれ、弾左衛門の役宅や私宅が奥まったところにあった。

弾左衛門の巨大な権力を支えるのは、絆綱銭などの税収だけではなかった。

囲内には、雪駄、灯心などの問屋が並び、これらの品を弾左衛門が独占的に扱う権利が許されていた。

徳川幕府を保持するために表の体制や仕組みとは別に裏の体制と仕組みがあって、表裏一体で関東・近国を動かしていたのだ。

光蔵は総兵衛を浅草弾左衛門に紹介した。

富沢町の〝惣代《そうだい》〟大黒屋の十代目総兵衛の出自を、弾左衛門は顔を合わせた瞬間に見抜いていた。

徳川幕府の強固な体制の陰を支える者同士だ、弾左衛門は大黒屋の陰の身分を前々から承知していた。だが、十代目に異人の血が流れていることをこたび

の対面で初めて悟った。

(六代目以来の逸材かもしれぬ)

と弾左衛門は聡明《そうめい》そうな眼差《まなざ》しの若者を観察した。

「さて本日の御用はなんですな」

光蔵から古着大市の催しを聞いた弾左衛門は、

「二度の古着大市の成功、この弾左衛門、感心しきりにございましたよ。若い主《あるじ》どの、そなたの考えと知り、得心致しました。今後ともよしなのお付き合いをして下されよ」

「浅草弾左衛門様、見てのとおりの若輩者にございます。こちらこそご指導のほどお願い申します」

と総兵衛が返礼した。そして、本日の訪《おとな》いの理由を知った弾左衛門は、

「大勢の人が集まる場所での下の始末の気遣い、大事な考えかと思います。大番頭さん、車善七《くるまぜんしち》に命じなされ」

と光蔵に許しを与えた。

浅草弾左衛門が支配する非人頭が車善七であった。

善七は、小塚原の刑場の御仕置に関わり、病気になった囚人を保護する浅草溜《ため》の管理を任されていた。また江戸城内での下の始末も請け負っていた。

光蔵は、汚わい船の考えを聞いたとき、車善七に願うのがよいと考えた。そのためにまず浅草弾左衛門に許しを得ておきたかった。

二人は囲内を出ると、山谷堀を渡り、吉原の南西角に接してある浅草溜に車善七を訪ねた。

光蔵が浅草弾左衛門と車善七のもとへ総兵衛を連れて行ったには理由があった。非人頭と大黒屋とは代々、

「仕切関係」

を結んでいた。

仕切関係とは非人の側から無暗《むやみ》に施しを強要したり、商いの妨害をしないように非人頭の車善七との間で予《あらかじ》め話をつけておく関係を言う。三井越後屋など大商人の多くは車善七と直にこの仕切関係を結んでいた。むろんそれなりの金銭のやりとりがあった上でのことだ。

大黒屋も代々この「仕切関係」を車善七と結んできた。

だが、九代目の死のあとに跡継ぎが不在だったこともあり、十代目総兵衛が浅草弾左衛門と車善七に未《いま》だ面会していないことを光蔵は気にしており、この機会に二人に対して十代目の顔つなぎを済ませようと思ったのだ。むろん二人にはそれなりの手土産の金子が届けられた。つまりは新たなる、

「仕切関係」

が、これで結ばれたことを意味した。

車善七は古着大市の一件を聞くと、

「総兵衛どの、大番頭さん、棟梁の隆五郎さんらの手を煩《わずら》わせることはない。私どものほうですべて仕度を致しますよ」

と請け合ってくれた。

こうして総兵衛はまた一つ、江戸の知られざる陰の世界を光蔵の案内で知ることになったのだ。

「総兵衛様、私は異郷の暮らしは存じませぬが、この和国で徳川幕府が二百年余続いてきたには、見えざるところでこの江戸を支えてきた人々がいるということでございますよ」

光蔵が総兵衛に説明した。

「いや、一つの国があれば、表立った奇麗事だけで済むはずはありません。目立たずとも暮しの土台を支えるに欠かせぬ仕事というものはどんな国にも存在するのです。江戸も異郷も同じです。私は本日、浅草弾左衛門様と車善七様に会《お》うてよかったと思うております」

総兵衛と光蔵が富沢町に戻ったのは夕暮れ前のことだった。

光蔵は大工の棟梁の隆五郎に車善七が汚わい船を厠船《かわや》に変えるすべてを引きうけてくれたことを告げた。

「そうか、大番頭さんはそちらに筋を通しなさったか。そいつはよい考えにございますよ」

と隆五郎が言い切り、

「囲いに板を買込みましたが、こいつは問屋に戻しますかえ」

「いえ、いったん買ったものです。棟梁、その材を使って、厠船の案内板なんぞをたくさん拵《こしら》えてくれませんか。字は私どもで手分けして認《したた》めますでな」

「承知しました」

一方、総兵衛は大黒屋の離れ屋の居間に戻り、地下の本丸に人の気配を感じとった。

総兵衛が下りると、北郷陰吉が板壁に体を寄せて大鼾《おおいびき》を掻《か》いて眠り込んでいた。

どこぞに旅してきたか、全身に疲労が溜《た》まっているのが見えた。

総兵衛は陰吉が眼を覚ますまで、待つことにした

第五章　幼馴染《おさななじみ》

一

北郷陰吉《きたごうかげよし》の克明な報告をうけた総兵衛は、陰吉を長屋に戻し、体を休めさせた。その上で沈思に入った。沈思する総兵衛の顔に懊悩《おうのう》が濃く漂っていた。

無言の思索は一刻《とき》（二時間）続き、場所を居間へと移した総兵衛は、一通の書状を認《したた》め終えると、手代の田之助を呼んで書状を渡し、さらに口頭で何事か命じた。そして、田之助を佃島《つくだじま》の船着き場に向わせたあと、ようやく光蔵《みつぞう》、おりん、参次郎の三人の幹部を呼び集めた。

「なんぞございましたか」

光蔵がこれまでに見たことのない主《あるじ》の表情を見て、総兵衛に尋ねた。

「まず富沢町の大黒屋を見張っていた監視の眼であるが、交趾《こうち》の政変と関わりがあると思える。彼らは南の海から来た者と思える」

「なんと総兵衛様の故郷と関わりがございますので」

驚きとも訝《いぶか》しさともつかぬ顔を見せた光蔵がおりんを見た。

おりんは、まず総兵衛の話を聞くべきだと光蔵に無言の裡《うち》に告げていた。

「手代の田之助を深浦《ふかうら》に私の書状を持たせ使いに送り込んだ」

と前置きした総兵衛は、初めて北郷陰吉の探索の成果を三人に告げる覚悟をつけた。

むろん光蔵らは、総兵衛の苦悩が北郷陰吉の報告を受けてのことと承知していた。だが、総兵衛が自ら口を開くのを待っていたのだ。

「安南《アンナン》政庁に仕えてきた今坂一族は政変により交趾から追い出され、六代目総兵衛様の血の繋《つな》がりを求めて、私ら一行がイマサカ号で江戸に参った。そのことについて改めて説明する要はあるまい」

総兵衛の言葉に光蔵らが頷《うなず》いた。総兵衛の言葉遣いが淡々としたものに変った。

「さて、一年余りあと、私ども大黒屋では、イマサカ号と大黒丸を異国交易に派遣しました。その途次、二艘《そう》にわが故郷の交趾にも立ち寄らせ、今坂一族の残党らに連絡をつけさせました。そのためにグェン・ヴァン・キ、私が健在であることを政敵の一味は知ったと思えるのです。イマサカ号と大黒丸は、わずか三十余人の一族の者しか乗せられず、さらに南へと交易に去った、と書状に記してきましたな。

一方、安南から私どもを追い立てた者たちは、ただ今安南を支配している一派ですが、その基盤は決して盤石ではありません。そこへ今坂一族の長たる私が和国で元気でいることを知ったのです。現在の安南政庁の支配者たちにとって、私が健在でいることも、さらにはイマサカ号と大黒丸の交易船団を安南まで派遣する力を保持していることも見過しにはできないことだと考えたのでありましょう。

いつの日か、私が安南政庁を転覆する力を残していると推量したからです。それゆえ今坂一族の中で交趾に残っていた者の中で一派に寝返った者を募り、われらが黒潮に乗ってこの国に辿《たど》り着いたように、刺客団を帆船に乗せて送り込んできたと思えるのです」

　総兵衛の思いがけない話に光蔵ら三人は黙り込んで考えに落ちた。

「総兵衛様、交趾に残された今坂一族の者の一部がただ今の政権に与《くみ》し、総兵衛様から離反したと申されますか」

　光蔵がそのことを質《ただ》した。

「大番頭さん、北郷陰吉の報告は異国の帆船と乗り組みの者たちを見て確かめただけで、彼らの話を直《じか》に聞いたわけではありません。また聞いたところで安南の言葉では分かるまい。いや、陰吉が異国人の臭《にお》いをかぎ分けて近付かなかったのは賢明であったといえます。陰吉が遠目に見た船影や和人に似た彼らの姿をあれこれと推測して、私が下した考え、推量です」

「総兵衛様は今坂一族の頭領にございました。なぜその総兵衛様にお目に掛かって助けを求めようとはしないのでしょうか」

「おりん、安南国の政変の結末は、つねに和国のそれよりもはるかに過酷なのです。われら百五十余人がイマサカ号に乗って逃げたあと、今坂一族の残党がどのような酷《むご》い憂《う》き目に遭《お》うたか、そなたらには想像も出来ますまい。イマサカ号と大黒丸がこたび交趾に立ち寄った折、三十余人の一族の者しか交易船団に加わることが出来なかったと、林梅香《はやしばいこう》師が書状に記してきましたが、彼らは息を潜めて生き延びた者たちです。その他の今坂一族は女子供を含めて大勢が殺戮《さつりく》の憂き目に遭っていようと思う」

「なんということが」

総兵衛の口調が険しいものに戻っていた。

「異国の政変とはそのようなものだ」

「総兵衛様、陰吉さんが突きとめた者らもまた今坂一族の血を引いた者たちでございますか」

と参次郎が問うた。

「今坂一族が和国との連絡を絶たれ、交趾のツロン付近に住み暮らして二百年以上の月日が過ぎたのだ。その者たちの中には和人の血を隠し、かの地に同化して生きてきた者もおる。またこたびのように時の為政者、支配者に寄り添うことによって生きながらえた者もいよう。その過酷な状況は異郷で暮らした者にしか理解できまい」

と総兵衛が三人に告げた。そして、

「そのような者たちを募り、この総兵衛が和国でどのように生きておるか確かめさせ、健在なれば私の息の根を止めよと命じられてきたのであろう、と北郷陰吉の探索の結果を聞いて、私が推量したことだ」

「とは申せ、総兵衛様は今坂一族の正統の跡継ぎでございます、またここは安南ではございません。総兵衛様が健在であることを確かめたのです、なぜお目にかかってただ今の苦衷をその方々がお話しなさらないのか、おりんには理解できません」

「おりん、最前も言ったが、異国の政変とは敵方を根絶やしにすることだ。こたび和国に遣わされた今坂一族の血を引く者たちの家族は、かの地に囚《とら》われて人質になっておると考えたほうがよい」

「命《めい》を聞かなければ、家族の命《いのち》が絶たれると申されますか」

総兵衛が頷いた。

「陰吉さんが突きとめた今坂一族はどこに潜んでおるのでございますか」

「江戸湾の一角、袖《そで》ヶ浦《うら》の入江に大黒丸ほどの大きさの帆船を停めておるそうな。江戸に姿を見せる折は、われらが琉球《りゅうきゅう》型小型帆船を使うように、快速の小帆船を使い、江戸へと入り込んでおるようだ」

新たなる敵は総兵衛の一族であった。

（さてどうしたものか）

光蔵らも考えあぐねた。

「まずだいいちに袖ヶ浦の入江に潜む帆船の一団が安南から参った今坂一族の残党ということを確かめねばなりますまい」

「いかにもさよう。ゆえに深浦に田之助を遣わして深浦に残ったわが一族の者たちにそのことを急ぎ確かめるように命じた」

総兵衛の返答に光蔵が頷いた。

「それらの者たちが今坂一族の者であるかないかは別にして、富沢町でグェン・ヴァン・キこと大黒屋総兵衛様が健在であることはすでに確かめております。となると、この江戸で総兵衛様を暗殺することだけを企てておるのでしょうか。それともそれだけでは済まないと思われますか、総兵衛様」

とおりんが質した。

「彼らは私らが京から戻る以前より富沢町に探りを入れておったのだ。最前もいうたが、私が和国の江戸で生きておるという情報は、イマサカ号の交趾到着により知られたものであろう。仲蔵《なかぞう》、信一郎、林梅香師らは交趾に大黒屋の出店を造るために、和国がどのようなところか、江戸の富沢町の古着商いがどのような規模のものか、交趾の様々なところで話したに違いない。それが今の政権一派にも伝わったのであろう。ゆえに江戸近くにまで今坂一族の残党と刺客団を密《ひそ》やかに送り込んできた、と思えるのだ。ともあれ、富沢町のただ今の関心が古着大市の開催にあることを彼らは摑《つか》んだはずだ。この総兵衛の命を縮め、一族を根絶やしにするには古着大市で騒ぎを起こせばよいことをすでに把握していよう」

「それだけは決してさせてはなりませぬ」

と光蔵が言い切った。

「いかにもさようだ」

「総兵衛様、ちと伺いたきことがございます」

「なんですな、参次郎」

「私ども、過日、糸屋楽左衛門の一件で走りまわされました。楽左衛門は鐘ヶ《かね》淵《ふち》で爆殺されましたが、この爆殺した者どもとこたびの交趾からの刺客団とは関わりがございましょうか」

総兵衛も気がかりな点であった。

「爆殺などという乱暴な手口、異人の騒ぎのようにも思える。だが、私の勘では糸屋楽左衛門を操った人物と、安南からの刺客団は別物と思えるのだ。安南からやってきた者たちが千代田城の幕閣の一人と話を付けることなどできようか、どうですね、大番頭さん」

「さようですね、手口の点からいえば二つの件の背後に控える人物が糸を引いているようにも思えますが、確かに安南からはるばる来た和人の血を引く者たちが、城中のお偉方に話を付けられるとも思えませんな。総兵衛様のご判断は間違いなかろうかと存じます」

「となると、大黒屋は新たなる敵を二つ抱えたことになる」

はい、と返事をした参次郎が、

「袖ヶ浦の一味が和人の血を引く者たちかどうか、総兵衛様自らが確かめられることが先決かと存じます」

と話を展開した。首肯する総兵衛に、

「もし今坂一族と分かった折、総兵衛様はどうなされますな」

「まず話し合《お》うてみたい」

「その結果次第では、同族の方々を始末なされますか」

「参次郎さん、そのことを質《ただ》されるのはいささか早計にございましょう。まず今坂一族、あるいは異郷に渡った和人一味かどうかを確かめ、総兵衛様自らが虚心に話し合うことです。総兵衛様は、鳶沢《とびさわ》一族の頭領であると同時に、グエン・ヴァン・キという出自を今坂一族の方々の前で消すことはできますまい」

おりんの言葉に、

「いかにもさようでした。総兵衛様、非礼をお許し下さい」

と参次郎が詫《わ》びた。

「参次郎、とくと聞いてくれぬか。鳶沢、池城《いけぐすく》、今坂、さらには柘植《つげ》衆の四族を束ねる鳶沢総兵衛勝臣に相応《ふさわ》しい決断をなすとしかただ今は答えられぬ」

「それでようございます」

光蔵が言い切った。

「田之助を使いに立てたには、もう一つ理由《わけ》がある。今の富沢町の奉公人だけでは、古着大市に詰めかける客を捌《さば》くだけで手一杯であろう。深浦には残念ながら、柘植衆の七人ばかりを除いて、女子供年寄しかおらぬ。そこで田之助に船を使い、鳶沢村を往来して柘植衆の若手を富沢町に呼び寄せようとすでに手配をなした」

「よい考えにございますが古着大市開催まであと残り三日でございます。間に合いましょうかな」

「過日、おりんが琉球型小型帆船で深浦に走り、深浦から今坂一族を船手に鳶沢村まで往復して江戸に戻った時と同じ幸運が授かれば、なんとか間に合おう。そのことをここで案じても致し方ない」

と答えた総兵衛は、

「富沢町の古着大市開催の最後の仕度は大番頭さん、おりん、参次郎に任せる」

「と、申されますと」

「私はこれから袖ヶ浦にわが眼で確かめにいく」

「それがようございます」

とおりんが賛意を示した。

「だれを供に従えますか」

「船頭には坊主《ぼうず》の権造《ごんぞう》、助船頭として天松の二人でよい、それと北郷陰吉を案内方につける。出立は九つ半（午前一時頃）、それまで陰吉は寝かせておきなされ。その刻限に出立致さば、袖ヶ浦に着くころに夜が白々と明けよう。また深浦の連中とも出会うことができよう。その先のことはあちら次第だ」

と総兵衛が言い切った。


琉球型小型帆船は、月明かりの下、江戸湾の波を切り裂くようにして、突き進んだ。

権造と天松は、おのおの帆を風向きに合わせて精妙に操り、舵《かじ》を巧みに取って江戸湾を横断し、袖ヶ浦の入江に接近していった。

日本橋川の木更津河岸《きさらづがし》からは木更津に乗合船が出ていた。むろん日中、波が穏やかな日を選んでだ。

深夜、月明かりで往来する船影はどこにもなかった。

「総兵衛様、海から見る袖ヶ浦は陸を辿《たど》って見た風景とはだいぶ違いますな」

案内方の北郷陰吉が自信なさげに呟《つぶや》いた。

「陰吉の父《とっ》つぁん、どこぞ別の入江だったかなどとまさか言わないでしょうな」

天松がその呟きに応じた。

「手代さんよ、右手に切り立った岩場が突き出しておろう。あの岬の南側に回り込んだ辺りと思うがな」

陰吉は陸から見た江戸湾を思い出そうとする体でいたが、

「やっぱりあの辺りだ。頭、あの岬を回り込んでくれないか」

と坊主の権造に願った。

「あの少し先に行くと木更津じゃ、さらにその先に江戸湾に大きく富津岬《ふっつ》が突き出ているぜ、まずは見間違うことはあるめえ。木更津の浜は遠浅でよ、浅蜊《あさり》が採れる。となると大きな船は近付かない。陰吉の父つぁんが指差した辺りが異国から来た帆船が隠れていそうな場所だよ」

と陰吉の記憶を支持し、

「天松よ、舳先《へさき》に立ってよ、海中から突き出した岩根をしっかりと見ているんだぜ」

と命じた。

大黒屋の荷運び頭の権造は、本来、川船の船頭だ。だが、江戸湾口にある深浦の隠し湊《みなと》に通うために、船足の速い琉球型小帆船の扱いを池城一族の幸地達高《こうちたっこう》から習っていた。今では江戸湾を、

「自分の庭」

のように熟知していたし、琉球の船体の細い帆船の扱いにも習熟していた。

袖ヶ浦付近は対岸の深浦ほどの高く切り立った崖《がけ》ではないが、それでも衝立《ついたて》のような岩場が続いていた。

朝が白み始め、権造が岩場の様子を何度も確かめたあと、

「大きな船を隠すとするとこの辺りだな」

と小型帆船の進入路を決め、天松に、

「頼んだぜ、波の下に隠れた岩にぶつかるとよ、この船は木端微塵《こっぱみじん》に砕けて、波間に投げ出されるからよ」

と改めて注意して、岩場の水路へと慎重に船を進め、天松が、

「右前方、岩場あり」

とか、

「左半丁（約五〇メートル）先の岩場に洞窟《どうくつ》あり、頭、波が複雑に巻いてますよ」

などと指示を出しながら切り立った岩場の奥に入り込むと、とある入江が広がって見えてきた。

「総兵衛様、この入江に間違いありませんよ。あれ、異国の帆船が消えていやがる」

その入江には安南帆船の姿はなかった。また上陸できそうな浜もなく、集落も見えなかった。

「深浦の連中がいるぞ」

と天松が入江の一角を差した。

総兵衛らを乗せた琉球型小帆船は入江を左から右に進んでいたが、総兵衛らの船を見付けた深浦の琉球型小帆船が方向を転じて接近してきた。

その舳先には使いに出た田之助が立ち、なんと京で別れた柘植満宗《みつむね》、新羅三《しらぎ》郎、信楽《しがらき》助太郎ら柘植衆が乗り込んでいた。

総兵衛は伊賀《いが》の加太《かぶと》峠から駿府《すんぷ》の鳶沢村に一族の引っ越しを終えた満宗らが深浦にまでやってきていたかと、胸を撫《な》で下ろした。

古着大市の警護に柘植衆の手を借りようと考えて、田之助を深浦に派遣したものの、三日後に迫った古着大市に間に合うかどうか案じられた。なんとか目《め》処《ど》が立ったと総兵衛は安堵《あんど》したのだ。

総兵衛は満宗らに再会の会釈《えしやく》を送り、満宗らも総兵衛に低頭して応《こた》えた。

「陰吉の父つぁん、やはりこの入江で間違いないか」

と田之助が叫び、

「ああ、間違いない。だが、船がいない。どこぞに潜んでいないか」

「陰吉の父つぁん、この入江を見てみよ。大黒丸ほどの大きさの帆船が隠れる場所があるものか」

最前から入江の中を遊弋《ゆうよく》して異国船を探してきた様子の小帆船から田之助が応じた。

「総兵衛様、わしは確かにこの浜の入江で異国の船を見ましたぞ、間違いなく」

陰吉が言い張った。

「陰吉の父つぁん、だれもそなたが見間違えたなどとは言うておらぬ。だがな、そなたが安南の連中に気付いたように、相手もそなたが尾行しておることを察しておったようだ。わざわざ陸路組に江戸湾沿いの道を歩かせ、この入江まで連れてきたのではないか」

「くそっ、してやられたか。もう少し近くで様子を見ればよかったか」

「いや、あの者たちに近付かなかったゆえに命があるのだ、有難く思うたほうがよい」

「わしが帆船を見つけたというので、総兵衛様の昔の仲間は異国に戻ったのでしょうか」

「いや、そうではあるまい。どこぞに船を移したのであろう」

と答えた総兵衛が、

「船を岩場に寄せてくれぬか。陰吉がこの入江を眺め下ろした場所に上がってみたい」

との命に権造が舵を巧妙に操り、小帆船を寄せた。

陰吉と弩《ど》を手にした天松がまず岩場に飛び移り、総兵衛も上陸し、二隻《せき》の小帆船の者たちに命じた。

「そなたらは船にて待て」

陰吉が岩場に付けられた崖道を伝い、切り立った崖の上に総兵衛を案内していった。途中に洞窟があって、焚火《たきび》をして煮炊《にた》きをした跡が見えた。

総兵衛が火の扱いようを調べていたが、

「やはり和人ではない」

と呟いた。

切り立った崖地に上がった総兵衛らの頬を朝の風が撫でていく。崖の上から江戸湾が見下ろせた。遠くに江戸も望めた。だが、富津岬によって鳶沢一族の船だまりの深浦の辺りは見えなかった。

「やっぱりここだ。ここからわしは下を覗《のぞ》いて異国の帆船を見た」

と陰吉が崖の端に立って二隻の琉球型小帆船が入江をゆっくりと旋回している風景を眺め下ろしていたが、

「うむ」

とふいに辺りを見回した。

遠く崖の一角に小さな人影が立った。

「やっぱりいたぞ」

と陰吉が言い、総兵衛が、

「そなたら、ここにて待て」

と陰吉と天松の二人に命じると、その人影に向ってゆっくりと歩いていった。

一方、小さな影は色鮮やかな衣装を風に翻《ひるがえ》して総兵衛のほうへと歩いてきた。

崖上の、ほぼ真ん中で二人が足を止めた。二人の間には三、四間（六メートル前後）の空間があった。

「あやつの配下の者がこの崖に隠れておるぞ、もそっと寄らんでよいか」

と陰吉が天松に言った。

「総兵衛様の命は絶対じゃ、陰吉の父つぁん」

と天松が応じて、二人の話合いを注視した。

異国の言葉が天松と陰吉の耳に届いた。

長い話合いになった。その様子や雰囲気から総兵衛と小柄な男には身分差があるように思えた。

総兵衛が小柄な男を短くも叱責《しっせき》した。だが、小柄な男は顔を横に振り、総兵衛は、平静に戻した声で何事か命じると懐《ふところ》からククリ刀を取り出し、男の足元の影に向って投げた。そして、くるり、と背を向けて天松と陰吉の待つほうへと歩いてきた。

その瞬間、崖上に殺気が満ちて天松は弩を構え、陰吉は薩摩《さつま》の密偵が使う忍び小刀を手にした。

総兵衛の片手が天松と陰吉を制して入江に向い、二人は総兵衛の背後を固めて後ろ向きに後ずさりしていった。そして、いつしか小さな人影も崖上から姿を消していた。

二

「佃島の船だまりに向う」

と入江に下りた総兵衛は、二艘《そう》の琉球型小帆船の船頭たちに短く命じた。

帰路の船中で総兵衛は一切口を開かなかった。

また陰吉たちも総兵衛に問おうとはしなかった。なんとなく察せられたのは、総兵衛に新たなる危難が降りかかっているということだった。

二艘は、袖ヶ浦から帆に順風を受けて、一刻《とき》(二時間)足らずで佃島の大黒屋の船だまりに到着し、全員が荷船に乗り換えて大川河口へと目指した。

佃島で船を乗り換えた折、総兵衛は京で別れた柘植満宗、新羅三郎、信楽助太郎の三人を同じ船に呼び寄せた。

「伊賀から駿府への一族総引っ越しは無事に終えましたか」

と尋ねる総兵衛の顔はいつもの穏やかなものに変わり、声音も平静に戻っていた。

「津から江尻《えじり》への船中、婆様《ばばさま》が一人身罷《みまか》りましたそうな。いえ、さよ婆は元々病持ちにて、独りで伊賀に残ると申しておりましたが、われらが出立する日に考えを変え、子や孫に見守られて死にたいと、親父《おやじ》に願うたのでございます。遠州灘《えんしゅうなだ》に差し掛かった折、望みどおりに大勢の家族に手を握られてあの世に旅立ちました。致し方ないことでございました。その代わりというてはなんですが、孕《はら》んでいた私めの嫁が三人目の子を久能山が見える沖合で産み落としましたそうな、同行していた親父が久能山に因《ちな》んで久三郎《きゅうざぶろう》と名付けました」

と満宗が引っ越しの模様を報告した。

「一族郎党が全員で引っ越しするのです、難儀な船旅であったでしょう」

「いえ、深浦から帆船二艘を津まで派遣して頂きましたゆえ、女子供年寄と荷を船に乗せ、われら男衆《おとこし》だけが身軽になって津より駿府の鳶沢村まで徒歩《かち》道中でございましたゆえ、当初考えたより随分と楽でございました」

「それはよかった」

「われらが鳶沢村に到着した折、江尻の船隠しに一艘だけ大黒屋の船が残っておりまして、親父と相談の上、それがしが頭分となり、働き盛りの三十三人の柘植衆を深浦まで運んでもらい、江戸のお店《たな》にその後の行動を仰ごうと思うていた矢先に、田之助さんが深浦に見えて、こたびの変事を知りましてございます。総兵衛様、深浦に残りの三十人の柘植衆が待機しております。いつ何時にても出陣できまする」

「ふっふっふ」

と総兵衛が笑い、

「満宗、富沢町が直面する大事は、差し当たって古着大市を無事開催し終えることです」

「となりますと、われら、刀を外して商人姿で古着を売りますか」

「いきなり柘植衆が古着商いもできますまい。古着大市には万余の客が詰めかけます。満宗、そなたら三十三人は客の誘導やら、掏摸《すり》、盗難などが横行せぬように警護方を務めて下され」

「おお、それなればできそうです」

「江戸町奉行所の役人衆、富沢町と柳原土手の世話方の下で動くことになります」

「えっ、われら、伊賀の加太峠で山賊の稼ぎをかすめて生きてきた一族ですぞ。

江戸に出て、町奉行所の役人といっしょに奉公しますか」

「所変われば品も変わります」

「いかにもさようです」

荷船は大川の最初の永代橋を潜《くぐ》った。

「三郎、ここが江戸か。家並みがどこまでも続いておるぞ」

信楽助太郎が驚きの声を上げた。

「えらく武張った屋敷が並んでおるぞ。加太峠とも京ともだいぶ違うぞ」

「助太郎、加太峠と江戸がいっしょになるものか。江戸は三百諸侯の江戸屋敷があるゆえ、かように武張って見えるのであろう」

と満宗が答えながら大川の両岸を見回した。

「右岸と左岸では景色が違いますな」

「こちら岸は深川、本所と呼ばれる一帯で、武家屋敷も多少あるが、多くは町屋です。その反対の左手には千代田城を中心に武家地が広がっておるゆえ、雰囲気が全く異なります」

「総兵衛様、大黒屋はどちらにあるのでございますか」

「お城のあるこちら側ですよ」

総兵衛が西の方向を差した。すると千代田城の甍《いらか》が松の間に見えた。

長さ百二十余間（二〇〇メートル強）の永代橋を潜った荷船は、大川の右岸に近付き、本流を避けて中洲《なかす》に隔てられた分流に入ったかと思うと、入堀へと左折していった。川口橋、組合橋を抜ける間、堀の両岸は、大名屋敷が続き、入堀から各大名家に船が出入りする堀留が口を開いて、江戸が、

「水の都」

であることを示していた。

右手の北側には山吹井戸、左手の堀留の難波町河岸《なにわちょうがし》を過ぎると、がらりと風景が変わった。北側は武家地であることに変わりはないが、大名家に旗本屋敷が混在し始め、その先は久松町など町屋と接していた。

南側は、明暦の大火以前は旧吉原があった界隈《かいわい》で、その先にいくと二丁町と呼ばれる芝居町が広がっていた。そして、急に両岸に古着大市の最後の仕度に追われる町並みが見えてきた。

柘植満宗が、

「ご免なされ」

と船頭の権造に許しを乞《こ》うて、荷船に立ち上がり、流れの左右を眺めていたが、栄橋の左手に聳《そび》える黒漆喰の総二階造りを見て、

「あの建物が大黒屋にございますな」

と総兵衛を振り返った。

「満宗、いかにもさようです」

「古着問屋とはどのような店構えかとあれこれ想像してきましたが、それがしが考えてきた構えと全く別物にございますぞ」

「この町に入れば柘植満宗は消え、そうですね、満宗とでも名を変えた商家の奉公人の顔に変わらねばなりません」

との総兵衛の言葉に、

「私は大黒屋の奉公人の満宗にございますか」

「三郎と助太郎も、姓さえとればそのままの名でようございましょう」

栄橋では棟梁《とうりょう》の隆五郎が橋の傷《いた》んだ箇所の補強をしていた。そして、大黒屋の船着き場に荷船が寄っていき、

「お帰りなさいませ、総兵衛様」

と四番番頭の重吉らが総兵衛の帰りを出迎えた。

その中には柘植衆の七郎平や次郎がいて、無言で挨拶《あいさつ》を為《な》したので、緊張していた満宗らも安堵《あんど》の表情に変わった。

「満宗、そなたらの世話は七郎平が見ます。あとで改めて奉公人に紹介しますでな」

と言い残した総兵衛が船から降りて河岸道に上がり、古着大市の仕度に忙しい人々の挨拶を受けながら店に入った。

すると帳場格子《ごうし》から大番頭の光蔵が出迎え、総兵衛は仕入れに来ていた担《かつ》ぎ商いらに挨拶をしながら三和土《たたき》廊下の奥へと姿を消した。

離れ屋に入った総兵衛は仏間に入り、己の気持を鎮《しず》めるように先祖の位牌《いはい》の前に手を合わせた。

光蔵が姿を見せ、おりんが茶を運んできた。

「いかがでございました。異国からきた帆船に遭うことができましたか」

総兵衛の顔色をどう読み取るべきか迷いながら光蔵が尋ねた。

「袖ヶ浦の入江にはすでに帆船の姿はありませんでした」

「北郷陰吉の父《とっ》つぁんが見た帆船はどこぞに姿を消していたのですか」

総兵衛は陰吉に従い、入江に到着した前後のことを二人に告げた。

「異国の帆船の代わりに深浦の船がおりましたか」

「総兵衛様、異国の船は江戸湾を去り、異郷に戻ったのでございましょうか」

光蔵が言い、おりんが訊《き》いた。

総兵衛はおりんが供した茶碗《ちゃわん》を手にすると、一口茶を喫した。

「いや、おりん、帆船は江戸湾の別の地へ居場所を変えたのです。陰吉が尾行してきたことを彼らは気付いておったのです」

「おや、薩摩の密偵だった陰吉親父を騙《だま》しましたか」

「陰吉一人を迷わせるくらい、安南の地に暮らしてきた和人にもできます」

「なんと申されましたな、安南からの帆船でございましたので。ならば総兵衛様を頭に仰ぐ今坂一族の方々でございましたか」

いいえ、違います、と総兵衛がきっぱりと否定して、もう一口喉《のど》を潤《うるお》すとこう言い切った。

「やはりイマサカ号と大黒丸が交趾に姿を見せたことに刺激を受けた現安南政庁の者たちが差し向けた帆船でした」

「なんのために和国に安南船を差し向けたのでございましょうな」

「大番頭さん、いくつか理由があります。まず第一には、グェン・ヴァン・キが生きておることを確かめるためです」

「総兵衛様が、いえ、グェン・ヴァン・キ様が生きていては不都合なのですね」

とおりんが質《ただ》し、総兵衛が頷《うなず》いた。

「グェン・ヴァン・キがただ今の安南政庁を脅《おびや》かす存在だと彼らは見做《みな》しているのです。グェンが生きていること自体が彼らには脅威なのです。昨日もいいましたが、われら一族を追い立て、ただ今の安南政庁を築いた政権は安定しておるとは言い難いのです。新たなる勢力が勃興《ぼっこう》すれば、たちまち壊滅しましょう。その上に政権内部も決して一枚岩ではありません。そんな最中《さなか》に、政変の折、北の海へと姿を消した今坂一族を乗せたイマサカ号が姿を見せたのです」

「予想はできます、大騒ぎでございましょうね。ですが、イマサカ号と大黒丸は交易に立ち寄っただけです」

「おりん、相手はそうは考えますまい。イマサカ号がもう一艘《そう》の仲間の帆船大黒丸を従えてツロンに姿を見せ、林梅香師や私の弟らが今坂一族の残党とつなぎを付けようとしたのです」

「当然、ただ今の安南政庁の面々は二艘の帆船渡来の意図は政権奪回かと疑いましょうな」

「それを察したゆえ仲蔵、信一郎らはわが一族三十余人をイマサカ号と大黒丸に加えただけで交趾を急ぎ去り、さらに南に向ったのです」

「そこで安南政庁の方々は、グェン・ヴァン・キ様が現在、どれほどの力をお持ちになっておられるかを探るため、和国に和人を送り出したのでございますな」

さようです、と総兵衛が答え、

「袖ヶ浦にて和人の頭分、ホイアンの日本人町に住み暮らしてきた川端次郎兵衛どのと会いました。ホイアンの川端一族は今坂一族ほどの勢力はありませんでしたが、われら二族はつかず離れずの関わりを持ち、その折々の政庁の下で務めに励み、異郷で生き抜いてきたのです。一年余前、われら今坂一族が政変で追われた折、現政庁側に従ったのが川端一族でした。その功もあって川端一族は現政庁の中で、以前今坂一族が担《にな》っていた役目や地位を得ておるようです」

「そこへ今坂一族の持ち船のイマサカ号が姿を見せたとなると、川端一族もすわ反撃に来たかと大騒ぎになりましょう」

とおりんが推測した。

「そういうことです、おりん」

「総兵衛様と川端次郎兵衛様は虚心坦懐《きょしんたんかい》に話し合われたのですね」

「話し合いました」

「川端様には、もはやグェン・ヴァン・キは存在せず、和国の江戸で古着問屋あるいは交易商人の大黒屋総兵衛として生きていく道を選んだことを信じて貰《もら》えましたか」

総兵衛はおりんの問いにしばし答えず、考えをいま一度確めるように沈思した。長い沈黙であった。

「現政庁が派遣した帆船には、川端次郎兵衛どのら和人だけが乗っておるわけではありません。お目付役として現政庁の役人の安南人も乗船しておるそうな。次郎兵衛どのは一月余の監視で私が、グェンを捨て、総兵衛になったことを半ば信じたようです。ですが、安南人を信じさせるまでには至らなかったようです。ために陰吉をわざわざ尾行させて、帆船が隠れ潜む袖ヶ浦の入江へと導いたのです」

「その結果、二人だけの話合いが行われたのですね」

「おりん、さようです」

「川端次郎兵衛様方は、この一月余り、富沢町を監視してこられました。また江戸を留守にされていた総兵衛様一行が京から戻られた折も見張っておりました。ゆえに総兵衛様の決意をお分り頂けましたでしょうな」

光蔵の問いに総兵衛が頷いた。

「最前も申した。安南からの帆船には安南人のお目付役が乗り込んでおる。彼らはグェン・ヴァン・キが大黒屋総兵衛という商人に変わったのは、見かけだけではないかと思うておるそうな。当然であろう、和国と違い、安南の地は異人に支配され、占領された歴史の繰り返しです。人を騙し、騙される国情です。そう簡単には信じますまい。とはいえ、全く信じてないわけでもない」

「疑心暗鬼になっておるのでございますか」

「大番頭さん、いかにもさようです」

「安南政庁のお目付役にグェン・ヴァン・キがもはやこの世に存在せぬことを信じてもらうには、どうすれば宜《よろ》しいのでしょうか」

おりんが困惑の表情で総兵衛を見た。

「川端次郎兵衛どのは、二日後に催される古着大市の様子を見届けるそうです。古着問屋、大黒屋の力と十代目総兵衛の性根を見定めるそうな。事と次第によっては騒ぎを起こすことも考えておると川端次郎兵衛どのが言われました」

「なんということが」

「ただ反対にグェン・ヴァン・キはもはやおらぬと信じる可能性もありましょう」

「その折は、彼らは安南に素直に戻るのでございましょうか」

「空荷で戻ることはありますまい。グェン・ヴァン・キと呼ばれた男はもはやおらず、大黒屋総兵衛として生きておる証《あかし》を欲しがりましょうな」

「金子《きんす》にございますか」

「いや、ただ今の安南政庁を支えることになるような交易を望みましょうな」

「私どもにとっても悪くない話ではございませんか」

と光蔵は光が見えたという顔をした。

「交趾に交易の拠点を置くことは悪いことではありません。イマサカ号と大黒丸は交趾に交易の拠点を設けることなく南国へと向ったわけですからな」

「総兵衛様、懸念《けねん》がございますか」

とおりんが質した。

「川端次郎兵衛どのが私にすべてを話したわけではありません。また安南人のお目付役がなぜ私と会うのを避けたか、そのことがいささか気になります」

「と申されますと」

「糸屋楽左衛門の背後に控えていたはずの人物と安南船一統とが、接触があるのかないのか。あるとすれば安南人の考えに乗るのは大黒屋にとって危険なことかもしれません」

「気がかりではございますな。ただ川端次郎兵衛様は和人の血を引いておるとはいえ、何百年も異郷に暮らしてこられた和人です。そのようなお方が幕閣のどなたかと、つながりを持つというのは至難なことでございましょう」

「大番頭さん、私の場合は六代目総兵衛様との血の絆《きずな》により、かくの如《ごと》く大黒屋と鳶沢一族につながりを持ち得ました。またそなたらの力添えにより頭領の地位に就くことができ、大目付の本庄義親《ほんじょうよしちか》様とも南北町奉行とも親しい交わりができました。川端次郎兵衛どのにはさような助勢はないと思える」

「ならば、こたびの安南船渡来は、糸屋の騒ぎとは無縁と考えられませぬか」

「考えたい」

と総兵衛が言い、

「気になりますか、総兵衛様」

「安南国交趾は古《いにしえ》より交易の拠点です。ゆえにどのような国と土地につながりがあるのか、私とて全《すべ》てを承知しておるわけではありません。ただ、今の安南政庁の要人の一人が唐人を通じて、長崎と関わりを持っているなどということは容易に考えられます」

おりんは、いつも大らかな総兵衛が神経過敏になっていると思った。そして、総兵衛の出自を考えたとき、慎重にならざるを得ないことも理解できた。

グェン・ヴァン・キと大黒屋総兵衛こと鳶沢総兵衛勝臣《かつおみ》は、表裏一体の貌《かお》だった。その貌のどちらを見せるかによって、安南では危険な人物となり、また別の顔をとったとき、江戸幕府の下では表立って生きてはいけぬ宿命を負わされていた。

「川端どのの話によれば事実、安南船は長崎に立ち寄り、江戸事情を探った上で江戸湾に船を入れておるのです」

「総兵衛様、古着大市開催まで残り二日にございます。なんぞ打つ手はございましょうか」

「大番頭さん、そなたはすでに答えを持っておられよう」

「有力な手立てはございませぬな」

「古着大市の間、小さな騒ぎ一つ起こさせてはなるまい。大黒屋と総兵衛の力を川端次郎兵衛どのと安南のお目付方に見せつけるのはそれしか方策がない」

「これまで以上に警備が大変でございます」

「おりん、一つだけ、私どもに天が味方しました。柘植衆三十余人の面々がすでに深浦に控えておる。それを隠密《おんみつ》の警護隊として、こたびの古着大市の間、働いてもらう」

「それは心強い援軍到来でございますな」

と光蔵の顔が和んだ。

「表の警護はあくまで南北両奉行所のお役人衆です。ですが、陰に回っては柘植衆が動きます」

「総兵衛様、柘植衆は富沢町ばかりか江戸の地理に不案内にございます。なんぞ考えませぬと存分に力を発揮できぬかと存じます」

「そこです。柘植衆を四つの組に分け、組頭は柘植満宗となされ。一組から四組のそれぞれ一人ずつ小頭を決め、小頭の案内役として天松、百蔵《ひゃくぞう》の倅《せがれ》の千吉、小僧の新三をそれぞれつけよ」

「一人足りませぬな」

「柘植衆を今宵《こよい》にも呼び寄せる折、深浦より小僧の忠吉《ちゅうきち》を呼び寄せ、案内方を命じなされ。あやつはこの界隈《かいわい》の地理に精通しておる」

「分りました」

と光蔵が立ち上がりかけた。

「明朝六つ（六時頃）前、新たに加わった柘植衆を含めてすべての鳶沢一族を本丸大広間に参集させてくれぬか」

「相分かりました。早速手配に掛かります」

と光蔵が店へと急ぎ足で戻っていった。

総兵衛が小さく吐息を洩《も》らした。

おりんは聞かぬつもりであった。だが、偶然にも総兵衛と視線が合ってしまい、思わず問いかけた。

「総兵衛様、他に気がかりなことがあるのではございませんか」

うむ、とおりんを見た総兵衛が、しばし沈思し、首を横に振った。

「おりんがさようにも信頼できませぬか」

「そうではない、そうではないが」

と口を閉ざした。

黙礼をしたおりんが空の茶碗《ちゃわん》を盆に載せた。

「政変の中で死んだと、殺されたと思われていた母が生きておる」

と総兵衛の口からその言葉が吐き出された。

「なんということが」

「母は足に怪我《けが》を負うて、体が不自由になったそうだが、今もかの地で生きておるそうな」

前安南政庁の重臣だったグェン・ヴァン・キの母親がかの地で今、どのような暮らしをしているか想像に難くなかった。

「母御様を安南からこちらに連れてくる途《みち》はございませぬか。うちはイマサカ号、大黒丸の交易船団を保有しております」

「まず安南船にグェン・ヴァン・キは消えたことを信じさせ、手土産を持たせて安南に返すことしか、母がかの地で生きていく手立てはあるまい」

「ならば、なんとしても古着大市を成功させて大黒屋総兵衛様の力を改めて江戸の内外に明らかに示すことでございます。母御様をこちらにお連れするのはその先にて考えることにございましょう」

とおりんが言い切った。

三

江戸時代、春の衣替えは四月一日としてきた。

富沢町と柳原土手が合同で行う三度目の古着大市は、衣替えを前にした三月末の三日間行われた。刻限は両奉行所と相談し、改めて五つ半（午前九時頃）から七つ半（午後五時頃）とした。

初日の未明、大黒屋の通用口から甲斐《かい》、さくらを引き綱で引いた天松、だいなごんの二人が姿を見せて古着大市の開かれる会場をゆっくりと見回りながら、二頭の犬に用を足させた。

栄橋より一つ下流の高砂橋を渡ったとき、東の空が白々と明けてきた。

「天松さん、今日は上天気だよ」

「だいなごん、古着大市に雨風なし、今日も上々吉お墨付きの日本晴れと決まってます」

「客が詰めかけるというが、おれが腰を抜かすほど来るかね」

「だいなごん、迷子にならぬよう気を付けることだ」

天松がだいなごんに注意した。

さくらは新参者のだいなごんを世話方の一人として少しは認めたらしく、だいぶ大人しくなっていた。

橋の下流にはすでに厠船《かわや》が待機していた。品物の運び込みが終った刻限を見て、入堀の要所に分かれて係留されることになっていた。

高砂橋辺りを浜町と呼ぶ。その対岸の橋の北詰に越前《えちぜん》勝山藩と信濃《しなの》小諸《こもろ》藩の下屋敷があった。今日からこの界隈が賑《にぎ》やかになることを、光蔵ら世話方が付近の武家屋敷に挨拶《あいさつ》して廻り、許しを得ていた。

勝山藩小笠原家の門番が通用口から姿を見せ、掃除を始めた。

「お早うございます。本日から三日ほど屋敷の表を騒がせますが、宜しくお願い申します」

天松が挨拶すると、

「古着大市がいよいよ始まるか、夏じゃな」

と門番も挨拶を返してきた。

二人と二頭の甲斐犬は入堀沿いに栄橋へと戻り、栄屋に立ち寄った。すると九輔に引かれた信玄が飛び出して来た。栄屋でもすでに四番番頭の重吉を筆頭に朝の光の中で河岸道から栄屋裏の明地の掃除を始めていた。

重吉が挨拶した九輔らに、

「三人してお犬様のお散歩ですか」

「番頭さん、甲斐、信玄、さくらは並みのお犬様ではございませんよ。そのうち必ず大手柄を立てますって」

と天松が答え、

「期待していますよ、天松。ともかく区割りの済んだ明地を最前も回ったが異変はありませんよ」

と重吉が応じた。

天松が栄屋の庭と母屋《おもや》があった明地を見ると二棟の外蔵の白壁の上に朝の光が映え、お稲荷《いなり》様の赤い鳥居が輝いていた。

庭の真ん中の紅葉の老樹は青紅葉が一段と鮮やかだった。

「総兵衛様があの紅葉を残されたのはご英断でした。大黒屋裏手の明地にも銀杏《いちょう》の大木があってお稲荷様がおられます。必ずやこの栄屋の明地にも大勢のお客様が詰めかけて商売繁盛《はんじょう》間違いなしですよ」

と重吉が言い切った。

甲斐犬の散歩を兼ねた見回りが終った時分には、柳原土手の世話方が大黒屋に姿を見せて、

「本日から三日宜《よろ》しくお願い申します」

と挨拶した。

「浩蔵さん、なによりの日和《ひより》でようございました」

と光蔵が応じて、

「これまで二度の古着大市も晴れ続き、こたびも大丈夫ですよ」

とこちらでも上天気を請け合ったものだ。

富沢町界隈が爽《さわ》やかな日の光とともに蘇《よみがえ》り、古着大市の最後の仕度が始まった。

その刻限、総兵衛は、鳶沢一族の本丸の大広間で初代鳶沢成元《なるもと》、六代目の鳶沢勝頼《かつより》の木像に向き合って座禅を組んでいた。

これから三日間の成果が遠く交趾の地にある母の運命を変えることになるやもしれなかった。だが、もはやここまできたら古着大市を成功に導くことに専念するだけだ。

商い繁盛と平穏な運営を心に誓って瞑想《めいそう》を終えた。

一階の仏間に戻った総兵衛は鳶沢一族の長《おさ》ではなく大黒屋の主《あるじ》の顔に変わり、仏壇に灯明を上げ線香を手向《たむ》けた。

庭の一角から甲斐犬たちの吠《ほ》え声が聞えてきた。餌《えさ》を与えられて喜ぶ吠え声であった。ということは会場に異変がなく朝が明けたということだ。

「お早うございます」

光蔵が早刷りの読売を手に姿を見せた。

「どの読売も古着大市のことを真っ先に大きく書き立ててくれました。私どもが考える以上に古着大市への関心が江戸町民の間で広まっておるということでございましょう。坊主《ぼうず》の頭が舟で川口橋外まで見回りに行ったそうですが、江戸の外から買い出しにきた人々の舟が何十隻《せき》と舫《もや》ってございましてな、苫《とま》を葺《ふ》いた下で眠っておられるそうですよ」

「買い物に徹夜ですか。なんとも有り難いことです。風邪など引かれぬとよいですがな」

「いえ、徹夜してあれこれとお喋《しゃべ》りするのも買い物の楽しみなんでございますよ」

古着大市の三日間、入堀は荷運びの舟以外の立ち入りは禁じられていた。荷運びの舟も荷を下ろしたら即刻大川へと退去することになっていた。むろん町奉行所の御用船は別だった。そして、厠船の他に医師を乗せた船が栄橋下に待機して、人混みや暑さでのぼせた人などの治療にあたる仕度になっていた。

「町奉行所の売り立ての品はもはや栄屋に届いておりますか」

「昨日の内に届き、ゆうべ坊城桜子《ぼうじょうさくらこ》様や骨董《こっとう》商がおよその値を付けてございます。本日は坊城麻子《あさこ》様自ら店に立たれるそうです」

「中納言《ちゅうなごん》家の麻子様自ら売り子になられるとは恐縮です。あとで挨拶に参ります」

と総兵衛が答えたとき、庭に大勢の人の気配がした。

四つの組に分けられた柘植衆と案内方が大黒屋の揃《そろ》いの法被《はっぴ》を着て緊張の面

持ちで並んでいた。

「総兵衛様、古着大市の警護組にございます。ご謁見《えっけん》願えますか」

警護組の組頭柘植満宗が願った。

「古着問屋の主にご謁見は大仰ですね」

と笑った総兵衛が縁側に出ると、一の組から四の組までの顔を見回した。

一の組の小頭は新羅三郎で、案内方として信玄を伴った天松が任にあたり、三郎の隣りに立っていた。二の組の小頭は信楽助太郎、案内方は深浦から呼び戻された小僧の忠吉だった。三の組は柘植衆の彦九郎、案内方は担《かつ》ぎ商いの百蔵の倅《せがれ》の千吉だ。

最後の四の組は柘植衆の猟師伍作《ごさく》の倅冬助《とうすけ》、案内方は小僧の新三だ。これら四つの組の下にそれぞれ七人の柘植衆が配属されていた。

「これから三日の古着大市の開催の間、お客様が楽しんで買い物が出来るように掏摸《すり》、置き引きなど、一人として見逃してはなりませぬ。また大勢の人出に揉《も》まれ、陽気のせいで気分を悪くする人も出るかもしれません。その折はお医師を待機させた船へと速やかに運んで下され。さらに思わぬ事態が発生するやも知れません。どのような事態にも迅速丁寧に対応しなされ。判断のつかぬことは小頭に、それでも駄目なれば組頭の満宗に相談して下され。満宗の判断は、この総兵衛の判断と思うて、従いなされ」

と総兵衛が警護組の役目と目的を話し、

「なんぞ聞きたいことあらばこの際です、お聞きなされ」

と警護組を見回した。

柘植衆を始め、案内方まで畏《かしこ》まったが、

「総兵衛様」

と声を上げた者がいた。

「おや、忠吉でしたか。久しかったな」

「そんな挨拶はねえと思うな。江戸の湯島天神育ちの忠吉を深浦なんて海臭いところに置きっぱなしにしてさ、総兵衛様は京見物だったたってね」

忠吉の発言に信玄を連れた天松が眼を剝《む》いて、

「こら、忠吉、だれがさような口を利《き》けと言われた。総兵衛様は警護組について知りたいことを問えと申されたのだ」

「おや、天松兄い、いつから総兵衛様の通詞になったえ。おれは総兵衛様にお話し申し上げているんだよ」

と深浦に置いておかれたことが堪《こた》えたか、鬱憤《うっぷん》を晴らすように天松にも応じた。

「おのれ、小僧の分際で」

と天松が拳《こぶし》を振り上げた。

「待て、待ちなされ、天松」

と天松を止めた総兵衛が、

「大黒屋小僧の忠吉、そなた、深浦にてお香より手習い礼儀作法、言葉遣い、商いの基《もとい》を習いませんでしたか」

「習ったよ」

総兵衛はおこものちゅう吉が大黒屋の小僧の忠吉に変身するために深浦にて修業をさせるように大番頭の光蔵に命じて京に出立していた。

その間に忠吉は数奇な運命を経験してきた美少女の砂村葉《よう》と競い合うように勉学に励み、なかなか優秀な成績と知らされていた。

「なにが不満です、忠吉」

「不満なんかないさ。おれ、大黒屋のためにさ、あのその、別の仕事のためにもさ、働きたいんだよ。だから」

「江戸に戻してくれと申すか」

「うん、まあ、そういうことだ」

「ならばこの三日間の働きぶりを見ます。その結果次第で深浦に戻されるか、江戸店で奉公するかを総兵衛が決めます。よろしいか」

「へえ、いえ、はい、それで宜しゅうございます」

と忠吉が畏まって警護組の「謁見《まみえ》」が終った。

庭から警護組が消え、光蔵が未だ縁側に立つ総兵衛に、

「忠吉め、総兵衛様に甘えたかったようでございますな」

と笑いかけた。

いつの間にか大番頭の傍らにおりんが控えていた。

「物心ついて以来、この江戸にて独りで生きてきたのです、柘植衆に拾われただいなごんとは比べようもない過酷な暮らしをしてきたに相違ありません。深

浦では年寄女子供ばかりで、甘える機会もなかったのでしょう」

と総兵衛も苦笑いした。

「しばらく様子を見ますか」

「師匠がお香です、無駄な指導はしていますまい。どうですね、おりん」

「さあて、母の指導が甘かったとは思えません。お二人が申されるとおり甘えたかったのでしょう。されど忠吉さんは久しぶりの総兵衛様のお顔を見て、素直になりきれなかった。総兵衛様が大好きゆえ、天松さんが大好きゆえに、お二人の関心を引こうとして、わざとあのように素っ気ない言動を見せたのでございましょう」

「それでおこものちゅう吉時代の言葉をわざと使ってみせたか」

「そんなところではございませんか。江戸店に戻して大番頭さん方が睨《にら》みを利かせれば、一端《いっぱし》の大黒屋の奉公人にして、いささか変わった才の鳶沢の者が出来上がりましょう」

とおりんが言い切った。

総兵衛が最初の外回りに出たのは四つ（午前十時頃）の刻限だった。

古着大市が始まってわずか半刻《はんとき》（一時間）というのに富沢町界隈《かいわい》には何千人もの客が詰めかけていた。昨春の古着大市よりもはるかに出足が早く、女連れ子供連れが目立った。

「どなた様も古着大市にようお出《い》でなされました」

と大黒屋の店先で挨拶《あいさつ》すると、

「あら、総兵衛の旦那《だんな》、お久しぶりでございます」

と二丁町の年増《としま》女が声をかけてきた。

「おそめ様、毎度ご贔屓《ひいき》下さりありがとうございます。どうかうちばかりではのうて、古着大市のすべてを一日かけて楽しんで行って下さいまし。飲み物屋も食べ物屋さん方も腕を振るって皆様のお出でをお待ちしております」

「総兵衛様、三日とも通ってきますよ、おまえ様のお顔を拝みにね」

わあっ！

女子衆《おなごしゅう》が歓声を上げてざわめき立った。総兵衛はあちらこちらに黙礼しながら栄橋を渡ろうとした。すると南町奉行所の市中取締諸色掛同心の沢村伝兵衛

が竈河岸《へっついがし》の角蔵親分を連れて、

「橋の上では止まっちゃならねえ、南行は右側、北行は左側の一方通行を守ってくんな」

と声を嗄《か》らしていた。

「ご苦労に存じます。沢村様」

「おお、大黒屋か。お奉行直々にこたびの古着大市では騒ぎ一つ起こしてはならぬ、大黒屋の指示に従い、きっちりと働けと命じられてきておる」

とにっこりと笑った。無役同心から役付きになったのだ、そして、こたびの古着大市がいわば初陣《ういじん》であった。気の張りようが明らかだった。

「ご苦労に存じます。お互いこの三日頑張りましょうな。竈河岸の親分も沢村様を手助け願いますよ」

「分っているって。無役だと鼻もひっかけないお店がよ、急にぺこぺこし始めやがってよ、まるで掌《てのひら》を返したようだぜ」

「これから、沢村様にはあれこれと誘いの手が差し伸べられましょう。ですが、ここは一番用心が肝心でございますでな。下手なことをなしては元も子もございませんよ」

「分っているって」

赤鼻の角蔵も無役同心の沢村について歩いていたときの嫌味が消えていた。

栄屋の明地では古着の花が咲いて、真ん中に立つ青紅葉を爽《さわ》やかに浮かびあがらせていた。どこにも客がいて、

「私がこの縞物《しまもの》貰《もら》ったわ」

「あら、私が先に手にとったのよ」

と引っ張り合いをしていた。

「待った待った、お客さんよ。うちの品は二人が引っ張りっこしても直《す》ぐにひょろびり破れる品じゃないがね。女は愛嬌《あいきょう》、古着は丈夫ってね、この品はこちらに京下りの同じ品が揃えてございますよ。二人して仲良く持っていきねえ。一枚いくらで買うね、千両かえ万両かえ」

柳原土手の世話方の浩蔵が捩《ね》じり鉢巻きで二人の女客をいなしていた。買値の折り合いがついたのか仲良く女客が単衣《ひとえ》の縞物を買った。

「総兵衛様よ、こりゃ、昨年の春どころじゃねえ、初日で売る品がなくなるん

じゃねえかと本気で心配になってきたぜ」

「柳原土手の世話方に初日で店仕舞などさせて堪《たま》りますものか。浩蔵さん、うちに仕入れに来て下さいな。出し惜しみはしませんでな」

「おっ、その言葉を聞いてよ、欲が出てきたぜ。そ、そこの鯔背《いなせ》な兄さんよ、西国の久留米絣《くるめがすり》はどうだえ、粋《いき》な柄だろうが。兄さんの四角な面《つら》によく似合うぜ」

「抜かしやがれ」

と掛け合う声を聞いて総兵衛は稲荷《いなり》社に足を向けた。

古着大市の成功を祈願してのことだ。鳥居を潜《くぐ》り、小さな拝殿の前に立つと、総兵衛は居住まいを正し、瞑目《めいもく》しようとした。

すうっ
と冷たい風が吹いた。覚えのある感触が総兵衛の身を包み、薄黒い靄《もや》が拝殿を包んだ。

コンコンコーン
総兵衛だけに聞こえる低声《こごえ》で拝殿の前に対座する一対のお狐《きつね》様が鳴いた。

「妖術師《ようじゅつし》川端次郎兵衛どの、古着大市の間に悪戯《わるさ》を為《な》すなれば、われらも全力を挙げてそなたらを殲滅《せんめつ》いたす仕度はできておる」

「急がれるな、グェン・ヴァン・キ様。お目付方からの言付けに御座候《ござそうろう》」

古めかしい和語だった。

「聞こう」

「そなたの和国での生き方とくと拝見致す。三日目の古着大市が終った日の深夜、そなたらが九つ（零時頃）と呼ぶ刻限にこの明地にてそなたと一対一の面談をしたい、とのことじゃ」

「古着大市の間、悪戯はせぬ意と受け取ってよいな」

「よい。ただしわれらの眼は、そなたの言動の逐一に注がれておると察せられよ」

「承知仕《つかまつ》った」

と答えた総兵衛が、

「お目付方は、私が知るお方か」

「さあてな、わしの口からは申せぬ。明後日の夜を楽しみになされ」

と答えた川端次郎兵衛がコンコンコン、と鳴いて姿を消した。

総兵衛が栄屋の店を訪れたとき、店には南北両奉行所が押収《おうしゅう》した骨董品《こっとう》、書画、小物が並べられ、また総兵衛が京にて購《あがな》った財布やら化粧道具やら交趾から船に積んできた今坂一族の調度品、さらには南蛮骨董商の坊城麻子の貴重な品々が並べられて、元の炭問屋から、美術骨董を商う重々しくも華やいだ店の雰囲気に一変していた。

それには理由があった。

坊城麻子ばかりか桜子も手伝いに姿を見せており、親子で華を添えていた。折しも根付の収集品を、眼を細めて眺めている大身の武家に麻子が応対していた。一方、桜子はまた、京で仕入れた化粧道具を大家《たいけ》の母と娘が垂涎《すいぜん》の眼差《まなざ》しで眺めるのを微笑《ほほえ》みの顔で見ていた。

総兵衛に気付いた桜子が会釈《えしゃく》をした。総兵衛はまずお客方に一礼すると、

「麻子様、桜子様、直々のお手伝いを頂き、大黒屋総兵衛、恐縮至極にございます」

坊城親子に声をかけ、客の応対が終るのを待った。

またこの初日の朝、栄屋には大黒屋の大番頭の光蔵が手代の天松を従えて出張っており、店の内外に気配りしていた。さらに店の入口には、

「町奉行所売立て品」

の板看板が立てられ、その下に紅白の練り絹で縒《よ》られた首輪を付けられたさくらが小僧のだいなごんを従えて、招き猫ならぬ招き犬の役目を務めていた。栄屋の店はどの品も値が張るだけに警戒は厳重だった。さらに店構え、品揃《しなぞろ》えといい、坊城親子の存在といい、他の古着商いとは歴然と一線を画しており、古着が目当ての客は入ってこようとはしなかったが、多くの身なりのよい客が詰めかけ、

「この店は別格」

という雰囲気を醸《かも》し出していた。ために栄屋にだけは古着大市の喧騒《けんそう》の賑《にぎ》わいの中にあって特別な時が流れていた。

光蔵も池辺《いけのべ》三五郎の遺品、竿勘《さおかん》三代目作の名竿《めいかん》について、今しもそれが目当てで入ってきた大店《おおだな》の隠居然とした客に説明を始めていた。手代の天松が呑《の》み込んで奥に声を掛けると、すでに大黒屋の女衆《おなごし》の一員を務めるしげが新たな客

に茶を供した。

総兵衛は、栄屋の二階に天松が案内方を務める警護組が控えていることを承知していた。天松は階下におりて店内に警戒の気を配りつつ、あれこれと手伝いをしていた。

「だいなごん、どうですか」

総兵衛がさくらの引き綱を手に緊張の体で立つだいなごんに声をかけた。

「総兵衛様、おれ、このような人出を初めて見たぞ。それに江戸の人は、言葉も動きも威勢がいいな」

未《ま》だ商家の小僧の言葉遣いには程遠い、感嘆の体で応じたものだ。

もはや入堀界隈は立錐《りっすい》の余地もない客で埋め尽くされ、大勢の人々が発する熱気がめらめらと富沢町の空に立ち昇っていた。厠船《かわや》にもひっきりなしに下りる人たちがいて、

「こりゃ、便利だよ」

と子供に小便をさせた母親が婆様《ばばさま》にいう様子が眺められた。また南北両奉行所の同心たちが小者を従えて要所要所に控え、警戒にあたっているのが見うけ

られた。

すべて順調に古着大市は進行しているようだった。

総兵衛が安堵《あんど》の眼差しで混雑の様子を見ていると、光蔵が相手をしていた大店の隠居然とした客が竿勘三代目作の竿を買い求めたらしく、胸の前に大事そうに抱えて店を出ていった。

「有り難うございました」

と総兵衛が客の背に声を掛けると、

「読売が書いたせいで早速鮎《あゆ》釣り竿三本が売れましてございます。一本四十三両二分にて締めて百三十両二分の売り上げにございます」

と光蔵の声がして、総兵衛が振り向くと、にんまりと満面の笑みがあった。

「同心どのは死して名竿を残しました。さぞ池辺三五郎様もお喜びにございましょう」

と光蔵が言い切り、坊城親子の客もそれぞれが思い思いの品を買い求めて店を出ていった。

「総兵衛様、うちは初めてどすわ。かように賑やかな場所で商いをするのんはなかなか気持ちのええもんどすなあ」

と麻子が笑い、桜子が、

「江戸の町屋衆は金持ちどすな、値切りもせんと言い値で買い求めていかはりますえ」

とこちらも新鮮な体験か、悦《よろこ》びの顔であった。

「総兵衛様、わてらが考えていた以上の商いだすな」

と光蔵が上方弁で応じた。

若い折、大坂に修業に出された折に身につけた上方弁が出るときは光蔵の機嫌のよいときだった。

「総兵衛様」

と手代の天松が緊張の声をかけてきた。

「どうしなさった」

「川向こうをほれ、北町奉行の小田切直年様と南町奉行の根岸鎮衛《やすもり》様が肩を並べて巡察にございますぞ」

「こりゃ、初日から異例なこっちゃ」

と光蔵が慌《あわ》てた声を発し、総兵衛が橋向うに江戸町奉行二人を迎えに出ていった。

古着大市の初日の夕暮れ前、江戸じゅうに読売が売り出された。どの読売も一面に古着大市の様子を伝えた。いわく、

「古着大市初日万両の大商い」

とか、

「初日の人出、なんと万余を超す、富沢町は高笑い」

などと景気のよい言葉が並んでいた。

その夜、総兵衛は光蔵から大黒屋が直に関わった商いの報告を受けた。読売が無責任に書いた額とはいかぬまでも大黒屋と栄屋の売り立てから予測して、古着大市の総売り上げは五、六千両は考えられた。というのも初日の店仕舞いのあと、店を出した古着商のほとんどが大黒屋に新たな品物の補充を願ってきて、だれもがこの人出と買物ぶりの勢いに驚きを隠し得ない盛況だったからだ。

「総兵衛様、南北両お奉行様のご機嫌は大層麗《うるわ》しかったように存じましたがいかがですか」

「小田切様も根岸様も大変なお悦びで、大黒屋、明日も頼むぞと願われて奉行所に戻られました」

と応《こた》えた総兵衛が、

「大番頭さん、騒ぎの報告はありませんな」

「小競り合いやら、万引き如《ごと》き騒ぎはいくつかございましたが、この人出からすれば大過なく終ったと申せます」

「あと二日」

と思わず洩《も》らした総兵衛の言葉の中に光蔵もおりんも、不安を察して緊張を新たにした。

四

古着大市二日目も天気に恵まれた。

そのせいか初日に勝る人出で、車善七の支配下の厠船がなんども交替して、新たな厠船を入堀に浮かべた。

総兵衛は、この日、忠吉独りだけを供にして富沢町側を中心に歩き回って、商いが滞りなく行われているか見て回った。どの店もが汗だくの顔を真っ赤にして客を呼び込み、商いに励んでいた。だが、大きな騒ぎはどこにも起った気配はなかった。

南北両奉行所が肝いりの古着大市だ。出せるだけの与力同心、その支配下の御用聞きを投入し、さらに大黒屋、いや、鳶沢一族の警護組の他に北郷陰吉ら、密偵たちが市を見廻っているのだ。騒ぎが起きそうな気配はなかった。

富沢町の通りの南西に長谷川町が接し、さらに新乗物町に繋《つな》がっていたが、この界隈《かいわい》まで古着大市の人混みを見込んだ食い物屋や飲み物屋の屋台が並び、総兵衛は、

「どなた様もあと片付けはしっかりと願いますよ。ご近所の住人の方々のお助けなしには古着大市も成り立ちませんでな」

と注意して歩いた。そして、近所の住人たちには、

「ご迷惑を掛けます。あと二日のご辛抱を願います」

と腰を折り、頭を下げて回った。その様子を小僧の忠吉が驚きの様子で眺めていた。

「見たかい、大黒屋の十代目自らおれたちのような屋台店まで気配りしてよ、土地の人に頭を下げて回っておられるんだぜ。大黒屋といえば幕府開闢《かいびゃく》以来の古着問屋の先駆けの大店《おおだな》ですよ、あの腰の低さはおれっちも見倣《みなら》ったほうがいいいな」

「そうだよ、実《みの》さん、おめえは二八《にはち》蕎麦屋《そばや》にしては客の応対がぞんざいだよ。実るほど頭《こうべ》をたれる稲穂かな、といってな、大黒屋総兵衛様を見習いな」

「おれ、実作という名にしては未《ま》だ実ってねえもんな」

「それにしてもあの若さで出来たご仁ですよ」

と総兵衛のことを言い合った。

総兵衛と忠吉は、堀留の河岸地に出てようやく一息ついた。

「総兵衛様、凄《すご》い熱気だね、あんな勢いならばさ、明日売るものがなくならないかな」

「忠吉、しっかりと品は揃《そろ》えてあります。安心なされ」

「総兵衛様よ、大黒屋は堀向こうの栄屋を買い取ったのだろ」

「お預かりしています」

　と総兵衛が忠吉の問いにそう答えた。

「あそこによ、だいなごんって小僧がさくらを連れて店番してやがるが、あいつ、どこから奉公にきた小僧ですね」

「そなた、だいなごんと顔合わせしていませんか」

「天松兄いがさ、傍らにいるけどおれには知らん顔だ」

「忠吉、だいなごんには佐々木正介という名前がちゃんとあります。どのような謂《いわ》れがあったのか、伊賀国加太峠《かぶと》に物心つく前に捨てられて、柘植《つげ》衆に育てられたのです。二親の顔も知らないところはそなたと育ちが同じです。縁あって忠吉もだいなごんも大黒屋の奉公人になったのです。あとでな、私が口を利《き》いて紹介しますでな、仲良く大黒屋の小僧を務め、一日も早く皆の役に立つ奉公人になって下され」

「あいつも親なしか。ふうーん、ならばこの忠吉が江戸の諸々《もろもろ》を教え込んでいこうか」

「頼みます」

　と応じた総兵衛が、

「忠吉、人は日一日、なにかを学び、成長していくものです。どのような身分の人にも時の流れは一様に同じです。よろしいか、過ぎ去った昔はだれにも戻って参りません。いつまでもおこものちゅう吉のことに拘《こだわ》っていてはいけません」

忠吉は総兵衛の言葉を黙って聞いていたが、

「分かった、分りました、総兵衛様」

と詫《わ》びた。

そのとき、総兵衛はどこからともなく監視される「眼」を感じ取った。そして、その監視者たちを鳶沢一族の警護組が遠巻きに見張っていることも感じとっていた。

「さあて、見回りを続けますか」

総兵衛は忠吉に言いかけると、河岸道を一本北西に歩き、新乗物町、長谷川町に並行した通りを抜けると弥生町《やよいちょう》に出た。

この弥生町もこたびの古着大市の一員として参加していた。富沢町の人出には比較できないものの、それなりの客で賑《にぎ》わっていた。主《あるじ》が直前に亡《な》くなった藤本屋も蔦屋《つたや》も商いに参加していた。

「どうですか、商いは」

「これはこれは、大黒屋の十代目、ぼちぼち富沢町に賑わいの余禄《よろく》を頂戴《ちょうだい》して商いをしていますよ」

弥生町の世話方に就いた磐田屋《いわたや》八兵衛が総兵衛に応じた。

「今一つ富沢町の賑わいがこちらに波及しませんか。ようございます、人出を弥生町に呼び込む策をうちの大番頭と練って即刻実施しますで、しばらくご辛抱下さい」

と弥生町の実情を察した総兵衛が引きうけた。

「そのようなことができましょうか」

「なんでも手を拱《こまね》いていただけでは物事は動きますまい。ともかく考えを実行致します、あとは仕上げをごろうじろでございますよ」

総兵衛が言い残して入堀の河岸道に出た、相変わらずの混みようだ。

この昼下り、栄橋から一本上流に架かる千鳥橋の上で、笛、太鼓、鉦《かね》などを持ち、派手な芝居衣装に身を包んだ男女が幟《のぼり》を立てて、大声で呼び込みを始めた。

太鼓は天松、鉦はだいなごん、笛は忠吉でおりんと総兵衛が呼び込み役であった。なんといっても主役は桜子としげにおりんが加わった女衆《おなごし》三人組で、華やかさを一層引き立てていた。

「こちらが弥生町組の古着大市の会場にございます、どうか富沢町、久松町のおあとに引き続いて弥生町の店を回って下さいまし」

と総兵衛自ら声を張り上げ、太鼓、鉦、笛が賑やかに調べを奏し、

「富沢町の隣り町、弥生町の古着市も見ていっておくれやす」

と桜子も総兵衛に競い合うように叫んだ。

「おい、見てみろよ。大黒屋の主おん自ら呼び込みをなさってよ、わっしら新参組のために尽くしていなさるんだ。張り切って売らなきゃあ、申し訳ないぜ」

と弥生町組の古着屋の一人が仲間に言い、

「おりんさんは分かるけどよ、あの愛らしい京訛《なま》りの娘御はだれだえ」

「なんでも中納言《ちゅうなごん》様の娘御だと」

「へえ、やんごとなき娘御が古着大市の手伝いか」

「京の公卿《くげ》はよ、気位ばかりが高くてよ、内所は苦しいというからな。ああやって日銭を稼いでなさるんじゃないか」

などと無責任なことを言い合った。

ともあれ、呼び込みのお蔭《かげ》で弥生町まで客の波が続いて途絶えなかった。

二日目の入りはなんと初日に倍する勢いで、大黒屋の大番頭の光蔵は、店仕舞いしたあとの報告で、

「うちが把握しておる商いだけでございますがな、どこもが用意した品物を売り尽くし、うちに急遽《きゅうきょ》仕入れに来られる古着屋が相次ぎまして、総兵衛様が京で仕入れて来られた千石船二艘《そう》分の荷がなかったらと考えると、ぞっとしましたよ。卸値ですが、うちだけで四、五百両ははるかに超えております」

「それはなによりです。栄屋の町奉行所のほうはどうですか」

「北町がお持ちの榧《かや》の碁盤と碁石一式がなんたらとか申される職人の作とかでございましてな、上方の囲碁の名人だった藤田秀嶺様が元禄時代に使い込んだ品とかで、それが二百七十五両で売れたのを始め、なかなかの売れ行きでして、

南北町奉行所ともいま一度蔵ざらえをして品を足すそうです。ともあれ北と南のお奉行様の競い合いでなかなかの商いにございますよ。田之内様、斉藤様の両内与力方は、坊城麻子様の、柔らかな言葉遣いの中で客と駆け引きを上手になされて買う気にさせる腕前に、感嘆しきりでございます」

「なんともうれしい話です」

と応じた総兵衛が、おりんに、

「騒ぎはありませんな」

と質《ただ》した。

「ただ今のところ大きな騒ぎがあったという報告はございません。なにより厠船と御医師を乗せた船を堀に待機させたのは、よい手立てでございました。お医師に治療を受けた数は十数人に及んだそうにございます、だれもが人あたりでございまして、しばらくお医師船で休息したところ、元気になったそうでございます。元気を取り戻した人々の多くがまた買い物に戻ったそうにございます」

「なによりなにより」

「あと一日、気を引き締めて最後の頑張りに務めます」
との光蔵の言葉に総兵衛が大きく頷《うなず》いた。

三日目も上天気で朝の光が栄屋の明地の青紅葉を爽《さわ》やかに映えさせて、気持ちのよい一日を予感させた。

甲斐、信玄、さくらの散歩を栄屋の明地でさせた天松とだいなごんの二人は、稲荷《いなり》社の前で二礼二拍手一礼をなして、古着大市最後の日の無事を祈った。

五つ（午前八時頃）の刻限には富沢町側も久松町側の掃除も終わり、きれいさっぱりと昨日のごみは片付けられていた。

入堀沿いに並ぶ食い物屋の屋台では仕込みが始まっていた。

「どうですか、商いの具合は」
と天松が尋ねると、屋台の鮨屋《すしや》の親方が、
「おお、手代さんか、作る先から売れてさ、おれのほうが客に追い回されている感じだよ。大黒屋の衆にも稲荷ずし一桶《おけ》くらいを届けたいと考えていたんだがよ、とてもじゃないが手が回らないや。大市が終ったあと、ゆっくりと挨拶《あいさつ》に伺うと総兵衛様に伝えてくんな」

「お気持だけ頂戴します」

と如才なく挨拶するのをだいなごんが感心の体で見て、

「大したもんだね」

「今ごろ大黒屋の手代天松の手腕に感心しましたか」

と天松が素っ気ない表情で受けたものだ。

「天松さんだけじゃねえや、大黒屋の全員が商い上手でよ、それになかなかの腕自慢ときた。なにしろ」

「おっとだいなごん、その先の言葉は腹に納めておきなされ」

と注意して掃除が終わり、打ち水がうたれた店に戻ると、すでに仕入れにきた古着仲間が何人も店で品定めをしていた。

「おお、甲斐、信玄、さくら、朝の散歩からお帰りですか。餌《えさ》をしっかりと貰《もら》いましてな、最後の一日騒ぎのないように見張りをして乗り切って下さいよ」

と張り切った光蔵の声もいささか嗄《かす》れていた。

総兵衛は居間で北郷陰吉と会っていた。

「総兵衛様、お国からきたという連中ですが、いそうでいない。いなさそうで確かにこちらの様子を窺《うかが》っている。薩摩の密偵だった北郷陰吉もお手上げですよ」

「なんぞ悪戯《わるさ》をなす気配を感じますかな」

「いや、それはございませんよ」

「ならば好きにさせてあげなされ」

と総兵衛が安南からグェン・ヴァン・キの和国での様子を確かめにきた連中の放置を命じた。

「総兵衛様、念のためですが、あなた様を殺《あや》めようとするなんてことはございますまいな」

「少なくとも旧知の者と話をしただけでは感じませんでしたがな、私はかくのとおりこの地で生きていく覚悟を固めていますし、そのために交易船団を異国に派遣しておるのです。安南の政争に首を突っ込むことなど毛筋すらも考えておりませんからね」

「旧知の者はそうでも、お目付方がどう考えておりますか」

北郷陰吉が総兵衛の胸中を探るように訊《たず》ねた。

「陰吉、そう先々のことを案じていたら気疲れしましょうぞ。安南人のようにゆったりと構えて大らかに時の流れに身を委《ゆだ》ねることです」

「その安南からはるばるこの地までやってきたには格別な謂れがなくてはなるまいて」

陰吉の言葉に頷いた総兵衛は文机《ふづくえ》の前に身を移した。陰吉は、その場を辞去して、最後の一日の見張りに就いた。


最後の三日目も大勢の客が江戸の内外から詰めかけて、富沢町一帯は異様な熱気に包まれ、余りの人出の多さに掏摸《すり》、かっぱらいも、

「商売にならない」

と諦《あきら》め気味とか。人の懐《ふところ》に手を突っ込んだとしても、逃げ場がないのだ。

そんな騒ぎも昼下りには段々と人出が少なくなった。どこの店でもほぼ品物を売り尽くしたからだ。

総兵衛は独り、古着大市の会場の隅から隅まで歩いて、

「ご苦労様でございました。あともう少しの頑張りでございます。気を抜かず
に最後まで精を出して下され」

と鼓舞して回った。

そして、最後に栄屋の店を訪ねると、すでに坊城麻子、桜子の親子と光蔵ら
大黒屋の面々が南北両奉行所の売り上げの精算をしていた。

「おや、早めの店仕舞いですか」

「総兵衛様、物を売ろうにも品がおへんのや」

と桜子が上気した顔で言った。

「桜子様、お客様と直に接しての商いは初めて、お疲れではございませんか」

「総兵衛様、うち、商いの楽しさを初めて知りましたえ」

と桜子が答える傍らから麻子も、

「うちも古着大市に参加させてもろうて、ほんまよかったと思うてます。普段
の商いとは違う妙味を経験させてもらいました。総兵衛様方にお礼を言わんと
あかしまへん。本日は後片付けで暇もおへん、落ち着いた頃に桜子と改めてお

礼に参じますよって、総兵衛様、いつぞやの茶室で御点前《おてまえ》をお願い申しますえ」

「心得ました」

と総兵衛が麻子に応じて桜子に、

「よう最後まで頑張られました」

と褒めると桜子がにっこりと微笑《ほほえ》みを総兵衛に返した。


三日間の古着大市の後片付けが済んでいつもの富沢町に戻ったのは五つ（午後八時頃）過ぎのことだった。

店座敷では奉公人全員が顔を揃《そろ》えて一献が供された。

「総兵衛様、こたびの古着大市の売り上げは、去年の二度の大市の合算をはるかに超えていることだけは確かでございます。細かい計算が終るには二日三日かかるかと存じます。楽しみにお待ちくださいまし」

と光蔵が総兵衛に願い、

「売り上げもさることながら、大過なく終えられたことがなによりのことでした」

　と総兵衛が言葉を返して疲れ休めの小宴が始まった。

　深夜九つ（零時頃）少し前、総兵衛は独り鳶沢一族本丸の大広間に下りると、神棚の前に置かれた三池典太光世《みいけでんたみつよ》を袴《はかま》の腰に落とし差しにして身支度を整えると、隠し通路から北郷陰吉の長屋へと抜けた。

「おや、総兵衛様、どちらにお出かけにございますな」

「グェン・ヴァン・キの影が残っておったようだ。その始末に参る」

「供はよいので」

「これは私の務めだ」

　と言い残した総兵衛は上がり框《がまち》に腰を下ろし、懐に入れていた革足袋でしっかりと足を固めると、長屋を抜け出た。

　陰吉は一瞬迷ったが、直《す》ぐに総兵衛のあとに従った。

　総兵衛が向った先は、老紅葉が枝葉を広げる栄屋の明地だった。

　陰吉が店の前から回り込もうとすると、

「陰吉の父《とっ》つぁん、邪魔してはなりません」

田之助の声がして店の中へと引きこまれた。そこには鳶沢一族の忍び衣を身に纏《まと》った二番番頭の参次郎らが弩《ど》など思い思いの武器を手に控えていた。

陰吉が驚いて見回すと、大番頭の光蔵が床几《しょうぎ》にでんと腰を下ろし、柘植満宗《つげみつむね》ら、柘植衆も忍び衣を着込んで控えていた。

「なにが始まるんだね、大番頭さん」

「さあて、なにが始まりますやら」

と光蔵が空っとぼけて煙草《たばこ》入れから煙管《きせる》を抜いた。


そのとき、総兵衛は老紅葉へと歩み寄っていた。

無人と思われた明地の闇《やみ》から一つの影が滲《にじ》み出た。細身に異人の服を着て、山高帽まで被《かぶ》っていた。そして、手にレピアー剣を下げていた。レピアー剣とは刃の長い、刺突用の剣だ。このレピアー剣がヨーロッパに現れたのは十六世紀のことで、その後、正装の際の剣になり、華麗なフェンシングの様式がこの剣から生まれてくるのだ。

(イギリス人か)

と総兵衛が思ったとき、細身の口から安南の言葉が流れ出た。

その声音に総兵衛は覚えがあった。遠くから零《こぼ》れる常夜灯の灯かりで顔を確かめようとすると、相手が山高帽を脱いだ。

「ダンか、ダン・ゴック・タインなのか」

と総兵衛は相手の言葉に合わせて聞いた。

「覚えておったか」

「忘れようか」

ツロンで物心ついた頃からの遊び仲間で十四歳まで同じ武術場で剣技、射撃、弩などを習い、将来の夢を語り合った間柄だった。

だが、タイン家が没落し、ダンは、折からツロンに寄港していたイギリス東インド会社のボーイとなってツロンを去っていた。

「ダン、そなたはイギリス本国にいるとばかり思うていた」

「一年余前の政変の折、私はツロンに帰国した。そなたらがイマサカ号で北の海へと去った直後のことだ」

「そのそなたがなぜ和国に参ったのだ。安南政庁のお目付方とはそなたであったか」

幼馴染《おさななじみ》が頷《うなず》いた。

「ならば分かったな。そなたの知るグェン・ヴァン・キはもはやこの世に存在はせぬ。大黒屋総兵衛なる商人が江戸におるだけじゃ」

「グェン、さような勝手をただ今の安南政庁は許されぬ」

「なにをしようというのだ」

「そなたの命を貰《もら》い受ける」

栄屋の明地を囲む闇の一角が驚きに揺れた。二人の会話が理解できるのは安南から来た者たちだけだ。その者たちの驚きが闇を揺らしていた。

「ダン、そなた、安南政庁からなにを約された」

「タイン家の再興」

「政変に破れし者は政変で蘇《よみがえ》り、また政変で没落する。私はその愚を捨て、商に生きる決心をした」

「グェン、そなたの腰にある得物はなんだ。そなた、商人の仮面を被《かぶ》った狼《おおかみ》であろう。タイン家再興のためにそなたを斃《たお》す」

と幼馴染が宣告した。

「戦わねばならぬのか」

「この世の中で二人が並び立つことは許されぬ」

ダンがレピアー剣を抜き放ち、鞘《さや》を捨てた。レピアー剣の刃がしなったことを総兵衛は見逃さなかった。

この瞬間、ダンが手にするレピアー剣がただの刺突用ではないことを悟った。

「愚かなり、ダン」

「いうな、グェン」

総兵衛も三池典太光世を抜き、右手一本に保持して能役者の扇のように立てた。

ダンにとってなんとも奇妙な構えだった。ダンも半身の姿勢で右手一本にレピアー剣を保持し、左手を軽く立てて、剣先を微妙にしならせた。

総兵衛はその昔のダンの剣風を思い起こしていた。

二人の対決を川端次郎兵衛とその一統が、そして、栄屋の建物のあちこちらから鳶沢一族の者たちが凝視していた。

間合一間半（約二・七メートル）。

静かなる睨《にら》み合いはしばし続いた。

ダンが息を詰め、吐いた。

次の瞬間、生死の境に踏み込んでレピアー剣が大きく振り下され、不動の総兵衛の首筋に迫った。

ダン・ゴック・タインは不思議な動きを幼馴染に見た。

片手に保持した刀を立てたまま、摺《す》り足でレピアー剣の刃《やいば》の下に身を曝《さら》したのだ。予想もせぬ動きだった。

（なんということを）

ダンが驚きに一瞬動きを止めたとき、立てられていた刃が風にそよぐ扇のように揺れて、ダンに緩やかに迫ってきた。

レピアー剣と葵《あおい》典太が虚空《こくう》で交わった瞬間、火花を散らしてレピアー剣の半ばから先が切り落とされて飛び、葵典太の切っ先がダンの喉元《のどもと》を、
ぱあっ

と斬《き》り割っていた。

迅速のレピアー剣に緩やかな動きの刀が勝った。

(理不尽なことが)

うっ
と喉を鳴らしたダン・ゴック・タインが前のめりに崩れ落ちていった。

総兵衛は哀《かな》しみを湛《たた》えた静かなる眼差《まなざ》しで友の死を見詰めていた。

やがて血ぶりをくれた葵典太を鞘に納めた。

闇の一角が揺れた。

栄屋の建物に控える鳶沢一族の者たちが明地に動こうとしたとき、総兵衛の片手が制した。

妖術師《ようじゅつし》川端次郎兵衛が姿を見せた。

「まさかダンがかような振舞に出るとは」

「言い訳はせずともよい」

総兵衛は半日かけて書き上げた書状を懐《ふところ》から出すと、

「これが和国往来の土産じゃ。安南政庁が交易を大黒屋総兵衛と望むならば、この書状を役立てよと申し伝えよ」

川端次郎兵衛はしばし無言で立っていたが、総兵衛が差し出した書状を両手で恭《うやうや》しく受け取った。

「ダンの亡骸《なきがら》をツロンに連れ戻り、埋葬してくれぬか」

「承知致しました」

総兵衛は母のことを川端次郎兵衛に願おうとしたが止《や》めた。母に運あらば必ず再会が叶《かな》うと思ったからだ。

安南から来た者たちがダンの亡骸を抱えて明地から入堀に待たせた船へと運んで消えた。

総兵衛はただ月光に薄く光る青紅葉の下に佇《たたず》んでいた。

なぜか北郷陰吉は無性に哀しかった。哀しみを胸に抱いて総兵衛を見詰めていた。

あとがき

私の時代小説の大半が江戸中期から幕末が主たる舞台だ。なぜ江戸に拘《こだわ》るのかと時折尋ねられることがあるが、

「二百六十年余続いた江戸時代に近代日本につながる日本人の精神性が形作られたような気がして」

などと曖昧《あいまい》に答えている。

江戸の平和《パクス・トクガワナ》は、日本人に「平穏」と「調和」と「服従」の心をもたらしたような気がする。そんな考えをもとに時代小説を書いてきた。

新刊「安南から刺客」は、新・古着屋総兵衛の八冊目にあたる。

「武」と「商」を両立させての鳶沢《とびさわ》一族は、さらに「商」の道へ邁進《まいしん》している。富沢町《とみざわちょう》と柳原土手という江戸の二大古着屋の町が助け合ったら、新しいものがなにか生まれるのではないか。そんなことを考えつつ書いた。その古着大市も

今回で三回目、さらに規模を拡大させそうだ。

パクス・トクガワナが二百六十余年も続いたのは、「武」だけでもなく、「政」だけでもなく、町人階級が「商」と「職」を確立して営みの主導権を握ったせいではないか。

ただ今の世界は、「武」を背景にした「政」の独断によって事が進み、「商」もまた「武」と「政」の力を借りなければ存在できない仕組みではないか。それは大国のみに許される特権だ。アメリカの衰弱、中国の台頭、ロシアの横暴……私たち日本人はなんら力を発揮しえない。日本国内で頻発するもろもろの出来事を見ても無力感に苛《さいな》まれる。「平和」が続いているはずの社会に近頃やたらと不安を感ずるのは私だけであろうか。

江戸時代の物事すべてが理想境であったはずがない。だが、少なくともそれぞれが分を心得たゆえに「調和」が保たれた時代だったかな、と思う。九尺二間の長屋で一家が「宵越しの銭」も持ちもせず過ごせる社会、隣人同士が信頼と関心を寄せて助け合い、情が通じた暮らし。

江戸時代にあって現代にないもの、現代にあって江戸期にないもの、それはなにか。

他者を犠牲にしないで人の営みができないものか。せめて時代小説の「江戸」に活力や救いや笑いが見いだせないか。

新・古着屋総兵衛「安南から刺客」をそんなことを考えながら書いた。書きながらやはり「現代人の不安」に思いを致す己はなんなのだろうか。

桜前線が北上する季節は人間を妙に鬱《うつ》にし、躁《そう》にさせる。それは私だけの現象なのか。

そんなわけで一年半ぶりに旅に出て、心身をリフレッシュさせてこようと思う。

平成二十六年四月　熱海にて

佐　伯　泰　英

本書は新潮文庫のために書き下ろされた。

佐伯泰英著

雄飛
古着屋総兵衛影始末 第七巻

大目付の息女の金沢への輿入れの道中、若年寄の差し向けた刺客軍団が一行を襲う。鳶沢一族は奮戦の末、次々傷つき倒れていく……。

佐伯泰英著

知略
古着屋総兵衛影始末 第八巻

甲賀衆を召し抱えた柳沢吉保の陰謀を阻止せんがため総兵衛は京に上る。一方、江戸ではるりが消えた。策略と謀略が交差する第八巻。

佐伯泰英著

難破
古着屋総兵衛影始末 第九巻

柳沢の手の者は南蛮の巨大海賊船を使嗾し、ついに琉球沖で、大黒丸との激しい砲撃戦が始まる。シリーズ最高潮、感慨悲慟の第九巻。

佐伯泰英著

交趾（こうち）
古着屋総兵衛影始末 第十巻

大黒屋への柳沢吉保の執拗な攻撃で美雪はある決断を下す。一方、再生した大黒丸は交趾を目指す。驚愕の新展開、不撓不屈の第十巻。

佐伯泰英著

帰還
古着屋総兵衛影始末 第十一巻

薩摩との死闘を経て、勇躍江戸帰還を果たした総兵衛は、いよいよ宿敵柳沢吉保との決戦に向かう――。感涙滂沱、破邪顕正の完結編。

佐伯泰英著

血に非ず
新・古着屋総兵衛 第一巻

享和二年、九代目総兵衛は死の床にあった。後継問題に難渋する大黒屋を一人の若者が訪ね来た。満を持して放つ新シリーズ第一巻。

司馬遼太郎著
梟の城
直木賞受賞
信長、秀吉……権力者たちの陰で、凄絶な死闘を展開する二人の忍者の生きざまを通して、かげろうの如き彼らの実像を活写した長編。

司馬遼太郎著
果心居士の幻術
戦国時代の武将たちに利用され、やがて殺されていった忍者たちを描く表題作など、歴史に埋もれた興味深い人物や事件を発掘する。

司馬遼太郎著
人斬り以蔵
幕末の混乱の中で、劣等感から命ぜられるままに人を斬る男の激情と苦悩を描く表題作ほか変革期に生きた人間像に焦点をあてた7編。

司馬遼太郎著
馬上少年過ぐ
戦国の争乱期に遅れた伊達政宗の生涯を描く表題作。坂本竜馬ひきいる海援隊員の、英国水兵殺害に材をとる「慶応長崎事件」など7編。

司馬遼太郎著
アメリカ素描
初めてこの地を旅した著者が、「文明」と「文化」を見分ける独自の透徹した視点から、人類史上稀有な人工国家の全体像に肉迫する。

司馬遼太郎著
草原の記
一人のモンゴル女性がたどった苛烈な体験をとおし、20世紀の激動と、その中で変わらぬ営みを続ける遊牧の民の歴史を語り尽くす。

塩野七生著
チェーザレ・ボルジア
あるいは優雅なる冷酷
毎日出版文化賞受賞
ルネサンス期、初めてイタリア統一の野望をいだいた一人の若者――〈毒を盛る男〉としてその名を歴史に残した男の栄光と悲劇。

塩野七生著
コンスタンティノープルの陥落
一千年余りもの間独自の文化を誇った古都も、トルコ軍の攻撃の前についに最期の時を迎えた――。甘美でスリリングな歴史絵巻。

塩野七生著
ロードス島攻防記
一五二二年、トルコ帝国は遂に「喉元のトゲ」ロードス島の攻略を開始した。島を守る騎士団との壮烈な攻防戦を描く歴史絵巻第二弾。

塩野七生著
レパントの海戦
一五七一年、無敵トルコは西欧連合艦隊の前に、ついに破れた。文明の交代期に生きた男たちを壮大に描いた三部作、ここに完結！

塩野七生著
海の都の物語
―ヴェネツィア共和国の一千年―
サントリー学芸賞（1〜6）
外交と貿易、軍事力を武器に、自由と独立を守り続けた「地中海の女王」ヴェネツィア共和国。その一千年の興亡史を描いた歴史大作。

塩野七生著
ローマ人の物語 1・2
ローマは一日にして成らず
（上・下）
なぜかくも壮大な帝国をローマ人だけが築くことができたのか。一千年にわたる古代ローマ興亡の物語、ついに文庫刊行開始！

新田次郎著　縦走路

冬の八ヶ岳を舞台に、四人の登山家の男女をめぐる恋愛感情のもつれと、自然と対峙する人間の緊迫したドラマを描く山岳長編小説。

新田次郎著　強力伝・孤島　直木賞受賞

直木賞受賞の処女作「強力伝」ほか、「八甲田山」「凍傷」「おとし穴」「山犬物語」など、山岳小説に新風を開いた著者の初期の代表作。

新田次郎著　孤高の人（上・下）

ヒマラヤ征服の夢を秘め、日本アルプスの山々をひとり疾風の如く踏破した〝単独行の加藤文太郎〟の劇的な生涯。山岳小説の傑作。

新田次郎著　栄光の岩壁（上・下）

凍傷で両足先の大半を失いながら、次々に岩壁に挑戦し、遂に日本人として初めてマッターホルン北壁を征服した竹井岳彦を描く長編。

新田次郎著　銀嶺の人（上・下）

仕事を持ちながら岩壁登攀に青春を賭け、女性では世界で初めてマッターホルン北壁完登を成しとげた二人の実在人物をモデルに描く。

新田次郎著　八甲田山死の彷徨

全行程を踏破した弘前三十一聯隊と、一九九名の死者を出した青森五聯隊——日露戦争前夜、厳寒の八甲田山中での自然と人間の闘い。

松本清張著

西郷札

傑作短編集㈢

西南戦争の際に、薩軍が発行した軍票をもとに一攫千金を夢みる男の破滅を描く処女作の「西郷札」など、異色時代小説12編を収める。

松本清張著

張込み

傑作短編集㈤

平凡な主婦の秘められた過去を、殺人犯を張込み中の刑事の眼でとらえて、推理小説界に新風を吹きこんだ表題作など8編を収める。

松本清張著

駅路

傑作短編集㈥

これまでの平凡な人生から解放されたい……。停年後を愛人と送るために失踪した男の悲しい結末を描く表題作など、10編の推理小説集。

松本清張著

わるいやつら

(上・下)

厚い病院の壁の中で計画される院長戸谷信一の完全犯罪！　次々と女を騙しては金をまき上げて殺す恐るべき欲望を描く長編推理小説。

松本清張著

黒い福音

現実に起った、外人神父によるスチュワーデス殺人事件の顚末に、強い疑問と怒りをいだいた著者が、推理と解決を提示した問題作。

松本清張著

ゼロの焦点

新婚一週間で失踪した夫の行方を求めて、北陸の灰色の空の下を尋ね歩く禎子がまき込まれた連続殺人！　『点と線』と並ぶ代表作品。

山崎豊子著　暖簾（のれん）

丁稚からたたき上げた老舗の主人吾平を中心に、親子二代〝のれん〟に全力を傾ける不屈の大阪商人の気骨と徹底した商業モラルを描く。

山崎豊子著　ぼんち

放蕩を重ねても帳尻の合った遊び方をするのが大阪の〝ぼんち〟。老舗の一人息子を主人公に船場商家の独特の風俗を織りまぜて描く。

山崎豊子著　花のれん　直木賞受賞

大阪の街中へわての花のれんを幾つも幾つも仕掛けたいのや——細腕一本でみごとな寄席を作りあげた浪花女のど根性の生涯を描く。

山崎豊子著　しぶちん

〝しぶちん〟とさげすまれながらも初志を貫き、財を成した山田万治郎——船場を舞台に大阪商人のど根性を描く表題作ほか4編を収録。

山崎豊子著　花紋

大正歌壇に彗星のごとく登場し、突如消息を断った幻の歌人、御室みやじ——苛酷な因襲に抗い宿命の恋に全てを賭けた半生を描く。

山崎豊子著　白い巨塔（一～五）

癌の検査・手術、泥沼の教授選、誤診裁判などを綿密にとらえ、尊厳であるべき医学界に渦巻く人間の欲望と打算を迫真の筆に描く。

安《アン》南《ナン》から刺《し》客《かく》

新・古着屋総兵衛 第八巻

新潮文庫 さ - 73 - 19

平成二十六年六月一日発行

著者 佐《さ》伯《えき》泰《やす》英《ひで》

発行者 佐藤隆信

発行所 株式会社新潮社

郵便番号 一六二―八七一一
東京都新宿区矢来町七一
電話 編集部(〇三)三二六六―五四四〇
読者係(〇三)三二六六―五一一一
http://www.shinchosha.co.jp

価格はカバーに表示してあります。

乱丁・落丁本は、ご面倒ですが小社読者係宛ご送付ください。送料小社負担にてお取替えいたします。

印刷・株式会社光邦　製本・憲専堂製本株式会社

ISBN978-4-10-138053-7 C0193